LA TANA DEL DIAVOLO

OSSESSIONE MOLOTOV: LIBRO 1

ANNA ZAIRES

♠ MOZAIKA PUBLICATIONS ♠

Questo libro è un'opera di fantasia. Tutti i nomi, i personaggi, i luoghi e gli eventi narrati sono il frutto della fantasia dell'autrice o sono usati in maniera fittizia. Qualsiasi riferimento a persone reali, viventi o scomparse, luoghi o eventi è puramente casuale.

Copyright © 2021 Anna Zaires e Dima Zales
www.annazaires.com/book-series/italiano/

Traduzione italiana: Martina Stefani 2021

Tutti i diritti riservati.

La riproduzione e la distribuzione di qualsiasi parte di questo libro, in forma stampata o elettronica, è vietata, se non autorizzata, ad eccezione dell'utilizzo in una recensione.

Pubblicato da Mozaika Publications, stampato da Mozaika LLC.
www.mozaikallc.com

Cover di The Book Brander
www.thebookbrander.com

Fotografia di The Cover Lab

ISBN: 978-1-63142-694-0
Print ISBN: 978-1-63142-695-7

1

CHLOE

Il motore di un'auto ha un ritorno di fiamma e lo scoppio della marmitta manda in frantumi la vetrina a sinistra del negozio, lanciando frammenti di vetro dappertutto.

Mi blocco, così stordita che sento a malapena il vetro che mi incide il braccio nudo. Poi, le urla mi raggiungono.

"Sparano! Chiamate il 911" sta urlando qualcuno per strada, e l'adrenalina mi inonda le vene, mentre il mio cervello collega la detonazione al vetro ridotto in frantumi.

Qualcuno sta sparando.

A me.

Mi hanno trovata.

I miei piedi reagiscono prima del resto del corpo, spingendomi a saltare proprio mentre sento un altro colpo secco raggiungere le mie orecchie, e il registratore di cassa all'interno del negozio vola in mille pezzi.

Lo stesso registratore che era davanti a me un secondo fa.

Assaporo il terrore. È rosso, come il sangue. Forse *è* sangue. Forse mi hanno sparato, e sto morendo. Ma no, sto correndo. Mi riecheggia nelle orecchie il battito accelerato del mio cuore, i polmoni pompano il più possibile, mentre corro lungo l'isolato. Sento il bruciore alle gambe, quindi sono viva.

Per adesso.

Perché mi hanno trovata. Di nuovo.

Svolto bruscamente a destra, mi precipito lungo una stradina laterale, e dietro di me intravedo due uomini a mezzo isolato di distanza, che mi inseguono a tutta velocità.

I miei polmoni stanno già reclamando aria, le gambe minacciano di cedere, ma assumo una velocità disperata e mi precipito in un vicolo, prima che girino l'angolo. Una rete metallica alta un metro e mezzo divide il vicolo a metà, ma mi ci arrampico e la scavalco in pochi secondi, l'adrenalina che mi presta l'agilità e la forza di un atleta.

Il retro del vicolo si collega a un'altra strada, e un singhiozzo di sollievo mi esce dalla gola, quando mi rendo conto che è quello in cui ho parcheggiato la macchina prima del colloquio.

Corri, Chloe. Puoi farlo.

Respirando disperatamente, corro lungo la strada,

esaminando il marciapiede alla ricerca di una Toyota Corolla malconcia.

Dov'è?

Dove ho lasciato quella dannata macchina?

Era dietro il camioncino blu o quello bianco?

Per favore, fa' che sia lì. Per favore, fa' che sia lì.

Finalmente la vedo, mezza nascosta dietro un furgone bianco. Armeggiando nella tasca, estraggo le chiavi e, con mani furiosamente tremanti, premo il pulsante per aprire la macchina.

Sono già dentro e inserisco la chiave nell'accensione, quando vedo i miei inseguitori uscire dal vicolo un isolato dietro di me, ciascuno con una pistola in mano.

Tremo ancora cinque ore dopo, quando arrivo a una stazione di servizio, la prima che ho visto su questa tortuosa strada di montagna.

Ci sono andati vicino, troppo vicino.

Stanno diventando più audaci, più disperati.

Mi hanno sparato sulla fottuta strada.

Le mie gambe sembrano di gomma, quando scendo dall'auto, stringendo la mia bottiglia d'acqua vuota. Ho bisogno di bagno, acqua, cibo e benzina, in quest'ordine—e idealmente di un veicolo nuovo, dato che potrebbero aver preso il numero di targa della mia Toyota. Cioè, supponendo che non lo avessero già.

Non ho idea di come mi abbiano trovata a Boise,

nell'Idaho, ma potrebbero averlo fatto mediante la mia macchina.

Il problema è che quel poco che so su come sfuggire a dei criminali intenzionati a uccidere proviene da libri e film, e non ho idea di cosa *possano* effettivamente rintracciare i miei inseguitori. Per sicurezza, però, non uso alcuna delle mie carte di credito, e ho abbandonato il telefono dal primo giorno.

Un altro problema è che ho esattamente trentadue dollari e ventiquattro centesimi nel portafogli. Il posto di cameriera per il quale ho fatto il colloquio questa mattina a Boise sarebbe stato un vero toccasana, dato che il proprietario del bar era disponibile a pagarmi in contanti sottobanco, ma mi hanno trovata prima che potessi fare un solo turno.

Qualche centimetro più a destra, e il proiettile avrebbe attraversato la mia testa invece di quella vetrina.

Sangue che cola sul pavimento della cucina... Vestaglia rosa su piastrelle bianche... Sguardo vitreo, che non mette a fuoco.

Il mio battito cardiaco aumenta e il tremore si intensifica, mentre le ginocchia minacciano di piegarsi sotto di me. Appoggiandomi al cofano della mia macchina, trascino un respiro tremante, cercando di far rallentare il pazzo tamburo del mio polso, mentre spingo i ricordi in profondità, dove non possono stringermi la gola in una morsa.

Non posso pensare a cosa sia successo. Se lo faccio, cadrò a pezzi, e loro avranno vinto.

Potrebbero vincere comunque, perché non ho soldi e non ho idea di cosa stia facendo.

Una cosa alla volta, Chloe. Un piede davanti all'altro.

La voce di mamma arriva, calma e ferma, e mi costringo ad allontanarmi dalla macchina. Quindi, che cosa succede se la mia situazione è passata da disperata a critica?

Sono ancora viva, e intendo rimanerci.

Ho rimosso tutti i frammenti di vetro dal braccio un paio d'ore fa, ma la maglietta che avevo avvolto attorno ad esso per fermare l'emorragia sembra stravagante, quindi prendo la mia felpa con cappuccio dal bagagliaio e metto il cappuccio per nascondere la faccia da telecamere di sicurezza, che potrebbero essere all'interno della stazione di servizio. Non so se le persone che mi inseguono sarebbero in grado di accedere a quel filmato, ma è meglio non rischiare.

Di nuovo, supponendo che non stiano già monitorando la mia macchina.

Concentrati, Chloe. Un passo alla volta.

Facendo un respiro profondo, entro nel piccolo minimarket annesso alla stazione di servizio e, con un piccolo cenno all'anziana donna dietro la cassa, vado direttamente al bagno sul retro. Dopo essermi presa cura dei miei bisogni più urgenti, mi lavo le mani e il viso, riempio la bottiglia d'acqua dal rubinetto e tiro fuori il portafogli per contare le banconote, solo per essere certa dell'importo.

No, non ho sbagliato i calcoli. Trentadue dollari e

ventiquattro centesimi sono tutti i soldi che mi rimangono.

Il viso nello specchio del bagno è quello di una sconosciuta, tutto teso e con le guance incavate, con occhiaie sotto gli occhi castani troppo grandi. Non mangio, né dormo normalmente da quando sono in fuga, e si vede. Sembro più vecchia dei miei ventitré anni, dato che l'ultimo mese mi ha fatta invecchiare di dieci anni.

Sopprimendo l'inutile attacco di autocommiserazione, mi concentro sul pratico. Primo passo: decidere come allocare i fondi a disposizione.

La più grande priorità è la benzina per l'auto. Ha meno di un quarto di serbatoio, e non si sa quando troverò un'altra stazione di servizio in questa zona. Fare il pieno mi toglierà almeno trenta dollari, lasciandomene solo un paio per il cibo e per placare il mordace vuoto nello stomaco.

Ancora più importante, la prossima volta che rimarrò senza benzina, sarò fottuta.

Uscendo dal bagno, mi dirigo alla cassa e dico all'anziana cassiera che devo pagare venti dollari di benzina. Prendo anche un hot dog e una banana, e divoro il primo, mentre lei conta lentamente il resto. Nascondo la banana nella tasca anteriore della mia felpa con cappuccio per la colazione di domani.

"Ecco qua, cara" dice la cassiera con voce gracchiante, porgendomi il resto insieme a una ricevuta. Con un caldo sorriso, aggiunge: "Ti auguro una buona giornata."

Con mio grande stupore, la mia gola si contrae e le lacrime mi pizzicano dietro gli occhi, la semplice gentilezza che mi ha completamente annullata. "Grazie. Anche a lei" replico con voce soffocata, e infilando il resto nel portafogli, mi affretto verso l'uscita, prima di poter allarmare la donna, scoppiando in lacrime.

Sono quasi fuori dalla porta, quando un giornale locale cattura la mia attenzione. È in un cestino con l'etichetta "GRATUITI", quindi lo prendo, prima di proseguire verso la mia macchina.

Mentre il serbatoio si riempie, tengo sotto controllo le mie emozioni indisciplinate e apro il giornale, andando dritta verso la sezione inserzioni sul retro. Ci sono poche possibilità, ma forse qualcuno qui intorno sta assumendo per qualche lavoretto, come lavare le finestre o tagliare le siepi.

Anche cinquanta dollari potrebbero aumentare le mie possibilità di sopravvivenza.

All'inizio, non vedo nulla sulla falsariga di ciò che sto cercando, e sto per piegare il foglio delusa, quando un'inserzione in fondo alla pagina attira la mia attenzione:

Cercasi tutor per bambino di quattro anni. Buona istruzione, esperienza con i bambini e disposto a trasferirsi in una remota tenuta di montagna. $3000/settimana in contanti. Per candidarsi, inviare un'e-mail con il curriculum a tutorcandidates459@gmail.com.

Tremila dollari alla settimana in contanti? Che cosa?

Incapace di credere ai miei occhi, rileggo l'annuncio.

No, tutte le parole sono sempre le stesse, il che è folle. Tremila dollari a settimana per un tutor? In contanti?

È una bufala, deve esserlo.

Con il cuore in gola, finisco di riempire il serbatoio e salgo in macchina. La mia mente sta correndo. Sono la candidata perfetta per questa posizione. Non solo mi sono appena laureata in Scienze della Formazione, ma ho fatto la babysitter e ho insegnato ai bambini durante le scuole superiori e l'università. E il trasferimento in una remota tenuta di montagna? Magari! Più è remota, meglio è.

È come se l'annuncio fosse stato creato solo per me.

Aspetta un attimo. Potrebbe essere una trappola?

No, questo è un pensiero veramente paranoico. Fin dalla chiamata ravvicinata di questa mattina, guido senza meta con l'unico obiettivo di frapporre più distanza possibile tra me e Boise, rimanendo lontana dalle strade principali e dalle autostrade per evitare le telecamere del traffico. I miei inseguitori avrebbero dovuto avere una sfera di cristallo per indovinare che sarei finita in questa zona remota, tantomeno che avrei preso in mano questo giornale locale. L'unico modo in cui questa potrebbe essere una trappola è se avessero pubblicato annunci simili su tutti i giornali di tutto il Paese, nonché su tutti i principali siti di lavoro, e anche in questo caso, sembra un'ipotesi esagerata.

No, è improbabile che questa sia una trappola tesa

appositamente per me, ma potrebbe trattarsi di qualcosa di altrettanto sinistro.

Esito un attimo, poi scendo dalla macchina e torno nel negozio.

"Mi scusi, signora" dico, avvicinandomi all'anziana cassiera. "Vive in questa zona?"

"Perché? Sì, cara." Un sorriso illumina il suo viso rugoso. "Nata e cresciuta a Elkwood Creek."

"Fantastico. In tal caso"—apro il giornale e lo appoggio sul bancone—" ne sa qualcosa?" Indico l'annuncio.

Tira fuori un paio di occhiali da lettura e strizza gli occhi al piccolo testo. "Uh. Tremila alla settimana per un tutor—dev'essere ancora più ricco di quanto si dice."

Il mio polso salta per l'eccitazione. "Sa chi ha inserito questo annuncio?"

Alza lo sguardo, con occhi umidi che sbattono le palpebre dietro le lenti spesse dei suoi occhiali. "Beh, non posso esserne certa, cara, ma gira voce che un ricco russo abbia acquistato la vecchia proprietà Jamieson, in cima alle montagne, e vi abbia costruito un posto nuovo di zecca. Ha assunto ragazzi del posto per alcuni lavori casuali, pagando sempre in contanti. Nessuno ha parlato di un bambino, però, quindi potrebbe non essere lui, ma non riesco a pensare a nessun altro da queste parti con tutto quel denaro, tantomeno a qualcosa di simile a una tenuta."

Santo cielo. Questo potrebbe effettivamente essere vero. Uno straniero ricco—questo spiegherebbe sia lo stipendio troppo alto che il pagamento in contanti.

L'uomo—o più probabilmente la coppia, dato che è coinvolto un bambino—potrebbe non conoscere la retribuzione corrente per i tutor qui intorno o potrebbe non importargliene. Quando sei abbastanza ricco, qualche migliaio di dollari potrebbe non essere più significativo di qualche centesimo. Tuttavia, per me lo stipendio di una sola settimana potrebbe fare la differenza tra la vita e la morte, e se dovessi guadagnare tutti quei soldi per un mese, sarei in grado di acquistare un'altra macchina usata—e forse anche dei documenti falsi, così da poter lasciare il Paese e sparire per sempre.

Soprattutto, se la tenuta è abbastanza remota, potrebbe volerci un po', prima che i miei inseguitori mi trovino lì—se mai lo faranno. Con uno stipendio in contanti, non ci sarebbe alcuna traccia cartacea, niente che mi colleghi alla coppia russa.

Questo lavoro potrebbe essere la risposta a tutte le mie preghiere... se lo ottengo, voglio dire.

"C'è una biblioteca pubblica da qualche parte qui intorno?" chiedo, cercando di mitigare la mia eccitazione. Non voglio crearmi false speranze. Anche se il mio curriculum fosse il migliore che ricevono, la procedura di assunzione potrebbe richiedere settimane o mesi, e non è sicuro restare qui così a lungo.

Se mi hanno trovata a Boise, mi troveranno anche qui.

È solo questione di tempo.

La cassiera mi sorride. "Ma certo, cara. Vai verso nord per circa dieci miglia, e quando vedi i primi edifici, gira a sinistra, oltrepassa due incroci e sarà alla tua sinistra, proprio accanto all'ufficio dello sceriffo."

"Fantastico, grazie. Ha una penna?" Quando me la porge, annoto le indicazioni sul fronte del giornale.

È davvero una seccatura non avere uno smartphone con GPS.

"Buona giornata" dico all'anziana signora, e quando esco questa volta, il mio passo è decisamente più spedito.

La minuscola biblioteca chiude alle cinque del pomeriggio, quindi scrivo in fretta il mio curriculum e la mia lettera di presentazione su uno dei computer pubblici, poi invio tramite e-mail entrambi all'indirizzo indicato nell'annuncio. Anziché un numero di telefono e un indirizzo e-mail, metto solo quest'ultimo nel curriculum; spero che sia sufficiente.

Quando ho finito, la biblioteca sta chiudendo, quindi torno in macchina e guido fuori dalla cittadina, svoltando a caso su strade strette e tortuose, finché non trovo quello che sto cercando.

Una radura nel bosco dove posso parcheggiare la mia Toyota dietro gli alberi, nascosta alla vista di chiunque passi.

Con l'auto al sicuro, apro il bagagliaio e tiro fuori un maglione dalla valigia che ho avuto la fortuna di portare con me, quando la mia vita è andata in pezzi. Arrotolando il maglione, mi stendo sul sedile posteriore, metto il cuscino improvvisato sotto la testa e chiudo gli occhi.

Il mio ultimo pensiero prima che il sonno abbia la meglio su di me è la speranza di rimanere in vita abbastanza a lungo da vedere come andrà a finire con questo lavoro.

2

NIKOLAI

Qualcuno che bussa alla porta mi distrae dall'e-mail che sto leggendo, e alzo lo sguardo dal mio laptop, mentre Alina apre la porta ed entra con grazia nel mio ufficio.

"Abbiamo ricevuto una domanda promettente stasera" mi informa, avvicinandosi alla mia scrivania. "Ecco, dai un'occhiata." Mi passa una spessa cartellina.

La apro. La foto della patente di guida di una giovane donna mi fissa dalla prima pagina. I suoi occhi castani sono così grandi che dominano il piccolo viso a forma di diamante, e anche sulla stampa granulosa, la sua carnagione abbronzata sembra brillare, come illuminata da una candela invisibile. Ma è la sua bocca che cattura la mia attenzione. Piccola ma perfettamente paffuta, è un mix tra il broncio della bambola di Cupido e qualcosa che si potrebbe trovare su una porno star.

Non sorride in questa foto; la sua espressione è

solenne, i capelli raccolti in una coda o in uno chignon. La pagina successiva, tuttavia, mostra una foto di lei che ride, la testa gettata all'indietro e il viso incorniciato da onde bruno-dorate, che scompaiono sotto le spalle snelle. È bellissima in questa foto, e così radiosa che sento qualcosa dentro di me diventare pericolosamente immobile e silenzioso anche se il mio battito accelera con una risposta maschile primordiale.

Sopprimendo la bizzarra reazione, capovolgo la pagina e leggo le informazioni sulla patente di guida.

Chloe Emmons ha ventitré anni, è alta un metro e sessantadue e risiede a Boston, nel Massachusetts—il che significa che è molto lontana da casa.

"Come ha saputo di questo impiego?" chiedo, alzando lo sguardo su Alina. "Pensavo avessimo pubblicato l'annuncio solo sui giornali locali."

Sposta le stampe con le foto da parte e poggia un'unghia con lo smalto rosso sulla pagina sottostante. "Leggi la lettera di presentazione."

Rivolgo la mia attenzione alla pagina. A quanto pare, Chloe Emmons sta facendo un viaggio post-laurea e le è capitato di passare per Elkwood Creek, quando si è imbattuta nel nostro annuncio e ha deciso di candidarsi per il posto. La lettera di presentazione è ben scritta e ben formattata, così come il curriculum che segue. Posso capire perché Alina pensava che fosse promettente. Sebbene la ragazza abbia appena conseguito la triennale in Scienze della Formazione al Middlebury College, ha fatto più stage di insegnamento e lavori di babysitter rispetto ai tre candidati precedenti messi insieme.

Segue il rapporto di Konstantin su di lei. Come al solito, ha fatto fare al suo team un'immersione profonda sui suoi social media, documenti criminali e registri della motorizzazione, rendiconti finanziari, trascrizioni scolastiche, cartelle cliniche e tutto il resto della sua vita in qualche modo informatizzato. È una lettura più lunga, quindi guardo Alina. "Eventuali campanelli d'allarme?"

Esita. "Forse. Sua madre è morta un mese fa—apparentemente suicidio. Da allora, Chloe è praticamente sparita nel nulla: nessun post sui social media, nessuna transazione con carta di credito, nessuna chiamata dal suo cellulare."

"Quindi, o ha problemi ad affrontarlo o sta succedendo qualcos'altro."

Alina annuisce. "Scommetto sulla prima opzione; sua madre era l'unica famiglia che aveva."

Chiudo la cartella e la spingo via. "Questo non spiega la mancanza di transazioni con carta di credito. Qualcosa non va qui. Ma anche se è quello che pensi, una donna emotivamente disturbata è l'ultima cosa di cui abbiamo bisogno."

Un sorriso privo di allegria sfiora gli occhi verde giada di Alina. "Ne sei sicuro, Kolya? Perché sento che potrebbe adattarsi perfettamente."

E prima che io possa rispondere, mia sorella si volta e se ne va.

Non so cosa mi spinga a riprendere la cartella un'ora dopo—morbosa curiosità, molto probabilmente. Sfogliando la fitta pila di fogli, trovo il rapporto della polizia sul suicidio della madre. A quanto pare, Marianna Emmons, cameriera, quarantenne, è stata trovata sul pavimento della sua cucina, con i polsi tagliati. È stato un vicino a dare la notizia; la figlia, Chloe, non si trovava da nessuna parte—e non si è mai presentata per identificare o seppellire il corpo.

Interessante. La graziosa ragazza potrebbe aver fatto fuori sua madre? È per questo che sta intraprendendo il suo "viaggio in incognito"?

Secondo il rapporto della polizia, non vi era alcun sospetto di omicidio. Marianna aveva una storia di depressione, e aveva già tentato il suicidio una volta, quando aveva sedici anni. Ma so quanto sia facile inscenare un delitto, se sai cosa stai facendo.

Tutto ciò che serve è un po' di lungimiranza e qualche abilità.

È un azzardo, ovviamente, ma non sono arrivato dove sono, presumendo il meglio delle persone. Anche se Chloe Emmons non è colpevole di matricidio, è colpevole di qualcosa. L'istinto mi dice che c'è di più nella sua storia, e il mio istinto raramente si sbaglia.

La ragazza è sinonimo di guai. Lo so senza ombra di dubbio.

Tuttavia, qualcosa mi impedisce di chiudere la cartella. Leggo il rapporto di Konstantin nella sua interezza, poi esamino gli screenshot dei suoi social media. Sorprendentemente, non sono molti i selfie; per essere una ragazza così carina, Chloe non sembra eccessivamente concentrata sul suo aspetto. Invece, la maggior parte dei suoi post consiste in video di cuccioli di animali e foto di punti panoramici, insieme a link a post di blog e articoli sullo sviluppo dell'infanzia e metodi di insegnamento ottimali.

Se non fosse per quel rapporto della polizia e per la sua scomparsa di un mese dalla rete, Chloe Emmons sembrerebbe essere esattamente ciò che afferma: una neolaureata con la passione per l'insegnamento.

Tornando all'inizio della cartella, studio la foto di lei che ride, cercando di capire che cosa mi intrighi della ragazza. Il suo bel viso, di sicuro, ma questa è solo una parte. Ho visto—e scopato—donne di gran lunga più classicamente belle di lei. Anche quella bocca da bambola del porno non è niente di speciale nel grande schema delle cose, anche se nessun uomo sano di mente si lascerebbe sfuggire la possibilità di sentire quelle labbra carnose e morbide avvolte intorno al suo uccello.

No, c'è qualcos'altro che esercita su di me quell'attrazione magnetica, qualcosa che ha a che fare con la radiosità del suo sorriso. È come vedere un raggio di sole che irrompe tra le nuvole in una giornata invernale. Vorrei toccarlo, sentire il suo calore... catturarlo, così da averlo per me.

Il mio corpo si indurisce al pensiero, mentre immagini oscure e proibite scivolano nella mia mente.

Un uomo migliore—un padre migliore—chiuderebbe subito quella cartella, se non altro per la tentazione che rappresenta, ma io non sono quell'uomo.

Sono un Molotov, e non abbiamo mai fatto qualcosa di così prosaico come la cosa giusta.

Tamburellando con le dita sulla scrivania, prendo una decisione.

Chloe Emmons potrebbe essere troppo turbata per permetterle di avvicinarsi a mio figlio, ma voglio comunque incontrarla.

Voglio sentire quel raggio di sole sulla mia pelle.

3

CHLOE

Il cancello di metallo alto circa tre metri e mezzo scorre di lato, mentre mi avvicino, il motore della mia Toyota che fatica per la ripida pendenza della strada sterrata che conduce alla montagna verso la tenuta. Afferrando saldamente il volante, attraverso il cancello aperto, il mio nervosismo che si intensifica secondo dopo secondo.

Non riesco ancora a credere di essere qui. Ero quasi certa che stamattina non avrei trovato alcunché nella mia casella di posta, quando sono andata in biblioteca. Era troppo presto per aspettarsi una risposta. Per ogni evenienza, però, volevo controllare la mia posta elettronica e poi passare qualche ora a cercare su internet altri lavori a una distanza di mezzo serbatoio di carburante. Ma l'e-mail era già lì, quando ho effettuato l'accesso; era arrivata la sera prima alle dieci.

Vogliono un colloquio con me.

Oggi a mezzogiorno.

I miei palmi sono scivolosi per il sudore, quindi mi asciugo prima una mano, poi l'altra sui jeans. Non ho niente che assomigli a un vestito adatto a un colloquio, quindi indosso il mio unico paio di jeans pulito e una semplice maglietta a maniche lunghe—ho bisogno delle maniche per coprire i graffi e le croste che i frammenti di vetro hanno lasciato sul mio braccio. Spero che i miei potenziali datori di lavoro non se la prendano per l'abito casual; dopotutto, sto facendo un colloquio per un posto da tutor in mezzo al nulla.

Per favore, fa' che ottenga quel lavoro. Per favore, fammelo avere.

L'elegante cancello di metallo che ho appena attraversato fa parte di una recinzione metallica della stessa altezza, che si estende nell'aspra foresta di montagna su ogni lato della strada. Mi chiedo se questo significhi che la recinzione scorra intorno all'intera proprietà. È difficile da immaginare—secondo il bibliotecario che mi ha dato le indicazioni, la proprietà consiste in oltre mille acri di terreno montagnoso selvaggio—ma non riuscivo a vedere dove finiva il recinto, quindi è possibile. E poiché il cancello si è aperto da solo al mio avvicinamento, devono esserci anche delle telecamere—il che, sebbene in qualche modo allarmante, è anche rassicurante.

Non ho idea del motivo per cui queste persone abbiano bisogno di così tanta sicurezza, ma se ottengo questo lavoro, sarò al sicuro anch'io nel loro complesso.

La tortuosa strada sterrata su cui mi trovo sembra

non finire mai, ma finalmente, dopo circa due chilometri, la foresta ai lati comincia a diradarsi e il terreno si appiattisce. Evidentemente, mi sto avvicinando alla vetta della montagna.

Di sicuro, mentre svolto alla curva successiva, appare l'elegante palazzo a due piani.

Una meraviglia ultramoderna di vetro e acciaio dovrebbe risaltare come un pugno in un occhio in tutta questa natura selvaggia, invece è abilmente integrata nel suo ambiente, con una porzione della casa costruita su uno sperone roccioso. Mentre mi avvicino, scorgo una terrazza interamente in vetro che avvolge il retro, e mi rendo conto che la casa è arroccata su un dirupo, che si affaccia su un profondo burrone.

La vista dall'interno deve essere mozzafiato.

Respira profondamente, Chloe. Puoi farlo.

Spegnendo la macchina, liscio i miei palmi sudati sui jeans, mi sistemo la maglietta, mi assicuro che i capelli siano ancora in uno chignon ordinato e prendo il curriculum che ho stampato in biblioteca. Di solito me la cavo ai colloqui, ma non ho mai avuto così tanta posta in gioco prima d'ora. Ogni nervo del mio corpo è scosso, e il mio cuore batte così forte che mi sento stordita. Certo, potrei anche avere le vertigini, perché tutto quello che ho mangiato oggi è la banana, ma non voglio pensare a questo e al fatto che se non ottengo il lavoro, la fame potrebbe essere l'ultimo dei miei problemi.

Con il curriculum in mano, scendo dall'auto. Sono in anticipo di circa mezz'ora, il che è meglio che arrivare in ritardo, ma non ottimale. Avevo paura di perdermi senza un GPS, quindi ho lasciato la biblioteca e sono venuta qui non appena il bibliotecario mi ha spiegato dove andare, fornendomi una cartina locale. Non mi sono persa, però, quindi ora tutto ciò di cui ho bisogno è avvicinarmi a quella porta d'ingresso elegante e futuristica e suonare il campanello.

Preparandomi psicologicamente, mi appresto a fare esattamente questo, quando la porta si apre, rivelando un uomo alto e dalle spalle larghe che indossa un paio di jeans scuri e una camicia bianca abbottonata con le maniche arrotolate fino ai gomiti.

"Buongiorno" dico, sfoggiando un sorriso luminoso, mentre cammino verso di lui. "Sono Chloe Emmons, qui per un colloquio per il..." Mi fermo, con il fiato sospeso nei polmoni, mentre esce alla luce e un paio di splendidi occhi color nocciola incontrano i miei.

Solo che "nocciola" è un termine troppo generico per definirli. Non ho mai visto occhi così. Un'ambra ricca e scura mescolata al verde foresta, sono incorniciati da spesse ciglia nere e brillano con una particolare fierezza, un'intensità che non sembrerebbe fuori luogo su un predatore della giungla. Occhi da tigre, appartenenti a un uomo che è potere e pericolo personificati—un uomo così crudelmente bello che il mio battito cardiaco già elevato diventa supersonico.

Zigomi alti e larghi, una lama dritta come naso, mascella abbastanza affilata da tagliare il marmo— l'assoluta simmetria di quei lineamenti sorprendenti sarebbe stata sufficiente per abbellire le copertine delle riviste, ma se combinata con quella bocca piena e cinicamente curva, l'effetto è assolutamente devastante. Come le sue ciglia, le sopracciglia sono folte e nere, proprio come i capelli, che sono abbastanza lunghi da coprirgli le orecchie e così dritti da sembrare l'ala di un corvo.

Chiudendo la distanza tra noi con passi lunghi e fluidi, allunga la mano verso di me. "Nikolai Molotov" dice, pronunciando il nome come farebbe un nativo russo—anche se non c'è alcuna traccia di accento nella sua voce profonda e ruvida. "È un piacere fare la tua conoscenza."

4

CHLOE

Sconvolta, gli stringo la mano. È grande e forte, con la pelle leggermente abbronzata e calda, mentre le sue lunghe dita si avvolgono intorno alle mie e stringono con una forza attentamente trattenuta. Un brivido mi percorre la spina dorsale alla sensazione, il mio corpo si riscalda dappertutto, e devo fare appello a tutto il mio autocontrollo per non ondeggiare verso di lui, mentre le mie ginocchia diventano gelatinose sotto di me.

Datti una calmata, Chloe. Questo è un potenziale datore di lavoro. Ricomponiti.

Con uno sforzo erculeo, tiro via la mano e mi aggrappo a ciò che resta della mia compostezza. "Piacere di conoscerla, Signor Molotov." Con mio sollievo, la mia voce esce ferma, il tono calmo e amichevole, come si addice a una persona che fa un colloquio di lavoro. Facendo un mezzo passo indietro, sorrido al padrone di casa. "Mi dispiace essere un po' in anticipo."

I suoi occhi da tigre brillano più luminosi. "Nessun problema. Non vedevo l'ora di incontrarti, Chloe. E per favore, chiamami Nikolai."

"Nikolai" ripeto, il mio stupido battito cardiaco che accelera ulteriormente. Non capisco che cosa mi stia succedendo, perché provi questa reazione a quest'uomo. Non sono mai stata una che perde la testa per una mascella quadrata e addominali scolpiti, nemmeno quando ero un'adolescente in fase ormonale. Mentre le mie amiche si innamoravano dei giocatori di football e delle star del cinema, io uscivo con ragazzi di cui apprezzavo la personalità, e la loro mente mi attraeva più dei loro corpi. Per me, la chimica sessuale è sempre stata qualcosa che si sviluppa nel tempo, e non che è lì fin dall'inizio.

Ma non ho mai incontrato un uomo che trasuda un magnetismo animale così crudo.

Non sapevo che esistessero uomini come questo.

Concentrati, Chloe. Molto probabilmente è sposato.

Il pensiero è come una spruzzata di acqua fredda sulla faccia, che mi riporta alla realtà della mia situazione. Che cazzo sto facendo, sbavando per il padre di un bambino? Ho bisogno di questo lavoro per *sopravvivere*. Il viaggio di sessantaquattro chilometri fin qui ha consumato più di un quarto di serbatoio di benzina nell'auto, e se non guadagno presto un po' di soldi, sarò un facile bersaglio per gli assassini che mi inseguono.

Il calore dentro di me si raffredda al pensiero, e quando Nikolai dice: "Seguimi" ed entra di nuovo in casa, i miei nervi tremano per l'ansia invece di qualunque emozione si sia impossessata di me, vedendolo.

All'interno, la dimora è ultramoderna come appare all'esterno. Tutto intorno a me ci sono finestre dal pavimento al soffitto con viste sbalorditive, decorazioni degne di un museo d'arte moderna e mobili eleganti, che sembrano usciti direttamente dallo showroom di un designer di interni. Il tutto è realizzato nei toni del grigio e del bianco, addolcito in alcuni punti da accenti di legno naturale e pietra. È bello e più che un po' intimidatorio, proprio come l'uomo di fronte a me, e mentre mi conduce attraverso un soggiorno a pianta aperta fino a una scala a chiocciola in legno e vetro sul retro, non posso fare a meno di sentirmi come un piccione malridotto volato accidentalmente in una sala da concerto dorata.

Soffocando la sensazione inquietante, dico: "Ha una bella casa. Vive qui da molto?"

"Pochi mesi" risponde, mentre saliamo le scale. Mi guarda di traverso. "E tu? Nella tua lettera di presentazione hai scritto che stai facendo un viaggio in macchina."

"Sì." Sentendomi su un terreno più solido, spiego che mi sono laureata al Middlebury College a giugno e ho deciso di visitare il Paese, prima di immergermi nel mondo del lavoro. "Ma poi, naturalmente, ho visto il suo annuncio" concludo "e sembrava troppo perfetto per lasciarmelo sfuggire, quindi eccomi qui."

"Sì" replica dolcemente, mentre ci fermiamo davanti a una porta chiusa. "Eccoti qui."

Il mio respiro si blocca di nuovo, e le pulsazioni accelerano in modo incontrollabile. Scorgo qualcosa di snervante nella curva oscuramente sensuale della sua bocca, qualcosa di quasi... *pericoloso* nell'intensità del suo sguardo. Forse è il colore insolito dei suoi occhi, ma mi sento decisamente a disagio, quando preme il palmo della mano su un pannello discreto sul muro e la porta si apre davanti a noi, in stile film di spionaggio.

"Prego" mormora, facendomi cenno di entrare, e io eseguo, facendo del mio meglio per ignorare l'inquietante sensazione di entrare nella tana di un predatore.

La "tana" si rivela essere un grande ufficio illuminato dal sole. Due delle pareti sono realizzate interamente in vetro, rivelando panorami mozzafiato delle montagne, mentre un'elegante scrivania a forma di L al centro ospita diversi monitor di computer. Sul lato ci sono un tavolino rotondo con due sedie, ed è lì che mi guida Nikolai.

Nascondendo un'espirazione sollevata, mi siedo e appoggio il mio curriculum sul tavolo davanti a lui. Chiaramente, sono ansiosa, i miei nervi sfilacciati dopo aver trascorso l'ultimo mese, vedendo il pericolo ovunque. Questo è un colloquio per un lavoro come tutor, niente di più, e ho bisogno di riprendermi, prima di rovinare tutto.

Nonostante l'ammonimento, il mio battito cardiaco aumenta di nuovo, quando Nikolai si appoggia allo schienale della sedia e mi guarda con quegli occhi incredibilmente belli. Posso sentire l'umidità crescente dei miei palmi, e devo impegnarmi per non pulirli di nuovo sui jeans. Per quanto sia ridicolo, mi sento spogliata da quello sguardo, tutti i miei segreti e le mie paure esposti.

Smettila, Chloe. Non sa niente. Stai facendo un colloquio per diventare tutor, niente di più.

"Allora" dico disinvoltamente per nascondere la mia ansia "posso chiedere del bambino a cui dovrei insegnare? È suo figlio o sua figlia?"

Il suo viso assume un'espressione indecifrabile. "Mio figlio. Miroslav. Lo chiamiamo Slava."

"È un bel nome. È—"

"Parlami di te, Chloe." Chinandosi in avanti, prende il mio curriculum, ma non lo guarda. Invece, i suoi occhi sono puntati sul mio viso, facendomi sentire come una farfalla al microscopio. "Che cosa ti alletta di questo incarico?"

"Oh, tutto." Prendendo fiato per stabilizzare la voce, descrivo tutte le attività di babysitter e tutoraggio che ho svolto negli anni, e poi riporto i miei stage, compreso il mio ultimo lavoro estivo in un campo per ragazzi disagiati, dove mi sono rapportata con bambini di tutte le età. "È stata un'esperienza fantastica" concludo "sia stimolante che gratificante. La mia parte preferita, però, è stata insegnare matematica e leggere ai bambini più piccoli—motivo per cui penso che sarei perfetta per questo ruolo. L'insegnamento è la mia passione, e mi piacerebbe avere la possibilità di lavorare con un bambino individualmente, adattando il curriculum ai suoi interessi e capacità."

Riordina il curriculum, sempre senza preoccuparsi di guardarlo. "E come ti senti all'idea di vivere in un posto così lontano dalla civiltà? Dove non c'è nient'altro che landa selvaggia per decine di chilometri intorno e solo un contatto minimo con il mondo esterno?"

"Sembra..." *Un paradiso.* "...straordinario." Gli sorrido, senza nascondere la mia eccitazione. "Sono una grande fan della natura selvaggia e della natura in generale. Infatti, avevo scelto il Middlebury College in parte per la sua ubicazione rurale. Amo l'escursionismo e la pesca, e so come stare intorno a un falò. Vivere qui sarebbe un sogno che si avvera." Soprattutto viste tutte le misure di sicurezza che ho notato entrando—ma non lo dico, ovviamente.

Non posso sembrare nient'altro che una neolaureata in cerca di avventura.

Inarca le sopracciglia. "Non ti mancheranno i tuoi amici? O la famiglia?"

"No, io—" Con mio sgomento, la mia gola si contrae per un improvviso impeto di dolore. Deglutendo, ci riprovo. "Sono molto indipendente. Ho viaggiato da sola in tutto il Paese nell'ultimo mese, e inoltre, ci sono sempre telefoni, applicazioni per videoconferenze e social media."

Inclina la testa. "Eppure, non hai postato nulla nei

tuoi profili sui social media nell'ultimo mese. Come mai?"

Lo fisso, il mio cuore che batte alle stelle. Ha guardato i miei social media? Come? Quando? Ho attivato le impostazioni di privacy più elevate; non dovrebbe essere in grado di vedere nulla di me oltre al fatto che esisto e uso i social media come una persona normale. Ha indagato? Ha in qualche modo violato i miei account?

Chi è quest'uomo?

"In realtà, non ho un telefono in questo momento." Un filo di sudore mi scorre lungo la schiena, ma riesco a mantenere il mio livello di tono. "Me ne sono sbarazzata, perché volevo scoprire se fossi in grado di cavarmela in questo viaggio senza ricorrere all'uso dell'elettronica. Una sorta di sfida personale."

"Capisco." I suoi occhi sono più verdi dell'ambra sotto questa luce. "Allora, come ti mantieni in contatto con la famiglia e gli amici?"

"E-mail, soprattutto" mento. Non posso assolutamente ammettere di non essere rimasta in contatto con nessuno e di non avere intenzione di farlo. "Ho visitato biblioteche pubbliche e uso i computer lì di tanto in tanto." Rendendomi conto che le mie dita sono strettamente intrecciate, apro le mani e mi sforzo di sorridere. "È abbastanza liberatorio non essere legata a un telefono, vede. La connettività estrema è al contempo una benedizione e una maledizione, e mi sto godendo la libertà di viaggiare in tutto il Paese come facevano le persone in passato, usando solo la guida di una semplice cartina."

"Una luddista della generazione Z. Che bello."

Arrossisco per la sottile presa in giro nel suo tono. So come suona la mia spiegazione, ma è l'unica cosa che posso escogitare per giustificare la mia mancanza di recente attività sui social media e, nel caso in cui guardasse attentamente il mio curriculum, l'assenza di un numero di cellulare. In realtà, è una buona scusa per tutto, quindi andrà bene.

"Ha ragione. Sono un po' luddista" ammetto. "Probabilmente è per questo che la vita di città mi attrae così poco, e il motivo per cui ho trovato il suo annuncio di lavoro così intrigante. Vivere qui"—faccio cenno alla splendida vista esterna—"e fare da tutor a suo figlio è il tipo di lavoro che ho sempre desiderato, e se mi assume, mi dedicherò completamente a questo."

Un lento, cupo sorriso gli incurva le labbra. "È così?"

"Sì." Sostengo il suo sguardo, anche se il mio respiro si fa superficiale e punte di calore mi percorrono la pelle. Davvero non capisco la mia reazione a quest'uomo, non capisco come possa trovarlo così magnetico anche se fa scattare tutti i tipi di allarmi nella mia mente. Paranoia o meno, il mio istinto urla che è pericoloso; eppure, il dito mi prude per la voglia di allungare la mano e tracciare i bordi chiaramente definiti delle sue labbra carnose e morbide. Deglutendo, distolgo i miei pensieri da quel territorio insidioso e dico con tutta la serietà che riesco a gestire: "Sarò il tutor più perfetto che possa immaginare."

Mi guarda senza battere ciglio, il silenzio che si estende per diversi lunghi secondi, e proprio quando sento che i miei nervi potrebbero spezzarsi come un elastico troppo tirato, si alza e dice: "Seguimi."

Mi guida fuori dall'ufficio e su un lungo corridoio, fino a raggiungere un'altra porta chiusa. Questa non deve avere alcuna sicurezza biometrica, poiché bussa e, senza aspettare risposta, entra.

All'interno, un'altra finestra dal pavimento al soffitto offre alte viste mozzafiato. Tuttavia, non c'è niente di elegante e moderno in questa stanza. Invece, sembra la conseguenza di un'esplosione in una fabbrica di giocattoli. Il caos colorato è ovunque io guardi, con pile di giocattoli, libri per bambini e pezzi LEGO sparsi su tutto il pavimento e un letto a misura di bambino coperto da un lenzuolo a tema Superman nell'angolo. I cuscini a tema Superman e la coperta del letto sono ammucchiati in un altro angolo, ed è solo quando il padrone di casa dice in tono di comando: "Slava!" che mi rendo conto che c'è un ragazzino che sta costruendo un castello LEGO accanto a quella pila.

Alla voce di suo padre, la testa del bambino si solleva di scatto, rivelando un paio di enormi occhi verde ambra—gli stessi occhi ipnotizzanti che possiede l'uomo accanto a me. Nel complesso, il bimbo è Nikolai in miniatura, con i capelli neri che gli cadono intorno alle orecchie in una tenda dritta e lucida, e il viso tondo da bambino che mostra già un accenno di quegli zigomi sorprendenti. Anche la bocca è la stessa, e manca solo la curva cinica e consapevole delle labbra di suo padre.

"Slava, *idi syuda*" ordina Nikolai, e il ragazzino si alza e si avvicina cautamente a noi. Mentre si ferma davanti a noi, noto che indossa un paio di jeans e una maglietta con un'immagine di Spider-Man sul davanti.

Guardando suo figlio, Nikolai inizia a parlargli rapidamente in russo. Non ho idea di cosa stia dicendo, ma deve avere qualcosa a che fare con me, perché il bimbo continua a guardarmi, la sua espressione sia incuriosita che timorosa.

Non appena Nikolai finisce di parlare, sorrido al bambino e mi inginocchio sul pavimento, in modo da essere allo stesso livello degli occhi. "Ciao, Slava" dico dolcemente. "Sono Chloe. È un piacere conoscerti."

Il ragazzino mi guarda perplesso.

"Non parla inglese" mi informa Nikolai, la sua voce dura. "Alina ed io abbiamo cercato di insegnarglielo, ma lui sa che parliamo russo e si rifiuta di impararlo da noi. Quindi, questo sarebbe il tuo lavoro: insegnargli l'inglese, insieme a qualsiasi altra cosa che un bambino della sua età dovrebbe sapere."

"Capisco." Tengo lo sguardo sul bimbo, sorridendogli calorosamente, anche se nella mia mente suonano altri campanelli d'allarme. C'è qualcosa di strano nel modo in cui Nikolai parla al bambino e in come ne parla. È come se suo figlio fosse un estraneo per lui. E se Alina—che presumo sia sua moglie e la madre del bambino— conosce l'inglese oltre al mio padrone di casa, perché Slava non dice almeno qualche parola? Perché avrebbe rifiutato di imparare la lingua dai suoi genitori?

In generale, perché Nikolai non prende in braccio il bambino e non lo abbraccia? O scherzosamente gli arruffa i capelli?

Dov'è la calda facilità con cui i genitori comunicano solitamente con i loro figli?

"Slava" dico dolcemente al bambino "sono Chloe." Indico me stessa. "Chloe."

Mi guarda con lo sguardo impassibile di suo padre per diversi lunghi momenti. Poi, la sua bocca si muove, plasmando le sillabe. "Klo-ee."

Gli sorrido. "Giusto. Chloe." Mi tocco il petto. "E tu sei Slava." Lo indico. "Miroslav, giusto?"

Annuisce solennemente. "Slava."

"Ti piacciono i fumetti, Slava?" Tocco delicatamente l'immagine sulla sua maglietta. "Questo è Spider-Man, non è vero?"

I suoi occhi si illuminano. "*Da*, Spider-Man." Lo pronuncia con accento russo. "*Ti znayesh o nyom?*"

Alzo lo sguardo su Nikolai, solo per scoprire che mi sta osservando con un'espressione cupa e indecifrabile. Un formicolio di sgradita consapevolezza mi scorre lungo la schiena, e il respiro si blocca per un'improvvisa sensazione di vulnerabilità. Non voglio stare in ginocchio con quest'uomo.

È un po' come scoprire la gola a un bellissimo lupo selvatico.

"Mio figlio sta chiedendo se conosci Spider-Man" dice, dopo un momento carico di tensione. "Presumo che la risposta sia sì."

Con sforzo, distolgo lo sguardo da lui e mi concentro sul bimbo. "Sì, conosco Spider-Man" dico, sorridendo. "Amavo Spider-Man, quando avevo la tua età. Anche Superman e Batman e Wonder Woman e Aquaman."

Il viso del bambino si illumina di più a ogni supereroe che nomino, e quando arrivo ad Aquaman, un sorriso malizioso appare sul suo viso. "Aquaman?" Arriccia il piccolo naso. "*Nyet, nye* Aquaman."

"Aquaman no?" Spalanco gli occhi in modo esagerato. "Perché no? Cos'ha che non va Aquaman?"

Ridacchia. "*Nye* Aquaman."

"Va bene, hai vinto. Aquaman no." Lascio uscire un triste sospiro. "Povero Aquaman. Piace a così pochi bambini."

Il bambino ridacchia di nuovo e corre verso una pila di fumetti accanto al letto. Afferrandone uno, lo porta indietro con sé e indica la foto sul davanti. "Superman *samiy sil'niy*" dichiara.

"Superman è il migliore?" Tiro a indovinare. "Il tuo preferito?"

"Ha detto che è il più forte" dice Nikolai in modo uniforme, poi passa al russo, con una voce che assume lo stesso tono di comando.

La faccia del bimbo si contrae e abbassa il libro, la sua postura abbattuta.

"Torniamo nel mio ufficio" mi dice Nikolai, e senza rivolgere un'altra parola a suo figlio, si dirige verso la porta.

5

NIKOLAI

Mentre esco dalla stanza, posso sentirla salutare mio figlio, la sua voce dolce e allegra, e il doloroso tonfo nel mio petto si intensifica, la rabbia che si mescola alla lussuria più forte che abbia mai provato.

Sei mesi.

Sei mesi, e non ho tirato fuori neppure un sorriso dal bambino. Alina c'è riuscita, però, e ora anche questa ragazza, questa totale sconosciuta.

Slava ha riso con lei.

Le ha mostrato il suo libro preferito.

Le ha lasciato toccare la sua maglietta.

E per tutto il tempo in cui l'ho guardata con mio figlio, non ho fatto altro che pensare a come sarebbe apparsa nuda sotto di me, i suoi capelli striati dal sole liberati dallo stretto chignon che li limitava e i suoi grandi occhi castani puntati su di me, mentre mi seppellisco nella sua carne setosa, ripetutamente.

Se avessi avuto bisogno di ulteriori prove sul fatto di non essere idoneo a fare il padre, eccole qui, a palate.

"Siediti, per favore" dico a Chloe, quando torniamo nel mio ufficio. Nonostante i miei migliori sforzi, la mia voce è tesa, il calderone ribollente di emozioni dentro di me troppo potente per essere contenuto. Voglio afferrare la ragazza e scoparla sul posto, e allo stesso tempo, voglio scuoterla e chiederle di dirmi come ha fatto la sua magia su Slava così velocemente... perché mio figlio ha risposto a lei in pochi minuti, mentre io per mesi non sono riuscito a tirargli fuori più di poche parole.

Si siede sulla stessa sedia di prima, appollaiata sul bordo del sedile delicatamente come una farfalla su un fiore. I suoi occhi sono fissi sul mio viso, la sua espressione perfettamente composta, e se non fosse per le sue piccole mani annodate insieme sul tavolo, penserei che sia fredda come sembra. Ma è nervosa, questo bel mistero di ragazza, nervosa e più che un po' disperata.

Non so perché sia così, ma lo scoprirò.

"Che cosa ne pensi di mio figlio?" chiedo, il mio tono che si addolcisce, mentre mi appoggio allo schienale della sedia. Ora che siamo lontani da Slava, la strana tensione che spesso provo nella mia cassa toracica quando sono con lui si sta allentando, la rabbia irrazionale e la gelosia che svaniscono, fino a ridursi a una debole pulsazione in fondo alla mia mente.

E se al ragazzino piacesse di più questa sconosciuta?

Ciò significa che potrebbe effettivamente essere in grado di svolgere il lavoro per cui sto per assumerla.

Non so esattamente quando ho preso questa decisione, a che punto ho deciso che la mia attrazione per Chloe Emmons giustificasse il pericolo che potrebbe rappresentare per la mia famiglia. Forse è stato quando ha mentito con disinvoltura sul motivo per cui ha smesso di usare i social media, o mentre stava sostenendo senza paura il mio sguardo, dopo aver giurato di dedicarsi al lavoro. O forse è stato quando sono uscito di casa e quei morbidi occhi castani si sono posati su di me per la prima volta, facendo rizzare ogni pelo del mio corpo con ardente consapevolezza.

Attrazione è una parola troppo debole per descrivere ciò che provo verso di lei. Le mie mani si contraggono letteralmente per l'impulso di toccarla, di far scorrere le mie dita sulla sua mascella finemente modellata e vedere se la sua pelle abbronzata è morbida come sembra. Nelle foto, era carina, il suo splendore che illuminava la pagina. Di persona, è tutto questo e molto di più, il suo sorriso pieno di calore inconsapevole, il suo sguardo risoluto che parla sia di vulnerabilità che di forza.

E sotto tutto questo, si cela la disperazione. Posso vederla, sentirla... annusarla. Paura, disperazione—ha un profumo, come il sangue. E come il sangue, attira le parti più oscure di me, la bestia che tengo attentamente al guinzaglio. Peggio ancora, questa scomoda attrazione non è unilaterale.

Chloe Emmons è attratta da me.

Mascherato dal suo sorriso luminoso e amichevole, c'è un interesse puramente femminile, una risposta primordiale come la mia reazione a lei. Quando le ho stretto la mano, ho sentito un tremore percorrerla sulla pelle, ho visto le sue labbra aprirsi in un'espirazione superficiale, mentre le sue dita delicate si contraevano nella mia presa.

No, la ragazza non è affatto indifferente, e questo la rende una facile preda.

"Penso che Slava sia molto intelligente" risponde, e il mio sguardo cade sulla forma allettante della sua bocca. Il suo labbro superiore è un po' più pieno di quello inferiore, dando l'impressione di un leggero sovramorso, quando non sorride. "Non so per quale motivo si rifiuti di imparare l'inglese da voi, ma sono sicura che sarò in grado di insegnarglielo" continua, mentre medito se quella piccola imperfezione renda i suoi lineamenti più o meno attraenti. Più attraenti, decido, mentre spiega i metodi di insegnamento che intende utilizzare. Sicuramente più attraenti, perché tutto quello a cui riesco a pensare è quanto desideri assaporare la morbidezza soffice di quelle labbra e sentirle sul mio corpo.

Con sforzo, mi concentro sulle sue parole.

"—e quindi inizieremo con il—"

"Che cosa ne pensi della disciplina corporale per i bambini?" la interrompo, sporgendomi in avanti. Ho sentito abbastanza da sapere che è in grado di svolgere il lavoro. C'è solo un'altra cosa che devo sapere ora. "Credi nelle sculacciate e cose simili?"

Mi lancia un'occhiata sgomenta. "Ovviamente no! Questa è l'ultima cosa— No, non lo giustificherei mai." I suoi occhi si socchiudono ferocemente, mentre si china, le mani snelle che si stringono a pugno sul tavolo. "*Lei* sì?"

"No."

Si rilassa visibilmente, e io nascondo un sorriso soddisfatto. Per un secondo, sembrava che stesse per prendermi a pugni con quelle manine. E quella reazione non è stata una finzione; ogni muscolo del suo corpo si è irrigidito contemporaneamente, come se stesse per lanciarsi in battaglia. La semplice possibilità che mio figlio venisse sculacciato le ha fatto dimenticare tutto ciò che c'era dietro la sua disperazione, trasformandola in una mamma orsa.

Non è la reazione di una donna che farebbe mai del male a un bambino. Qualunque sia il pericolo che Chloe Emmons rappresenti, non è del tipo violento— almeno nessuno che possa essere una minaccia per Slava.

I giudici non si sono ancora espressi sulla vera causa della morte di sua madre.

Probabilmente è un altro segno che non sono adatto ad essere un genitore, ma una parte di me non vede l'ora di affrontare i guai che potrebbe portare. È tranquillo qui, in questo angolo remoto dell'Idaho— bello e fin troppo silenzioso. La vita che mi sono lasciato alle spalle non è affatto come quella che ho condotto negli ultimi sei mesi, e non posso negare che mi manca l'adrenalina di essere al timone di una delle famiglie più potenti della Russia.

Questa ragazza con le sue bugie intriganti e la bocca da bambola del porno non me la sostituirà, ma in un modo o nell'altro, mi procurerà un po' di divertimento.

Appoggiandomi allo schienale, intreccio le mie dita sulla cassa toracica e le sorrido. "Allora, Chloe... quando puoi iniziare?"

6

CHLOE

Quasi balzo in piedi e grido: "Subito! In questo minuto. In questo secondo." Solo che questo tradirebbe la mia disperazione e rovinerebbe tutto, quindi rimango al mio posto e dico con una parvenza di compostezza: "Quando vuole lei. Sono disponibile da subito."

Gli occhi di Nikolai brillano d'oro scuro. "Benissimo. Vorrei che iniziassi oggi. Devo presumere che va bene lo stipendio indicato nell'annuncio?"

"Sì, grazie. È adeguato." Con questo intendo dire che sono più soldi di quanto avrei potuto sperare di guadagnare altrove, ma tutti i libri sui colloqui ti dicono di non sembrare troppo ansiosa e di negoziare. Non ho le palle per fare la seconda cosa, ma posso provare la prima. Cercando di usare un tono normale, chiedo: "Con quale frequenza verrò pagata?"

"Settimanalmente. Conteremo oggi come il tuo

primo giorno, quindi martedì prossimo riceverai il primo stipendio. Va bene per te?"

Annuisco, troppo emozionata per parlare. Tra una settimana—o meglio sei giorni e mezzo—da ora avrò i soldi. Soldi veri, reali, sostanziosi, del tipo che mi fornirebbero cibo e benzina per mesi, se dovessi scappare di nuovo.

"Eccellente." Si alza in piedi. "Vieni, ti accompagno in camera."

Lo seguo, facendo del mio meglio per non notare il modo in cui i jeans firmati gli abbraccino le cosce muscolose e come la sua camicia ben aderente si distenda sulle spalle potenti. L'ultima cosa di cui ho bisogno è desiderare il mio datore di lavoro, un uomo che molto probabilmente è sposato con una donna che devo ancora incontrare. Il che, a pensarci bene, è strano.

Perché la madre di Slava non è stata coinvolta in questa decisione di assunzione?

Raggiungendo Nikolai, mi schiarisco la gola per attirare la sua attenzione. "Potrò incontrare Alina presto?" gli chiedo, quando il suo sguardo si posa su di me. "O è via?"

Alza le sopracciglia. "Lei è—"

"Proprio qui." Una splendida giovane donna esce dalla stanza in cui stavamo per entrare. Alta e snella, indossa un vestito rosso che potrebbe provenire direttamente da una passerella di Parigi. Ai piedi indossa un elegante paio di tacchi color carne, e i suoi lunghi capelli lisci e neri incorniciano un viso straordinariamente bello. Le sue labbra carnose sono dipinte di rosso per abbinarsi al suo vestito, e un'abile applicazione di eyeliner nero sottolinea l'inclinazione da gatto dei suoi occhi verde giada.

Allungando una mano perfettamente curata verso di me, dice dolcemente: "Alina Molotova. Immagino che il colloquio sia andato bene?" Come suo marito, parla un inglese americano impeccabile, con solo la pronuncia del nome che tradisce le sue origini straniere.

Riprendendomi dallo shock del suo aspetto, le stringo la mano. "È un piacere conoscerla, Signora Molotova." Pronuncio il suo nome come ha fatto lei, con una "a" alla fine; ricordo dal mio corso di letteratura russa che i cognomi russi hanno un genere. "Io sono—"

"Chloe Emmons, lo so. E ti prego, chiamami Alina." Sorride, rivelando un minuscolo spazio tra i denti anteriori—un'imperfezione che non fa che esaltare la sua straordinaria bellezza.

"Grazie, Alina." Ricambio il sorriso, anche se un dolore sgradevole mi stringe il petto.

La moglie di Nikolai è più che splendida e, per qualche ragione, detesto questa cosa.

Stranamente, l'uomo non sembra soddisfatto nemmeno di lei. "Che cosa ci fai qui?" Il suo tono è duro, le sopracciglia scure che si uniscono in un cipiglio.

Il sorriso di Alina diventa felino. "Naturalmente stavo preparando la stanza di Chloe. Cos'altro?"

La sua risposta in russo è rapida e tagliente, ma lei ride—un bel suono simile a una campana—e mi dice: "Benvenuta nella nostra casa, Chloe."

Detto questo, se ne va, il suo passo aggraziato come quello di una modella su una passerella.

Esalando un respiro, mi volto di nuovo verso Nikolai, solo per vederlo entrare nella stanza. Lo seguo e mi ritrovo in una camera da letto spaziosa e ultramoderna con una finestra dal pavimento al soffitto che mostra panorami splendidi.

"Wow." Mi avvicino alla finestra e guardo le cime innevate di montagne lontane velate da una foschia bluastra. "Questo è... semplicemente wow."

"Bello, non è vero?" dice, e il mio battito cardiaco sussulta, quando mi rendo conto che si è avvicinato a me, il suo sguardo sul magnifico panorama. Di profilo, è ancora più sorprendente, i suoi lineamenti duri e perfetti come se fossero stati scolpiti nel dirupo su cui siamo appollaiati, e il suo corpo potente è una forza della natura tanto quanto quella selvaggia che ci circonda.

Pericoloso.

La parola mi frulla nella mente, e questa volta non riesco a convincermi che sia semplicemente paranoia. È pericoloso, questo mio misterioso datore di lavoro. Non so come, non so perché, ma lo sento. Un mese fa, i paraocchi che avevo indossato per tutta la vita—quelli indossati da tutte le persone normali—sono stati violentemente strappati via, e non posso fingere di non vedere l'oscurità nel mondo, non posso mentire a me stessa. E vedo l'oscurità in Nikolai.

Sotto quella straordinaria bellezza maschile e quei modi gentili si cela qualcosa di selvaggio... qualcosa di terrificante.

Si volta verso di me, e devo fare appello a tutto il mio coraggio per restare al mio posto e incontrare il suo sguardo luminoso da tigre. Il cuore mi batte forte nel petto, e una corrente incandescente sembra attraversare lo spazio tra noi, le particelle d'aria che assumono una carica elettrica. Le mie terminazioni nervose sfrigolano, riscaldando la mia pelle e rendendo il respiro superficiale e irregolare.

Scappa, Chloe.

Deglutendo forte, faccio un passo indietro, la voce di mia madre che risuona nella mia testa chiaramente come se fosse qui. E vorrei disperatamente ascoltarla, ma ho pochi dollari nel portafogli e un quarto di serbatoio di benzina nella mia vecchia auto. Quest'uomo, che mi attrae e allo stesso tempo mi terrorizza, è la mia unica speranza di sopravvivenza, e qualunque sia il pericolo che devo affrontare qui non può essere peggiore di quello che mi aspetta, se me ne vado.

I suoi occhi brillano di oscuro divertimento, mentre faccio un altro passo indietro e poi un altro, e ho di nuovo la sensazione inquietante che mi stia leggendo dentro, che in qualche modo percepisca sia la mia paura che la mia vergognosa attrazione per lui.

Costringendomi a voltarmi, mi guardo intorno,

fingendo interesse per ciò che mi circonda—come se qualcosa qui intorno potesse essere affascinante quanto lui. "Quindi, questa sarà la mia stanza?"

"Sì. Ti piace?"

"La adoro." Alzo lo sguardo su una grande TV che pende dal soffitto sopra il letto, poi mi avvicino a una porta di fronte a quella che dà sul corridoio. Conduce a un elegante bagno bianco con un box doccia in vetro abbastanza grande da ospitare cinque persone. Un'altra porta nasconde un vano armadio delle dimensioni della mia stanza del dormitorio del college, tutto vuoto e in attesa dei miei magri averi.

È un tipo di lusso che ho visto solo nei film, e aumenta il mio disagio.

Chi è questa gente? Da dove proviene la loro ricchezza? Come ha fatto Nikolai a sapere della mia assenza dai social media, se tutti i miei profili sono privati?

Perché hanno bisogno di tanta sicurezza in un luogo così remoto?

Prima non volevo riflettere troppo a fondo su nulla di tutto questo—il mio obiettivo era ottenere il lavoro—ma ora che sono qui, ora che questo è reale, non posso fare a meno di chiedermi in cosa mi sia cacciata. Perché c'è una risposta facile a tutte le mie domande, una parola che, grazie a Hollywood, mi viene in mente, quando penso ai ricchi russi.

Mafia.

È questo che sono i miei nuovi datori di lavoro?

7

CHLOE

Con il cuore martellante, mi volto a guardare Nikolai. Mi sta osservando con lo stesso divertimento inquietante, e improvvisamente mi sento come un topo alle prese con un gatto grande e meraviglioso.

Che può far parte della mafia.

"Allora" comincio a dire con disagio "probabilmente dovrei—"

"Dammi le tue chiavi della macchina." Mi si avvicina. "Farò portare su le tue cose."

"Va bene. Posso farlo da sola. Ho solo—" Chiudo la bocca, perché allunga la mano con il palmo verso l'alto, la sua espressione senza compromessi.

Armeggiando nella mia tasca, estraggo le chiavi e le faccio cadere sul suo ampio palmo. "Ecco qui."

"Grazie." Mette in tasca le chiavi. "Mettiti comoda. Pavel ti porterà le valigie tra un minuto."

"Ce n'è solo una—una piccola valigia nel bagagliaio" dico, ma sta già uscendo.

Lasciando uscire un respiro che non mi rendevo conto di trattenere, crollo sul letto. Ora che il colloquio è finito, l'adrenalina che mi ha sostenuta sta calando, e mi sento esausta, così completamente svuotata che tutto quello che posso fare è sdraiarmi lì e fissare il soffitto alto con aria assente. Dopo un po', mi riprendo abbastanza da registrare il fatto che il copriletto bianco sotto di me è fatto di un materiale morbido, e allargo i palmi delle mani su di esso, accarezzandolo come un animale domestico.

Qualcuno che bussa alla porta mi fa uscire dal mio stato semi-catatonico. Sedendomi, grido: "Avanti!"

Entra un uomo dalle dimensioni di un orso delle caverne, portando la mia valigia, che sembra più una borsetta nella sua mano enorme. I tatuaggi gli ricoprono i lati del collo spesso, e il suo viso segnato dalle intemperie mi ricorda un mattone—duro, rossastro e squadrato. I suoi capelli corti come un militare sono di un'indeterminata sfumatura di marrone cosparsa di grigio, e i duri occhi grigi mi ricordano i proiettili fusi.

"Ciao" dico, raccogliendo un sorriso, mentre mi alzo in piedi. "Tu devi essere Pavel."

Annuisce, ma la sua espressione non è cambiata. "Dove la vuoi?" chiede con un ringhio profondo e fortemente accentato.

"Proprio qui va bene, grazie. Ci penso io." Mi avvicino per prendergli la valigia e, mentre lo faccio, mi rendo conto che dev'essere l'uomo più grosso che abbia mai incontrato, in termini di altezza e di larghezza. Altri tatuaggi decorano il dorso delle sue mani e fanno capolino dallo scollo a V del maglione, che si allunga strettamente sui suoi pettorali prominenti.

Cercando di non deglutire nervosamente, mi fermo davanti a lui e afferro il manico della valigia che ha appena posato sul pavimento. "Grazie." Faccio un sorriso più luminoso, alzando lo sguardo. Molto in alto —il collo mi fa davvero male per quanto devo piegarlo all'indietro.

Annuisce di nuovo, la mascella spessa irrigidita, poi si volta ed esce.

Va bene. Impossibile fare amicizia con altri membri del personale. Qual è il ruolo dell'uomo-orso qui, a proposito? Guardia del corpo?

Tutore mafioso, forse?

Respingo il pensiero. Anche se il tizio incarna perfettamente lo stereotipo, mi rifiuto di soffermarmi su questa possibilità. Quale sarebbe il punto? Anche se i miei nuovi datori di lavoro fossero mafiosi, starei più al sicuro qui che là fuori.

Lo spero.

Chiudo la porta alle spalle di Pavel, disfaccio i bagagli—una procedura che richiede dieci minuti—e guardo con desiderio il letto con il suo copriletto bianco sfocato. Sono esausta e non solo per il colloquio. Tra gli incubi che mi perseguitano di notte e la preoccupazione costante durante il giorno, non dormo più di quattro ore da settimane. Ma non posso dormire il pomeriggio.

Sono stata assunta per svolgere un lavoro, e ho intenzione di farlo.

Per riprendermi, faccio una doccia veloce nell'enorme bagno e mi metto una nuova maglietta— l'ultima. Devo informarmi su dove fare il bucato al più presto, ma prima le cose più importanti.

È ora che conosca il mio giovane studente.

La porta della stanza di Slava è aperta, mentre mi avvicino, e vedo Alina all'interno, che parla al ragazzino in un russo melodioso. Udendo i miei passi, mi guarda e inarca le sopracciglia in un modo che mi ricorda suo marito.

"Non vedi l'ora di iniziare?"

Le sorrido. "Se non ti dispiace, stavo pensando che Slava e io potremmo conoscerci questo pomeriggio." Colgo lo sguardo del bambino e gli faccio l'occhiolino, guadagnandomi un enorme sorriso.

L'espressione di Alina si scalda alla reazione di suo figlio. "Ovviamente non mi dispiace. Gli stavo solo spiegando che vivrai qui e gli insegnerai. È piuttosto entusiasta all'idea."

"Anch'io." Mi accovaccio davanti al bambino. "Ci divertiremo un sacco, non è vero, Slava?"

Chiaramente non capisce cosa sto dicendo, ma sorride a prescindere e snocciola qualcosa in russo.

"Ti sta chiedendo se ti piacciono i castelli" dice Alina.

"Sì, mi piacciono" rispondo a Slava. "Mostrami cos'hai lì. Questa è la tua fortezza?" Indico il progetto LEGO parzialmente costruito.

Il ragazzino ridacchia e si lascia cadere tra i pezzi. Raccogliendone due, li attacca alle mura del castello, e io lo aiuto attaccandone altri due. Solo che a quanto pare ho sbagliato, perché lui scuote la testa e toglie i miei pezzi, poi li mette proprio accanto a dove li ho attaccati.

"Oh, capisco. Stai lasciando spazio per le finestre. Finestre, giusto?" Indico quella gigante nella sua stanza.

Annuisce. "*Da, okna. Bol'shiye okna.*" Afferrandomi il polso, mi mette un altro pezzo nel palmo e mi guida la mano nella posizione corretta sul muro. "*Nado syuda.*"

"Capito." Sorridendo, attacco il pezzo successivo. "In questo modo, giusto?"

"*Da*" risponde eccitato e afferra altri pezzi. Procediamo in quel modo, con lui che mi guida nell'assemblare il castello, finché Alina non si schiarisce la gola.

"Sembra che voi due siate sulla stessa lunghezza d'onda, quindi vi lascio fare" dice, quando alzo lo sguardo. "Manca mezz'ora alla merenda di Slava. Hai fame per caso, Chloe?"

Il mio stomaco risponde prima che possa farlo io, emettendo un forte brontolio, e Alina ride, i suoi occhi verdi che si illuminano dal divertimento.

"Immagino che sia un sì. Qualche preferenza alimentare o allergie?"

"Mi va bene qualsiasi cosa" replico, grata che il mio

tono di pelle più scuro nasconda il rossore per l'imbarazzo. Non riesco a immaginare il suo corpo elegante e longilineo che emetta mai un rumore così indiscreto—anche se, come umana, a volte deve. Ovviamente, non ho ancora deciso che lo sia.

Con quei tacchi alti e quel vestito stupendo, la moglie di Nikolai sembra troppo affascinante per essere reale.

Un po' del mio imbarazzo deve manifestarsi, perché il suo divertimento aumenta, e le sue labbra si incurvano in un modo che ancora una volta mi ricorda suo marito. "Molto accomodante da parte tua. Lo farò sapere a Pavel."

Pavel? L'uomo-orso è il loro cuoco o qualcosa del genere? Prima che io possa chiedere, Alina si rivolge a suo figlio e dice qualcosa in russo, poi esce, lasciandomi sola con la mia responsabilità.

8

NIKOLAI

"Allora, dimmi, fratello... l'hai assunta per Slava o per te stesso?"

Mi fermo, mentre metto i gemelli e mi giro per incontrare lo sguardo freddamente beffardo di Alina. "Importa?" Non ho idea di come abbia fiutato il mio interesse per la nostra nuova assunta, ma non sono sorpreso.

Mia sorella ha sempre saputo leggermi meglio di chiunque altro.

Si appoggia allo stipite della porta del mio vano armadio, dove mi cambio per la cena. "Immagino che me lo sarei dovuta aspettare. È carina, vero?"

"Molto." Le volto deliberatamente le spalle. Alina vive per provocarmi, ma stasera non avrà successo. E non mi convincerà a stare lontano da Chloe.

La ragazza mi intriga troppo per questo.

"Sai che ha passato l'intero pomeriggio con Slava,

vero?" Entra più a fondo nel mio armadio e prende la mia cravatta nera sottile, quella che stavo per indossare.

Resistendo all'impulso di prenderne una diversa solo per farle un dispetto, le tiro la cravatta e la indosso con abili movimenti. "Sì, certamente."

Ci sono telecamere nella stanza di mio figlio, e ho passato il *mio* pomeriggio a guardarlo giocare con la sua nuova tutor. Hanno finito di costruire il castello a cui Slava stava lavorando, hanno mangiato il piatto di frutta e formaggio che Pavel aveva portato, poi hanno fatto un gioco, in cui Chloe lo inseguiva per la sua camera e lungo il corridoio, facendolo ridere così forte da rimanere senza fiato. In seguito, gli ha letto alcuni dei suoi fumetti preferiti—quelli in lingua inglese, non le traduzioni russe che Alina aveva introdotto di nascosto per farsi strada nelle grazie del bambino. Mentre parlava, Slava sembrava affascinato dalla sua bellissima giovane insegnante, qualcosa per cui non posso biasimarlo.

Ucciderei per averla accanto a me a leggere qualcosa con quella voce dolce e un po' rauca, per sentire la sua mano giocare con i miei capelli nel modo in cui giocava così casualmente con quelli di mio figlio, quando si è accoccolato al suo fianco come se la conoscesse da sempre.

"È brava con lui" continua Alina, mentre finisco di allacciarmi la cintura e prendere la giacca. "Veramente brava."

"L'ho notato."

"Eppure, la scoperai comunque. Proprio come avrebbe fatto *lui*."

Mantengo il mio livello di tono. "Non ho mai affermato di essere diverso."

"Ma puoi esserlo. Kolya..." Mi appoggia la mano sul braccio, e quando incontro il suo sguardo, dice a bassa voce: "Siamo andati via. Siamo venuti qui. Questa è la nostra occasione per ricominciare da capo, per trasformarci in chi vogliamo essere. Dimentica nostro padre. Dimentica tutto. Gli hai dedicato molto del tuo tempo; ora è il turno di Valery e Konstantin."

Una risatina secca mi sfugge dalla gola. "Che cosa ti fa pensare che voglia ricominciare? O essere qualcosa di diverso da quello che sono?"

"Il fatto che te ne sei andato. Il fatto che siamo qui, a discutere di questa cosa." La sua espressione è seria, aperta per una volta. "Lascia che la ragazza sia la maestra di Slava e nient'altro. Divertiti altrove. È troppo giovane per te. Troppo innocente."

"Ha ventitré anni, non dodici. E io ne ho appena compiuti trentuno—una differenza di età appena percepibile."

"Non sto parlando dell'età. Non è come noi. È tenera. Vulnerabile."

"Esattamente. E tu l'hai portata alla mia attenzione." Sorrido crudelmente. "Cosa pensavi che sarebbe successo?"

Il suo volto si indurisce. "La distruggerai. D'altra

parte"—le sue labbra si piegano in un sorriso amaro, mentre fa un passo indietro—"questo è il modo di fare dei Molotov, non è vero? Goditi pure il tuo nuovo giocattolo, Kolya. Non vedo l'ora di vederti giocare con lei a cena."

E senza aggiungere un'altra parola, se ne va.

9

CHLOE

Tenendo la mano di Slava, mi avvicino alla sala da pranzo, le mie gambe che tremano. Non so perché sono così nervosa, ma lo sono. Il solo pensiero di rivedere Nikolai mi fa sentire come se un rabbioso tasso del miele si fosse insediato nel mio stomaco.

È per la questione della mafia, mi dico. Ora che l'idea mi è venuta in mente, non riesco più a togliermela, non importa quanto ci provi. Ecco perché il mio respiro accelera e i miei palmi si inumidiscono ogni volta che immagino la curva cinica delle labbra del mio datore di lavoro. Perché potrebbe essere un criminale. Perché avverto in lui un lato oscuro e spietato. Non ha niente a che vedere con i suoi sguardi e il calore che mi scorre nelle vene ogni volta che i suoi intensi occhi verde-oro si posano su di me.

Non può avere niente a che fare con questo, perché è sposato e non ci proverei mai con il marito di un'altra donna, specialmente quando è coinvolto un bambino.

Tuttavia, non posso fare a meno di chiedermi da quanto tempo Nikolai e sua moglie stiano insieme... se lui la ami. Finora li ho visti insieme solo brevemente, quindi è impossibile dirlo—anche se ho percepito una certa mancanza di intimità tra loro. Ma sono sicura che fosse solo un pio desiderio da parte mia. Perché il mio datore di lavoro non dovrebbe amare sua moglie? Alina è bellissima quanto lui, tanto che si somigliano quasi. Non mi sorprende che Slava sia un bambino così bello; con genitori così, ha vinto alla lotteria genetica, alla grande.

Guardo in basso verso il bambino e lui ricambia il mio sguardo, i suoi occhi enormi come quelli di suo padre. La sua espressione è seria, l'esuberanza che mostrava quando giocavamo insieme sparita. Come me, sembra in ansia per il nostro imminente pasto, quindi gli rivolgo un sorriso rassicurante.

"Cena" dico, indicando il tavolo a cui ci stiamo avvicinando. "Stiamo per cenare."

Sbatte le palpebre verso di me, restando in silenzio, ma so che sta archiviando la parola, insieme a tutto il resto che gli ho detto oggi. I bambini piccoli sono come spugne, assorbono tutto ciò che gli adulti dicono e fanno, e il loro cervello forma connessioni a una velocità incredibile. Quando ero al liceo, facevo da babysitter per una coppia cinese. La loro bambina di cinque anni non parlava una sola parola di inglese quando l'ho incontrata, ma dopo alcune settimane all'asilo e una dozzina di serate con me, lo parlava quasi correntemente. La stessa cosa succederà a Slava, non ho dubbi.

Già alla fine di questo pomeriggio stava ripetendo alcune parole dopo di me.

Non c'è ancora nessuno in sala da pranzo, anche se Pavel mi aveva detto burbero di essere qui alle sei, quando ha portato il vassoio di frutta e formaggio in camera di Slava. Tuttavia, la tavola è già apparecchiata con ogni sorta di insalate e antipasti, e mi viene l'acquolina in bocca, vedendo la delizia che ci aspetta. Sebbene lo spuntino pomeridiano abbia placato buona parte della fame che mi attanagliava, sono ancora famelica, e devo far appello a tutta la mia forza di volontà per non lanciarmi voracemente sui vassoi di panini al caviale, pesce affumicato, verdure arrosto e insalate a foglia verde disposti ad arte. Invece, aiuto Slava a salire su un seggiolone per bambini, e poi comincio a indicare i nomi dei diversi cibi in inglese. "Chiamiamo questo piatto *insalata*, e la cosa verde dentro è *lattuga*" dico, mentre il tic-tic dei tacchi alti annuncia l'arrivo di Alina.

La guardo con un sorriso. "Ciao. Slava e io stavamo solo—"

"Perché non si è cambiato?" Le sue sopracciglia scure si uniscono, mentre osserva l'aspetto del bambino. "Lui sa che ci cambiamo per cena."

Sbatto le palpebre. "Oh, io—"

Lei interrompe con un rapido flusso di parole in russo, e vedo le spalle del bambino irrigidirsi, mentre si accascia sul sedile, come se volesse scomparire. Rendendosi conto che sta turbando suo figlio, Alina ammorbidisce il tono e alla fine ottiene quella che sembra una scusa pentita dal bambino.

Mi guarda. "Slava sa che non deve scendere così, ma se ne è dimenticato per l'emozione."

Mi brucia la faccia, quando mi rendo conto che "così" significa con i suoi normali vestiti casual, che non sono diversi dai jeans e dalla maglietta a maniche lunghe che indosso. La moglie di Nikolai, d'altra parte, ora indossa un vestito ancora più glamour—un abito lungo e blu-argento fino alla caviglia—e sembra che sia sulla buona strada per una première di Hollywood.

"Mi dispiace" dico, sentendomi come un turista col marsupio incappato in una sfilata di moda parigina. "Non mi ero resa conto che ci fosse un codice di abbigliamento."

"Oh, tu stai bene." Alina agita una mano elegante. "Non è una disposizione per *te*. Ma Slava è un Molotov, ed è importante che impari le tradizioni di famiglia."

"Capisco." Non è vero, in realtà, ma non spetta a me discutere le tradizioni familiari, per quanto assurde possano essere.

"E non preoccuparti" aggiunge, sedendosi di fronte a Slava. "Se anche tu desideri vestirti in modo appropriato, sono sicura che Kolya ti comprerà degli abiti appropriati."

Kolya? È così che chiama suo marito?

"Non è necessario, grazie—" comincio, solo per

cadere in un silenzio sbalordito, quando vedo Nikolai che si avvicina al tavolo. Come sua moglie, si è cambiato per cena, con i suoi jeans firmati di fascia alta e la camicia abbottonata sostituiti da un completo nero personalizzato, una camicia bianca e una cravatta nera sottile—un vestiario che non sarebbe fuori posto in un matrimonio di alto ceto sociale... o alla stessa première del film a cui Alina ha intenzione di partecipare. E mentre un uomo dall'aspetto normale potrebbe facilmente passare per bello con un completo come questo, la bellezza oscura e mascolina di Nikolai è accresciuta a un livello quasi insopportabile. Mentre scruto il suo aspetto, il mio polso va alle stelle e i miei polmoni si restringono, insieme alle zone inferiori del—

Sposato, Chloe. È sposato.

Il promemoria è come uno schiaffo in faccia, che mi strappa dalla mia trance. Spingendo un respiro nei miei polmoni privi di ossigeno, rivolgo al mio datore di lavoro un sorriso accuratamente trattenuto, uno che *non* rivela che il mio cuore sta accelerando nel mio petto e che desidererei che Alina non esistesse. Soprattutto perché il suo sguardo sorprendente è puntato su di me, invece che sulla sua splendida moglie.

"Sei in ritardo" dice Alina, mentre lui tira fuori una sedia e si siede accanto a lei. "È pronto—"

"So che ore sono." Non distoglie gli occhi da me, mentre risponde a lei, il suo tono freddamente sprezzante. Poi, il suo sguardo si sposta sul bimbo al mio fianco e i suoi lineamenti si irrigidiscono, mentre osserva il suo aspetto informale.

"Mi dispiace, è colpa mia" dico, prima che anche lui possa rimproverare il bambino. "Non sapevo che dovevamo vestirci bene per la cena."

L'attenzione di Nikolai ritorna su di me. "Certo che non lo sapevi." Il suo sguardo viaggia sulle mie spalle e sul mio petto, rendendomi acutamente cosciente della semplice maglietta a maniche lunghe e del sottile reggiseno di cotone sotto che non fa nulla per nascondere i capezzoli inspiegabilmente turgidi. "Alina ha ragione. Ho bisogno di comprarti dei vestiti adeguati."

"No, davvero, è—"

Alza il palmo. "Regole della casa." La sua voce è dolce, ma il viso avrebbe potuto essere scolpito nella pietra. "Ora che sei un membro di questa famiglia, devi rispettarle."

"Io... d'accordo." Se lui e sua moglie vogliono vedermi in abiti eleganti a cena e non si preoccupano di spendere i soldi perché ciò accada, così sia.

Come ha detto, casa loro, regole loro.

"Bene." Le sue labbra sensuali si curvano. "Sono contento che tu sia così accomodante."

Il mio respiro accelera, il viso che si scalda di nuovo, e distolgo lo sguardo per nascondere la mia reazione. Tutto quello che ha fatto l'uomo è stato sorridere, cazzo, e io sto arrossendo come una vergine di quindici anni. E davanti a sua moglie, oltretutto.

Se non riesco a gestire questa ridicola cotta, verrò licenziata prima della fine del pasto.

"Vuoi un po' di insalata?" chiede Alina, come per ricordarmi la sua esistenza, e io sposto su di lei la mia attenzione, grata per la distrazione.

"Sì, grazie."

Con grazia, mette una porzione di insalata nel mio piatto, poi fa lo stesso per suo marito e suo figlio. Nel frattempo, Nikolai mi tende il piatto con i panini al caviale, e io ne prendo uno, sia perché ho abbastanza fame da mangiare qualsiasi cosa ci sia sul pane, sia perché sono curiosa della famigerata prelibatezza russa. Ho mangiato questo tipo di uova di pesce—il tipo grande arancione—nei ristoranti di sushi un paio di volte, ma immagino che sia diverso in questo modo, servito su una fetta di baguette francese con uno spesso strato di burro sotto.

Di sicuro, quando lo mordo, il ricco sapore di umami esplode sulla mia lingua. A differenza delle uova di pesce che ho assaggiato, il caviale russo sembra essere conservato con abbondanti quantità di sale. Sarebbe troppo salato da solo, ma il pane bianco croccante e il burro morbido lo bilanciano perfettamente, e divoro il resto del panino in due bocconi.

Con gli occhi luccicanti dal divertimento, Nikolai mi offre di nuovo il piatto. "Ancora?"

"Sto bene, grazie." Mi piacerebbe un altro panino al caviale—o venti—ma non voglio sembrare avida. Invece, scavo nella mia insalata, che è anch'essa deliziosa, con un condimento dolce e piccante che mi fa formicolare le papille gustative. Poi, provo un boccone di tutto ciò che è sul tavolo, dal pesce affumicato a una specie di insalata di patate alle melanzane grigliate condite con una salsa allo yogurt e cetriolo.

Mentre mangio, tengo d'occhio il mio allievo, che sta mangiando tranquillamente accanto a me. Alina ha dato a Slava una piccola porzione di tutto ciò che gli adulti mangiano, compreso il panino al caviale, e il ragazzino sembra non avere problemi con questo. Non ci sono richieste di bastoncini di pollo o patatine fritte, nessun segno dei tipici capricci di un bambino di quattro anni. Persino le sue maniere a tavola sono quelle di un bambino molto più grande, con solo un paio di casi in cui afferra un pezzo di cibo con le dita invece che con la forchetta.

"Vostro figlio è molto ben educato" dico ad Alina e Nikolai, e quest'ultimo solleva le sopracciglia, come se lo sentisse per la prima volta.

"Ben educato? Slava?"

"Certamente." Lo guardo accigliata. "Non crede?"

"Non ci ho pensato molto" risponde, guardando il ragazzino, che sta diligentemente trafiggendo un pezzo di lattuga con la sua forchetta da adulto. "Suppongo che si comporti ragionevolmente bene."

Ragionevolmente bene? Un bambino di quattro anni che siede con calma e mangia tutto ciò che gli viene servito senza piagnucolii o interruzioni della conversazione adulta? Che usa le posate come un professionista? Forse questa è la normalità in Europa, ma di certo non l'ho mai vista in America.

Inoltre, perché il mio datore di lavoro non ha pensato molto al comportamento di suo figlio? I genitori non dovrebbero preoccuparsi di cose del genere?

"Ha frequentato molti altri bambini della sua età?" chiedo a Nikolai con un presentimento, e per un attimo la sua bocca si appiattisce.

"No" risponde seccamente. "Non l'ho fatto."

Alina gli lancia un'occhiata indecifrabile, poi si volta verso di me. "Non so se mio fratello te l'abbia detto" spiega con tono misurato "ma abbiamo appreso dell'esistenza di Slava solo otto mesi fa."

Soffoco su un pomodoro in salamoia che ho appena morso e scoppio in un attacco di tosse, perché i succhi speziati dell'aceto sono andati nel tubo sbagliato. "Aspetta, che cosa?" Rimango senza fiato, quando posso parlare.

Otto mesi fa?

E ha appena chiamato Nikolai suo *fratello*?

"Vedo che questa è una novità per te" osserva Alina, porgendomi un bicchiere d'acqua, che bevo con piacere. "Kolya"—guarda di traverso Nikolai, che ha un'espressione dura e chiusa—"non ti ha detto molto di noi, vero?"

"Ehm, no." Metto giù il bicchiere e tossisco di nuovo per cancellare la raucedine dalla mia voce. "Non proprio." Il mio nuovo datore di lavoro non ha detto molto, ma io ho azzardato ogni sorta di ipotesi, e anche quelle sbagliate.

Alina è la sorella di Nikolai, non sua moglie. Il che significa che il bambino non è suo figlio.

Non sapevano che esistesse fino a otto mesi fa.

Dio, questo spiega così tanto. Non c'è da stupirsi che padre e figlio si comportino come se fossero estranei l'uno per l'altro—lo *sono*, a tutti gli effetti. E avevo ragione, quando ho percepito una mancanza di intimità tra Nikolai e Alina.

Non sono amanti.

Sono fratelli.

Guardandoli ora, non capisco come possa essermi sfuggita la somiglianza—o meglio, perché la somiglianza che ho notato non mi ha fatto comprendere la loro relazione familiare. I lineamenti della donna sono una versione più morbida e delicata dell'uomo seduto di fronte a me, e sebbene i suoi occhi verdi non abbiano le profonde sfumature ambrate dello sguardo sbalorditivo di Nikolai, la forma dei suoi occhi e delle sopracciglia è la stessa.

Sono chiaramente, inconfondibilmente fratelli.

Il che significa che Nikolai non è sposato.

O almeno, non sposato con Alina.

"Dov'è la madre di Slava?" chiedo, cercando un tono disinvolto. "È—"

"È morta." La voce di Nikolai è abbastanza fredda da provocare il gelo, così come lo sguardo che rivolge ad Alina. Voltandosi per guardarmi in faccia, spiega in modo pacato: "Abbiamo avuto un'avventura di una notte cinque anni fa, e non mi ha detto di essere incinta. Non avevo idea di avere un figlio, fino a quando lei è deceduta in un incidente d'auto otto mesi fa, e una sua amica ha trovato un diario, dove lei mi definiva come padre."

"Oh, dev'essere..." deglutisco. "Dev'essere stato molto difficile. Per lei, e soprattutto per Slava." Guardo il bambino al mio fianco, che sta ancora mangiando con calma, come se non avesse alcuna preoccupazione al mondo. Ma non è affatto così, ora lo so. Il figlio di Nikolai è sopravvissuto a una delle più grandi tragedie che possano accadere a un bambino, e per quanto possa sembrare ben adattato, non ho dubbi che la perdita di sua madre abbia lasciato profonde cicatrici sulla sua psiche.

Sono un'adulta, e ho problemi ad affrontare il mio dolore. Non riesco a immaginare cosa significhi per un bambino.

"Lo è stato" concorda piano Alina. "In realtà, mio fratello—"

"È sufficiente." Il tono di Nikolai è ancora perfettamente equilibrato, ma posso vedere la tensione nella sua mascella e nelle sue spalle. L'argomento è spiacevole per lui, e non c'è da stupirsi. Non riesco a immaginare come debba essere scoprire di avere un figlio che non hai mai incontrato, sapere che ti sei perso i primi anni della sua vita.

Ho un milione di domande che vorrei fare, ma posso dire che ora non è il momento di soddisfare la mia curiosità. Invece, prendo altro cibo e trascorro i minuti successivi a complimentarmi con lo chef—che, a quanto pare, è davvero il burbero russo simile a un orso.

"Pavel e sua moglie, Lyudmila, sono venuti con noi da Mosca" spiega Alina, mentre l'uomo-orso in persona appare dalla cucina, portando un grande piatto di costolette di agnello circondate da patate arrosto con funghi. Con un grugnito, mette il cibo sul tavolo, afferra un paio di piatti da antipasto vuoti e scompare di nuovo in cucina, mentre Alina continua. "Lyudmila sta poco bene oggi, quindi Pavel sta facendo tutto il lavoro. Normalmente, lui cucina e pulisce, mentre lei serve il cibo. Il suo lavoro principale, però, è prendersi cura di Slava."

"Sono le uniche due persone che vivono qui oltre alla vostra famiglia?" chiedo, accettando una costoletta di agnello e una cucchiaiata di patate con funghi, quando mi tende il piatto, dopo aver dato una porzione di dimensioni adeguate a Slava—che di nuovo scava senza problemi.

"Sono le uniche persone che risiedono in casa con noi" risponde Nikolai. "Le guardie hanno un bunker separato sul lato nord della tenuta."

Il mio cuore sussulta. "Guardie?"

"Abbiamo alcuni uomini che proteggono il complesso" dice Alina. "Dal momento che siamo così isolati qui e tutto il resto."

Faccio del mio meglio per nascondere la mia reazione. "Sì, certo, ha senso." Ma non ce l'ha. Se non altro, la posizione remota dovrebbe renderlo più sicuro. Da quello che ho potuto vedere sulla cartina, solo una strada conduce su per la montagna, e lì c'è già un cancello dall'aspetto impenetrabile, per non parlare di quella recinzione di metallo incredibilmente alta.

Solo delle persone con nemici potenti e pericolosi riterrebbero necessario assumere guardie oltre a tutte queste misure.

Mafia russa.

Le parole frullano di nuovo nella mia mente, e il mio battito cardiaco si intensifica. Abbassando lo sguardo sul piatto, taglio la costoletta di agnello, facendo del mio meglio per mantenere la mano ferma, nonostante l'ansioso turbinare dei miei pensieri.

Sono in pericolo qui? Sono saltata dalla padella alla brace? Dovrei—

"Raccontaci di più di te, Chloe."

La voce profonda di Nikolai penetra nella mia contemplazione nervosa, e alzo lo sguardo per trovare i suoi occhi da tigre su di me, le sue labbra curve in un sorriso sardonico. Ancora una volta, ho la sconcertante sensazione che lui mi legga dritto nella testa, che sappia esattamente cosa sto pensando e temendo.

Spingendo via la sensazione inquietante, sorrido di rimando. "Che cosa vorrebbe sapere?"

"La tua patente di guida dice che risiedi a Boston. È lì che sei cresciuta?"

Annuisco, infilzando un pezzo di costoletta di agnello. "Mia madre ci ha trasferite lì dalla California, quando ero piccola, e sono cresciuta nell'area di

Boston." Mordo la carne tenera e perfettamente condita e di nuovo devo tessere le mie lodi a Pavel—è la miglior costoletta di agnello che abbia mai mangiato. Anche le patate con i funghi sono fantastiche, tutte all'aglio e burrose, così buone che potrei mangiarne un chilo in una volta sola.

"E tuo padre?" chiede Alina, quando sono a metà della costoletta di agnello. "Dov'è?"

"Non lo so" rispondo, passandomi il tovagliolo sulle labbra. "Mia madre non mi ha mai detto chi sia."

"Perché no?" La voce di Nikolai si fa più acuta. "Perché non te l'ha detto?"

Sbatto le palpebre, colta alla sprovvista, finché non mi viene in mente cosa sta pensando. "Oh, non gli ha nascosto la gravidanza. Sapeva che era incinta e ha scelto di andarsene." O almeno, è quello che ho raccolto sulla base dei pochi indizi che mia madre aveva lasciato nel corso degli anni. Per qualche motivo, odiava questo argomento così tanto che ogni volta che chiedevo risposte, si metteva a letto con l'emicrania.

Il tono di Nikolai si ammorbidisce un po'. "Capisco."

"Penso che non fosse pronto per quel tipo di responsabilità" dico, sentendo il bisogno di spiegare. "Mia madre aveva solo diciassette anni, quando mi ha avuta, quindi immagino che anche lui fosse molto giovane."

"Immagini?" Alina solleva le sopracciglia perfettamente modellate. "Tua madre non ti ha nemmeno rivelato la sua età?"

"Non le piaceva parlarne. È stato un momento

difficile della sua vita." La mia voce si irrigidisce, mentre un'altra ondata di dolore mi travolge, e il mio petto si stringe con un dolore così intenso che riesco a malapena a respirare.

Mi manca mia madre. Mi manca così tanto che fa male. Anche se ho visto il suo corpo con i miei occhi, una parte di me ancora non riesce a credere che sia morta, non riesce a elaborare il fatto che una donna così bella e vivace se ne sia andata per sempre da questo mondo.

"Stai bene, Chloe?" chiede Alina dolcemente, e io annuisco, sbattendo rapidamente le palpebre per trattenere le lacrime che mi bruciano gli occhi.

"Sei sicura?" insiste, il suo sguardo pieno di pietà, e in un lampo d'intuizione, mi rendo conto che lei lo sa —e anche Nikolai, che mi guarda con un'espressione indecifrabile.

In qualche modo, entrambi sanno che mia madre è morta.

Una scarica di adrenalina scaccia il dolore, mentre la mia mente va su di giri. Non ci sono dubbi ora: hanno fatto indagini su di me prima del nostro colloquio. È così che Nikolai sapeva della mia mancanza di post sui social media, e perché Alina mi guarda in questo modo.

Sanno un mucchio di cose su di me, compreso il fatto che ho mentito per omissione.

Pensando velocemente, deglutisco visibilmente e guardo il mio piatto. "Mia madre..." Lascio che la mia voce si spezzi. "È morta un mese fa." Lasciando che le lacrime mi inondino gli occhi, alzo lo sguardo, incontrando quello di Nikolai. "Questo è un altro motivo per cui ho deciso di intraprendere un viaggio. Avevo bisogno di tempo per elaborare le cose."

I suoi occhi brillano di una tonalità d'oro più scura. "Le mie più sentite condoglianze per la tua perdita."

"Grazie." Mi asciugo l'umidità sulle guance. "Mi dispiace non averlo menzionato prima. Non è qualcosa che mi sono sentita di menzionare casualmente in un colloquio." Soprattutto visto che mia madre è stata uccisa e gli uomini che l'hanno fatto mi stanno cercando. Spero davvero che Nikolai non lo *sappia*.

Ma non mi avrebbe assunta in quel caso. Non è il genere di cose che desideri intorno alla tua famiglia.

"Mi dispiace molto per la tua perdita" dice Alina, con una sincera espressione di comprensione sul viso. "Dev'essere stato difficile per te perdere il tuo unico genitore. Hai altri parenti? Nonni, zie, cugini?"

"No. Mia madre è stata adottata in un orfanotrofio in Cambogia da una coppia di missionari americani. Sono morti in un incidente d'auto, quando lei aveva dieci anni, e nessuno della loro famiglia la voleva, quindi è cresciuta in affidamento."

"Quindi, ora sei tutta sola" mormora Nikolai, e io annuisco, il dolore che mi stringe il petto che ritorna.

Crescendo, non mi ero mai preoccupata per la mancanza di una famiglia allargata. Mamma mi aveva dato tutto l'amore e il sostegno che potevo desiderare. Ma ora che se n'è andata, ora che non siamo più noi due contro il mondo, sono dolorosamente consapevole di non avere nessuno su cui fare affidamento.

Gli amici che mi ero fatta a scuola e all'università sono impegnati con le loro vite, infinitamente meno incasinate.

Rendendomi conto che mi sto avvicinando pericolosamente all'autocommiserazione, distolgo lo sguardo dagli occhi indagatori di Nikolai e rivolgo la mia attenzione al bambino al mio fianco. Ha finito le sue patate e ora sta lavorando industriosamente alla sua costoletta di agnello, la sua faccina che è l'immagine stessa della concentrazione, mentre lotta per tagliare un pezzo di carne di dimensioni ridotte, usando una forchetta e un coltello che qualcuno ha lasciato nel suo piatto. Non un coltello da pane smussato, mi rendo conto con un sussulto.

Un vero coltello da bistecca affilato.

"Lascia stare, tesoro, lascia fare a me" dico, afferrandolo, prima che possa tagliarsi le dita. "Questo è—"

"Qualcosa che deve imparare a maneggiare" conclude Nikolai, allungando una mano sul tavolo per prendermi il coltello. Le sue dita sfiorano le mie, mentre stringe il manico, e lo sento come una scossa elettrica, il calore della sua pelle che accende una fornace dentro di me. Le mie viscere si irrigidiscono, il respiro accelera, e devo davvero impegnarmi per non tirare indietro la mano come se fosse ustionata.

Almeno non è sposato, una vocina insidiosa mi sussurra nella testa, e la zittisco con vendetta.

Sposato o no, è ancora il mio datore di lavoro, e quindi rigorosamente proibito.

Mordendomi il labbro, lo guardo restituire il coltello al bambino, che riprende il suo pericoloso compito.

"Non la preoccupa che possa ferirsi?" Non riesco a mantenere il giudizio fuori dalla mia voce, mentre fisso le piccole dita avvolte attorno a un'arma potenzialmente letale. Slava sta maneggiando il coltello con un ragionevole livello di abilità e destrezza, ma è ancora troppo piccolo per avere a che fare con qualcosa di così affilato.

"Se succede, andrà meglio la volta successiva" risponde Nikolai. "La vita non si impara crescendo nella bambagia."

"Ma ha solo *quattro* anni."

"Quattro anni e otto mesi" precisa Alina, mentre il bimbo riesce a tagliare un pezzo di costoletta di agnello e, con aria compiaciuta, se lo infila in bocca. "Il suo compleanno è a novembre."

Sono tentata di continuare a discutere con loro, ma è il mio primo giorno e ho già oltrepassato i limiti più di quanto sia saggio. Quindi, tengo la bocca chiusa e mi concentro sul cibo per evitare di guardare il bambino che brandisce un coltello accanto a me... o il suo insensibile, ma pericolosamente attraente padre.

Sfortunatamente, il suddetto padre continua a guardarmi. Ogni volta che sollevo lo sguardo dal mio piatto, trovo i suoi occhi ipnotizzanti su di me, e il mio battito cardiaco sussulta, la mia mano che formicola al ricordo di ciò che ho sentito, quando le sue dita hanno sfiorato le mie.

Questo non va bene.

Affatto.

Perché mi guarda così?

Non può essere attratto anche lui da me... vero?

10

NIKOLAI

Se avevo qualche dubbio sul fatto che mi divertirò a svelare il mistero che è Chloe, scompare, quando Pavel tira fuori il dessert. Tutto di lei mi affascina, dal mix di verità e bugie che cadono così facilmente dalle sue labbra al modo in cui divora delicatamente ed educatamente cibo sufficiente per nutrire due difensori di una squadra di football. E sotto il mio fervore si cela un'attrazione primordiale più potente di qualsiasi cosa io abbia sperimentato. Non ho mai desiderato una donna così tanto e con così poca provocazione. Non sta flirtando, non sta facendo alcunché per attirare la mia attenzione; eppure, dal momento in cui mi sono seduto di fronte a lei, sono stato duro, la vista delle sue labbra morbide che si chiudevano attorno a una forchetta che mi eccitava più del più erotico strip show a Mosca.

Neanche parlare di Ksenia e del modo in cui mi ha

ingannato con Slava poteva raffreddare il fuoco che ardeva dentro di me.

"Questa deve essere la cosa più deliziosa che abbia mai mangiato" dice Chloe, dopo aver provato una forchettata del dolce Napoleon, e mormoro il mio assenso, anche se riesco a malapena a gustare la torta di pasta sfoglia a più strati. La mia mente è occupata dal gusto che avrà *lei*, quando la porterò a letto.

Ho la sensazione che la nuova tutor di mio figlio sarà la cosa più deliziosa che abbia *mai* avuto.

"No, Kolya" dice Alina in russo, quando Chloe si rivolge a Slava e inizia a insegnargli la parola inglese per *torta*. "Per favore, ti prego, lasciala fare."

Guardo mia sorella, irritato. "Non ho intenzione di forzarla." Non è il mio modus operandi, e inoltre, dopo aver visto la ragazza lanciarmi sguardi furtivi nell'ultima ora, sono ancora più sicuro che questa attrazione sia reciproca.

Sarà mia. È solo questione di tempo.

"Comincio a pensare che potresti essere peggio di lui" dice Alina a bassa voce. "Almeno lui ha cercato di giustificarlo con scuse di merda. Ma tu non ci provi nemmeno, vero? Fai solo quello che cazzo vuoi, indipendentemente da chi viene ferito."

"Giusto." Le rivolgo un sorriso duro. "E farai bene a ricordarlo."

Se mia sorella pensa che paragonarmi a nostro padre cambierà qualcosa, non potrebbe sbagliarsi di più. So di essere come lui. Lo sono sempre stato—motivo per cui non ho mai voluto avere figli.

Il nostro piccolo scambio di parole in russo cattura l'attenzione di Chloe, e i suoi occhi incontrano i miei, mentre mi guarda. Immediatamente, distoglie lo sguardo, ma non prima che io abbia visto la sua gola liscia muoversi per una deglutizione nervosa, mentre la sua lingua schizza fuori per inumidire il labbro inferiore.

Oh, sì, è attratta da me. Attratta e preoccupata per questo.

Spingo via il mio dolce mangiato solo in parte e prendo la mia tazza di tè per berne un lungo sorso. Tornando a guardarla, poso la tazza e le rivolgo un lento, deliberato sorriso. "Allora, cosa ne pensi del tuo primo pasto russo, Chloe?"

"È stato fantastico." La sua voce è leggermente senza fiato. "Pavel è un cuoco straordinario."

Lascio che il mio sorriso diventi più profondo. "Lo è, non è vero?" È ancora più abile in altre cose, come il lavoro con il coltello, ma non ho intenzione di dirglielo. Sta già mettendo insieme due più due per fare quattro. Ho visto come ha reagito, quando ho menzionato le guardie. Sospetta che non siamo solo una famiglia benestante, e questo la rende nervosa quasi quanto la sua attrazione per me.

Mi chiedo se sia la naturale diffidenza di una civile protetta, o se ci sia qualcosa di più in questo... come i segreti che sta cercando di nascondere.

La cosa intelligente, la cosa prudente, sarebbe stata scoprire quei segreti prima di assumerla, ma ci sarebbe voluto del tempo e non volevo rischiare che scivolasse via e scomparisse. Inoltre, dopo averla osservata durante tutto il pasto, sono ancora più convinto che non rappresenti una minaccia fisica per la mia famiglia. Il modo in cui ha strappato il coltello a Slava ha tradito non solo la sua iperprotettività verso il ragazzino, ma anche la sua mancanza di abilità con una lama. Teneva il coltello come qualcuno che non l'ha mai usato come arma, né in modo offensivo né difensivo, e dubito che fosse una recita, visto che la sua paura per Slava era del tutto reale.

Pensa che mio figlio, un Molotov, debba essere protetto da qualcosa di innocuo come una lama affilata.

L'inspiegabile senso di oppressione al petto ritorna, e devo fare appello a tutte le mie forze per non guardare il bambino. Se lo faccio, peggiorerà soltanto. Invece, mi concentro su Chloe e sul modo in cui le sue ciglia si abbassano in risposta al mio sorriso, il suo petto che si alza e si abbassa a un ritmo più veloce. I suoi capezzoli sono di nuovo duri, noto con feroce soddisfazione; qualunque reggiseno indossi sotto la maglietta, ammesso che ci sia, è abbastanza rivelatore.

Non vedo l'ora di vederla con un bel vestito firmato, le spalle snelle scoperte. Qualcosa di sinuoso e color crema, che evidenzi la tonalità calda della sua carnagione. Lo indosserà per me prima di cena, e io trascorrerò l'intero pasto fantasticando su come glielo strapperò di dosso più tardi quella sera—non che io abbia bisogno che sia vestita in un modo particolare, perché quelle fantasie si manifestino nella mia mente.

La maglietta da quattro soldi e i jeans che indossa funzionano bene per quello scopo.

"Se vuoi, puoi andare a dormire, Chloe" dice Alina, quando Pavel tira fuori un vassoio con gli aperitivi, poi aiuta Slava ad alzarsi dal seggiolone e lo porta di sopra per prepararlo ad andare a letto. "Non sentirti obbligata a restare qui con noi. Sono sicura che sei stanca dopo una giornata così lunga."

"E io sono sicuro che può restare per un drink" ribatto, prima che Chloe possa fare di più che rivolgere ad Alina un sorriso grato. Non c'è modo che io lasci che la ragazza scappi così velocemente. "In realtà" proseguo, lanciando un'occhiata dura a mia sorella "non stavi dicendo che *tu* sei stanca? Forse dovresti unirti a Pavel nel leggere a Slava una favola e andare a letto presto."

Alina vorrebbe discutere con me, lo vedo, ma anche lei sa che non è una buona idea spingermi oltre in questo momento. È diventata più audace da quando abbiamo lasciato Mosca, più libera con la sua lingua tagliente. Pensa che poiché ho temporaneamente consegnato le redini ai nostri fratelli, mi sia ammorbidito, ma non potrebbe sbagliarsi di più.

La bestia dentro di me è viva e vegeta... e concentrata su una nuova dolce preda.

"Va bene" dice, dopo un momento di tensione. "In tal caso, buonanotte. Goditi il drink."

Si alza, e Chloe segue il suo esempio. "Penso che—"

"Siediti" dico con un gesto di comando, e la ragazza ricade a terra, sbattendo le palpebre come un cerbiatto spaventato, mentre Alina si allontana con un'ultima occhiata nella mia direzione.

Aspetto che se ne sia andata, prima di adornare la mia preda con un sorriso. "Allora, dimmi, Chloe..." Allungo il braccio verso le caraffe sul vassoio. "Preferisci il cognac, il brandy o il whisky per il tuo aperitivo?"

11

CHLOE

Fisso Nikolai, il cuore che mi batte forte. Ho frainteso la situazione o l'ha progettata in modo da farci finire da soli al tavolo?

"Io... in realtà, non bevo" dico, con la gola secca. Lo sguardo nei suoi occhi riccamente colorati mi fa sentire di nuovo come un topo intrappolato da un gatto molto grande—tranne per il fatto che nessun topo proverebbe una tale attrazione verso un felino predatore.

Voglio toccarlo quasi quanto voglio scappare.

Inarca le sopracciglia scure. "Niente alcol mai? Lo trovo difficile da credere."

"Non è quello che intendevo. È solo che, sa, di solito birra o vino a una festa..." La mia voce si spegne, mentre solleva una delle caraffe di cristallo e versa due dita di liquido color ambra in un bicchiere da whisky, poi lo fa scorrere verso di me.

"Prova questo. È uno dei migliori cognac al mondo.

E dammi pure del tu."

Sollevo esitante il bicchiere e ne annuso il contenuto. Non ho mai bevuto del cognac. Bicchieri di vodka un sacco di volte, sì. Tequila in alcune occasioni memorabili, di sicuro. Ma non il cognac—e, a giudicare dai forti fumi di alcol che mi colpiscono le narici, non è qualcosa che dovrei bere insieme a Nikolai stasera o in qualsiasi altra notte.

Non quando sono così confusa su quello che sta succedendo tra di noi.

Versa un bicchiere anche per sé. "Alla nostra nuova partnership." Alza la bevanda per brindare, e io non ho altra scelta che far tintinnare il mio bicchiere contro il suo. Portandolo alle labbra, bevo un sorso—e scoppio in un attacco di tosse, gli occhi lacrimanti, mentre gola e petto si accendono per il bruciore.

Dannazione, questa roba è *forte*.

Nikolai mi guarda, il divertimento oscuro che brilla nel suo sguardo. "Non sei proprio una gran bevitrice" osserva, quando finalmente ho ripreso fiato. "Riprova, ma questa volta più lentamente. Lascialo in bocca per alcuni secondi, prima di ingoiarlo. Assorbi il gusto, la consistenza... il calore."

Questa è una cattiva idea, lo so, ma seguo le sue istruzioni, prendendo un altro sorso e trattenendolo per un po', prima di lasciarlo scendere nella gola. Mi brucia ancora l'esofago, ma non tanto quanto la prima volta, e sulla scia della sensazione ardente, un piacevole calore si diffonde attraverso le mie membra.

"Meglio?" chiede dolcemente, e io annuisco,

incapace di distogliere gli occhi dal suo sguardo ipnotico. Forse è l'alcol che sta già incasinando le mie inibizioni, o il fatto che siamo soli, ma questo sembra stranamente come un incontro... come se ci fosse un senso di intimità che si sta costruendo tra noi. Voglio allungare la mano sul tavolo e tracciare la curva sensuale delle sue labbra, appoggiare la mia mano sul suo ampio palmo e sentire la sua forza e il suo calore.

Voglio che mi baci, e se non sto valutando male il calore ribollente nei suoi occhi, potrebbe essere quello che vuole anche lui.

"Perché mi hai chiesto di restare a bere qualcosa?"

Voglio rimangiarmi le parole non appena escono dalla mia bocca, ma è troppo tardi. Un sorriso sardonico appare sul suo viso, e inclina la testa di lato, facendo roteare indolentemente il cognac nel bicchiere. "Secondo te?"

"Io non..." Mi inumidisco le labbra. "Non lo so."

"Ma se dovessi azzardare un'ipotesi?"

Il mio battito cardiaco accelera. Non c'è modo di dire quello che sto pensando. Se sbaglio, andrà molto male per me. In effetti, non vedo come potrebbe andare bene. Se ho ragione e lui è attratto da me, questo creerà un mare di guai. E se ho immaginato tutto—

"Non pensarci troppo, *zaychik*." La sua voce è ingannevolmente gentile. "Questo non è uno dei tuoi esami scolastici."

Giusto. E preferirei di gran lunga che lo fosse— perché l'unica cosa di cui dovrei preoccuparmi è un voto negativo. La posta in gioco è infinitamente più alta qui. Se sbaglio, se lo irrito, potrei perdere il lavoro e, con esso, ogni speranza di salvezza.

Là fuori, oltre i confini di questa tenuta, ci sono mostri che mi danno la caccia, e qui c'è un uomo che potrebbe essere altrettanto pericoloso... e non solo perché sembra divertirsi a giocare a questo giochino sadico con me.

"Cosa significa?" chiedo cautamente. "Zay-qualcosa?"

"Zaychik?" L'oscurità brilla nel suo sorriso. "Significa *coniglietta*. Una specie di nomignolo russo."

Il mio viso si scalda, le pulsazioni assumono un ritmo irregolare. Le probabilità che mi sbagli diminuiscono di momento in momento, e questo mi rende ancora più nervosa. Non sono vergine, ma non ho mai frequentato nessuno neanche lontanamente come quest'uomo. I miei ragazzi al college erano proprio questo—ragazzi che precedentemente erano stati miei amici—e non ho idea di come gestire questo estraneo pericolosamente magnetico, che è anche il mio capo.

E che potrebbe far parte della mafia.

È l'ultimo pensiero che porta la chiarezza tanto necessaria al groviglio contraddittorio di emozioni nella mia testa.

Raddrizzando i miei nervi tremanti, mi alzo in piedi. "Grazie per la cena e il drink. Se non ti dispiace, adesso vado a letto. Alina ha ragione—è stata una lunga giornata."

Per due lunghi secondi, nessuna parola gli fuoriesce

dalla bocca; si limita a guardarmi con quel sorriso beffardo, e la mia ansia aumenta, il mio stomaco che si stringe in nodi. Ma poi, posa il bicchiere e dice dolcemente: "Dormi bene, Chloe. Ci vediamo domani mattina."

E improvvisamente, sono libera—e in egual misura sollevata e delusa.

12

NIKOLAI

Mi rigiro per due ore, cercando di addormentarmi, ma non ci riesco. Alla fine, mi arrendo e rimango sdraiato lì, fissando il soffitto scuro, i miei muscoli tesi e il mio uccello duro e dolorante, nonostante il sollievo che è riuscito a trovare grazie alla mia mano.

Che cosa c'è che mi attira in questa ragazza? Il suo aspetto? Il mistero che rappresenta? Ho dovuto davvero impegnarmi per lasciarla andare questa sera, per indietreggiare e permetterle di andare a letto, invece di allungare la mano sul tavolo per tirarla verso di me.

Che cosa avrebbe fatto, se avessi agito d'impulso?

Si sarebbe irrigidita, avrebbe urlato... o si sarebbe sciolta contro di me, i suoi occhi castani morbidi e annebbiati, le sue labbra aperte per il mio bacio?

Imprecando sottovoce, mi alzo, indosso una vestaglia e mi avvicino al computer. È tarda mattinata a

Mosca, quindi potrei anche sentire i miei fratelli per affari.

Qualsiasi cosa è meglio che soffermarsi su Chloe e sul dolore frustrante alle palle.

Konstantin non risponde alla mia videochiamata, quindi provo Valery. Mio fratello minore risponde subito, il suo volto inespressivo come sempre. Nonostante la differenza di età di quattro anni tra noi, ci assomigliamo abbastanza da essere scambiati per gemelli—e spesso lo siamo, insieme a nostro fratello maggiore, Konstantin, e a nostro cugino, Roman.

I geni Molotov sono una cosa potente e tossica.

"Ti manchiamo già?" Il tono di Valery non tradisce alcunché delle sue emozioni—se ne ha, voglio dire. È possibile che mio fratello sia così poco dispiaciuto come mostra. Non l'ho mai visto perdere la pazienza, nemmeno da bambino, e di certo non l'ho mai visto piangere. Ma sono stato in collegio per gran parte della sua infanzia, quindi non posso affermare di essere un esperto di Valery.

Non siamo legati, i miei fratelli e io; nostro padre ha voluto così.

"Hai ottenuto l'autorizzazione per l'impianto di produzione?" chiedo, invece di rispondere. "O è ancora in sospeso?"

Mi guarda con fare impassibile. "È sulla scrivania del Presidente, mentre parliamo. Ha promesso di rimandarmelo entro domani."

"Bene." È un accordo su cui ho lavorato per diversi

mesi, prima di lasciare Mosca, e voglio assicurarmi che vada a buon fine. "E la legge sul credito d'imposta?"

"Sta facendo progressi come sperato." Mio fratello inclina la testa. "Perché la telefonata a tarda notte? Tutto questo avrebbe potuto aspettare fino a domani."

Alzo le spalle. "Ho solo qualche problema a dormire."

Il suo sguardo si acuisce. "Ha qualcosa a che fare con Slava?"

"No." Almeno non nel modo in cui pensa. "Dov'è Konstantin?" Voglio che il suo team indaghi più profondamente su Chloe Emmons, con un focus specifico sull'ultimo mese.

Ho bisogno di sapere cos'ha fatto e dov'è andata, mentre non era rintracciabile.

"Berlino" risponde. "Acquisizione di altri server."

"Ancora?"

È il suo turno di alzare le spalle. In mia assenza, i miei fratelli hanno suddiviso le responsabilità in base ai loro interessi e punti di forza, con la tecnologia che rientra esattamente nel dominio di Konstantin. Non che fosse mai stato diversamente; anche quando eravamo alle elementari, nostro fratello maggiore poteva competere con i migliori programmatori della nazione. La differenza principale ora è che Valery rimane fuori dagli affari di Konstantin, lasciandogli fare ciò che vuole, mentre quando guidavo l'organizzazione di famiglia, supervisionavo tutto io, comprese le iniziative del dark web di Konstantin.

"Bene" dico. "Mi metterò in contatto con lui lì. Ora aggiornami sul resto."

E Valery lo fa. Quando terminiamo la chiamata, mi sento come se fossi tornato nel giro—o almeno tanto quanto è possibile, mentre mi trovo a mezzo mondo di distanza. Gran parte della nostra attività si svolge di persona, nelle serate di gala, nei teatri dell'opera e nei ristoranti di fascia alta frequentati dai potenti broker dell'Europa orientale. Non puoi corrompere sottilmente un politico tramite e-mail, non puoi intimidire un fornitore, ottenendo uno sconto su Skype. Si tratta di stare gomito a gomito con le persone giuste, di essere al posto giusto al momento giusto—e di non lasciare tracce, digitali o di altro tipo, se devi superare un limite per fare le cose.

Spegnendo il portatile, mi tolgo la vestaglia e mi avvicino alla finestra, dove una mezza luna catturata parzialmente dietro una nuvola fornisce un'illuminazione appena sufficiente per distinguere le cime degli alberi sul pendio della montagna. Sono ancora teso, ogni muscolo del mio corpo contratto. La chiamata mi ha distratto, come speravo, ma ora che è finita, penso di nuovo a Chloe. La desidero di nuovo.

Fanculo.

Forse non avrei dovuto permetterle di lasciare il tavolo. Mi piaceva il suo nervosismo, la diffidenza nei suoi begli occhi castani. Mi ha ricordato una coniglietta selvatica, pronta a fuggire al primo segnale di pericolo, e avrei voluto inseguirla, se lo avesse fatto.

Ma non l'ho fatto. L'ho lasciata andare. Sembrava

stanca, e non il tipo di stanchezza che si prova dopo aver dormito male per una notte o due. Era uno sfinimento, profondo e totale. I suoi vestiti erano larghi su di lei, come se avesse perso peso di recente, e i lineamenti delicati erano più prominenti che nelle immagini, i suoi occhi circondati da occhiaie profonde. Qualunque cosa le sia accaduta, l'ha portata sull'orlo di un collasso, e in quel momento, quando si è alzata dal suo posto, così fragile e coraggiosa, ho sentito uno strano bisogno di confortarla... di proteggerla da qualunque demone le avesse inciso quei segni di tensione sul viso.

No, tutto questo è idiota. Conosco appena la ragazza. Non volevo spingerla al punto di rottura, tutto qui.

Avvicinandomi al mio armadio, indosso un paio di pantaloncini da corsa, scarpe da ginnastica, ed esco dalla stanza. Forse è meglio che io l'abbia lasciata stare stasera. Domani mi metterò in contatto con Konstantin e inizierò l'attività per scoprire i suoi segreti. Nel frattempo, non farà male lasciarla riposare, orientarsi... acclimatarsi all'idea che la bramo.

A prescindere da cosa pensa il mio uccello, non c'è fretta.

Dopotutto, adesso è qui, e non andrà da nessuna parte.

13

CHLOE

"No!"

Atterro carponi, ansimando, tutto il corpo tremante e coperto di sudore. È buio e sono nuda, e non ho idea di dove mi trovi o cosa stia succedendo. Poi, registro la sensazione del pavimento in legno sotto i miei palmi e la debole luce lunare che entra dalla finestra grande quanto una parete, e mi è tutto chiaro.

Sono nella mia camera nella tenuta Molotov, e niente di quello che ho visto era reale.

È stato un altro incubo.

Trasalendo, mi metto sulle ginocchia—che immediatamente urlano per protesta. Devo averle ferite, quando mi sono buttata giù dal letto.

Esile braccio marrone in una pozza di sangue... Pistola in una mano col guanto nero... Enorme camioncino che sfreccia verso di me...

Una nuova ondata di adrenalina mi spinge in piedi nonostante il dolore. Aspirando aria profondamente, armeggio nell'oscurità alla ricerca di un interruttore della luce. La mia mano si posa sul letto, e mi avvicino tentoni al comodino.

La lampada lì sopra si accende al mio tocco, illuminando la stanza di un tenue bagliore dorato. Le mie ginocchia cedono per il sollievo, e sprofondo sul materasso, lasciando che la luce allontani i persistenti frammenti dell'incubo.

Era solo un sogno.

Sono al sicuro.

Non possono raggiungermi qui.

Dopo un paio di minuti, mi sento abbastanza stabile da stare in piedi, e vado in bagno per eliminare il sudore che si sta asciugando sulla mia pelle. Prima di farlo, ho spento la lampada, poiché non avevo più i vestiti puliti per la notte da indossare, ma non ero riuscita a capire come chiudere le persiane della finestra. Probabilmente c'è un pulsante nascosto da qualche parte, ma ero troppo stanca per trovarlo ieri sera. Non appena sono arrivata in camera, mi sono spogliata, ho lavato a mano la maglietta e le mutande nel lavandino, in modo da avere qualcosa di pulito da indossare la mattina, e mi sono addormentata nel momento in cui la mia testa ha colpito il cuscino.

Neanche le preoccupazioni per il mio inquietante e attraente datore di lavoro sono riuscite a tenermi sveglia.

Ora, però, mentre mi trovo sotto la doccia, la mia mente torna su di lui, e il mio battito cardiaco va su di giri, il mio respiro che accelera con un mix di ansia ed eccitazione.

Nikolai mi desidera.

Credo.

Forse.

Potrei sbagliarmi.

Oppure... no.

Il calore si accumula nella mia pancia, i miei seni che si stringono, mentre immagino lo sguardo cupo e intento nei suoi occhi e ripeto le cose che ha detto... e come le ha dette. No, non mi sbaglio. Almeno, non sulla sua attrazione per me. È possibile che stesse solo giocando con me e non abbia intenzione di agire su questa attrazione, ma non credo.

Penso che abbia intenzione di fottermi, e non ho idea di come mi senta al riguardo.

In realtà, è una bugia. La mia mente potrebbe essere lacerata, ma il mio corpo è molto diretto nei suoi sentimenti. Il calore dentro di me si intensifica, una tensione famelica che si raccoglie nel profondo del mio intimo, mentre immagino come sarebbe, se venisse nella mia stanza in questo preciso momento e bussasse alla mia porta... poi, non ottenendo risposta, l'aprisse ed entrasse.

Se fosse seduto sul letto, in attesa di vedermi uscire dal bagno nuda.

I miei occhi si chiudono, le mie mani mi coprono il seno, poi scivolano lungo il mio corpo, mentre lo immagino in piedi e che cammina verso di me...

allungandosi per toccarmi. Le mie dita scivolano tra le mie cosce, dove sono umida e smaniosa, e immagino che sia la sua mano, la sua bocca crudelmente sensuale laggiù. Il mio respiro si blocca, mentre la smania si trasforma in una calda pulsazione, i muscoli delle gambe che tremano per la crescente tensione, e con un'improvvisa esplosione di sensazioni, vengo, le dita dei piedi che si arricciano sulle piastrelle bagnate, mentre mi appoggio alla parete di vetro del box, ansimando per l'aria.

Stordita, apro gli occhi e tiro via la mano, il cuore che mi batte all'impazzata nel petto.

Non riesco a credere a quello che è appena successo. Non sono mai stata in grado di raggiungere l'orgasmo in questo modo prima d'ora, solo con le mie dita. Normalmente, ho bisogno di un minimo di quindici minuti con il vibratore—o che un ragazzo mi pratichi sesso orale per mezz'ora—e anche in questo caso, è una scommessa; dipende da quanto sono stressata o stanca. L'eccitazione è una cosa molto mentale per me, motivo per cui non ho mai cercato incontri casuali.

Devo conoscere un uomo per entrare in intimità con lui.

Deve piacermi e devo fidarmi di lui.

O almeno, questo è quello che avevo sempre pensato. Non ho idea se mi piaccia Nikolai, e di certo non mi fido di lui.

Allora, perché il solo pensiero di lui mi porta sull'orlo dell'orgasmo?

Perché sono attratta da un uomo che mi fa sentire come una preda braccata?

La luce che mi accarezza il viso mi risveglia da un sonno profondo, e gemo, rotolando per evitarla. Ma è ovunque, luminosa e calda, e mi rendo conto che deve essere mattina, anche se non sembra.

Sforzandomi per aprire gli occhi, mi siedo e strofino il viso. Anche se sono tornata subito a dormire dopo la mia sessione di masturbazione improvvisata, mi sento ancora stanca, come se avessi avuto solo poche ore di sonno invece delle nove o dieci che devo aver effettivamente dormito. Non ho idea di che ore siano adesso, ma sono abbastanza sicura di essere andata a letto prima delle dieci.

Devono essere tutte quelle settimane insonni che hanno chiesto il conto.

Facendo dondolare le gambe sul pavimento, osservo la splendida vista fuori dalla finestra. Nonostante la luce del sole, tracce di nebbia avvolgono le lontane cime delle montagne, e il tutto sembra uscito da una cartolina. Sono tentata di sedermi e godermelo per un minuto, ma mi costringo ad alzarmi e ad andare in bagno per lavarmi. È la mia prima mattina di lavoro e non voglio fare una brutta figura, presentandomi tardi. Non che io sappia cosa sia "tardi"—ieri non abbiamo discusso del mio orario di lavoro o del programma di Slava.

Sono pulita grazie alla mia doccia notturna, quindi la mia routine mattutina richiede pochi minuti. La maglietta e la biancheria intima che ho lavato a mano sono ancora un po' umide, ma le indosso lo stesso, e prendo nota mentalmente di parlare con Pavel o con qualcuno della situazione del bucato il prima possibile. Oltre che del mio orario.

Devo capire quali sono le aspettative di Nikolai, in modo da poterle soddisfare.

Il mio battito inizia a correre al pensiero di lui, e mi concentro per raccogliere i capelli in uno chignon come distrazione dalle farfalle sempre più attive nel mio stomaco. Sono andata a letto con i capelli bagnati, quindi hanno assunto pieghe molto strane e, in ogni caso, è più professionale tenerli lontani dal viso.

Tornando in camera, rifaccio il letto, mi infilo le scarpe da ginnastica e raddrizzo le spalle.

Posso farlo.

Devo farlo, a prescindere da come mi faccia sentire il mio nuovo capo.

14

CHLOE

Non vedo nessuno nella sala da pranzo o nel soggiorno al piano di sotto, quindi vado in giro, finché non trovo la cucina. Entrando, vedo una donna formosa con capelli biondi tinti tagliati in un caschetto corto e gonfio. Vestita con un abito rosa e bianco a fiori, è china su un lavandino e sta lavando un piatto, così mi schiarisco la gola per avvertirla della mia presenza.

"Ciao" dico con un sorriso, quando lei si volta, asciugandosi le mani su un asciugamano. "Tu devi essere Lyudmila."

Mi fissa, poi abbassa la testa. "Lyudmila, sì. Tu insegnante di Slava?" Il suo accento russo è ancora più marcato di quello di suo marito, e il suo viso tondo dalle guance rosee mi ricorda una matrioska dipinta, una di quelle che hanno altre bambole all'interno, come strati di cipolla. Immagino che abbia circa trentacinque anni, anche se la sua pelle è così liscia che potrebbe facilmente sembrare dieci anni più giovane.

"Sì, ciao. Sono Chloe." Mi avvicino, tendendo la mano. "È un piacere conoscerti."

Mi stringe le dita con cautela e mi scuote brevemente la mano, mentre le chiedo: "Sai dov'è Slava e se ha già fatto colazione?"

Sbatte le palpebre senza capire, quindi ripeto la domanda, facendo attenzione a pronunciare lentamente ogni parola.

"Ah, sì, Slava." Indica la grande finestra alla mia sinistra, che scopro si affaccia sul davanti della casa, dove ho parcheggiato la macchina. Solo che la macchina non c'è. Aggrotto le sopracciglia, poi mi rendo conto che Pavel deve averla riparcheggiata ieri, quando ha portato su la mia valigia.

Dovrò chiedergli dov'è, insieme alle chiavi. Non credo che me le abbiano mai restituite.

Prima di poter porre la domanda a Lyudmila, individuo il mio giovane studente. Sta scorrazzando lungo il vialetto, con Pavel alle calcagna. L'uomo-orso sta trasportando un enorme pesce agganciato all'amo, e il ragazzino ha un grande sorriso sul viso. Devono aver pescato di prima mattina.

Do un'occhiata all'orologio del microonde e sussulto.

No, non di prima mattina. Più a metà mattinata.

Sono quasi le dieci.

Il mio stomaco brontola, come se fosse un segnale, e un sorriso taglia la faccia tonda di Lyudmila.

"Mangiare?" chiede, e io annuisco, sorridendo mestamente.

Almeno, il mio stomaco parla una lingua universale.

"Va bene se prendo qualcosa?" chiedo, indicando il frigorifero, ma lei si dà da fare da sola e tira fuori un vassoio di quelle che sembrano crepes ripiene.

"Questo bene?" chiede, e io annuisco con gratitudine. Non sono un tipo schizzinoso, e se quelle crepes sono qualcosa di simile al delizioso cibo russo che ho mangiato ieri sera, sarò al settimo cielo.

"Grazie" dico, avvicinandomi per prenderle il piatto, ma lo mette nel microonde e fa un gesto verso il bancone dietro il lavandino.

"Siediti. Faccio io per te."

La ringrazio ancora e mi siedo su uno degli sgabelli dietro al bancone. Non voglio essere un peso, ma con la barriera linguistica, la mia protesta educata potrebbe essere interpretata erroneamente come rifiuto o antipatia.

"Tè? Caffè?" chiede.

"Caffè, per favore. Con latte e zucchero, se ce l'hai."

Lei si dà da fare, e io mi guardo intorno nella cucina. È moderna come il resto della casa, con armadi bianchi e lucidi, ripiani in quarzo grigio ed elettrodomestici in acciaio inossidabile nero. Una parte della grande isola della cucina al centro è occupata da una lunga fila di erbe aromatiche in vaso, e sopra di esse è appeso ad arte un portabottiglie con una varietà di bottiglie.

Il microonde suona dopo un minuto, e Lyudmila mi

porta il vassoio di crepes, insieme a un piatto pulito, posate e un barattolo di miele.

"Wow, grazie" dico, mentre mi mette una delle crepes, ci versa sopra del miele e poi mi fa il gesto di tagliarla e mangiarla. "Sembra fantastica."

Taglio un pezzo di crepe e ne esamino il contenuto. Sembra ricotta con uvetta, e quando ne metto in bocca un pezzo, la trovo dolce e salata al contempo, e ancora più deliziosa di quanto mi aspettassi. Il mio stomaco brontola di nuovo, più forte, e Lyudmila sorride al suono.

"Ti piace?"

"Oh, sì, grazie. È così buona" mormoro, la mia bocca già piena per il secondo boccone, e Lyudmila annuisce, soddisfatta.

"Bene. Tu mangi. Così piccolo." Muove le mani in aria, come se misurasse le dimensioni della mia vita, e fa un verso di disapprovazione. "Troppo piccolo."

Rido a disagio e continuo col mio cibo, mentre lei torna a lavare i piatti. È divertente la sua critica schietta alla mia figura, ma anche vera. Sono sempre stata magra, ma dopo un mese di pasti sporadici, sono diventata decisamente pelle e ossa, i muscoli del mio corpo che si sciolgono insieme a quel poco grasso che avevo. Persino il sedere che una volta avevo ritenuto troppo prominente è a malapena presente ora; probabilmente dovrò fare un milione di squat per riaverlo.

Cosa che farò, una volta che tutto questo sarà finito.

Se mai finirà.

No, non se. Mi rifiuto di pensare in questo modo. Sono arrivata fin qui, eludendo i miei inseguitori contro ogni previsione, e ora le cose stanno migliorando. Per la prima volta da quando è iniziato questo incubo, ho dormito tutta la notte, ho la pancia piena, e sono da qualche parte in cui non possono tendermi un'imboscata. E tra sei giorni avrò il mio primo stipendio e, con esso, più opzioni—compreso andarmene da qui, se è quello che devo fare per essere al sicuro.

Se l'oscurità che ho percepito in Nikolai è qualcosa di più di un prodotto della mia immaginazione.

In questa cucina luminosa e soleggiata, le mie paure sulla mafia sembrano esagerate, irrazionali, così come la mia conclusione che lui mi desideri. Come ha sottolineato Lyudmila, a malapena sembro stare al meglio, e sono sicura che un uomo ricco e stupendo come il mio datore di lavoro sia abituato alle bellezze di livello mondiale. Più ci penso, più sembra che la mia attrazione per lui possa avermi portata a interpretare male la situazione la scorsa notte. Il nomignolo, le domande indagatrici, il tono basso e seducente della sua voce—poteva essere tutto un caso di differenze culturali. Non so molto degli uomini russi, ma è possibile che siano sempre così con le donne—così come è possibile che i russi ricchi siano abituati ad avere guardie a causa degli alti livelli di corruzione e criminalità nel loro Paese.

Sì, probabilmente è così. Con tutto lo stress dell'ultimo mese, ho lasciato correre la mia immaginazione. Perché una famiglia mafiosa dovrebbe stabilirsi qui, in questo deserto remoto? New York, certo; Boston, molto probabilmente. Ma l'Idaho? Non ha senso.

Scuotendo la testa per la mia stupidità, divoro il resto delle crepes e bevo il caffè preparato da Lyudmila. Poi, sentendomi ottimista e piena di speranza per la prima volta da settimane, mi alzo, porto i piatti al lavello—dove Lyudmila li prende nonostante le mie proteste—e vado a cercare il mio studente.

Posso farlo.

Posso davvero.

In realtà, non vedo l'ora.

Sto girando l'angolo del soggiorno, camminando veloce, quando mi imbatto in un corpo grande e duro. L'impatto fa uscire l'aria dai miei polmoni e quasi mi fa volare, ma prima che possa cadere, mani forti si chiudono intorno alle mie braccia, trascinandomi contro il suo corpo.

Stordita, completamente senza fiato, guardo il mio rapitore—e il mio battito cardiaco attraversa la stratosfera, quando incontro lo sguardo luminoso di Nikolai.

"Buongiorno, zaychik" mormora, la sua bella bocca curva in un sorriso beffardo. "Dove vai così di fretta?"

15

CHLOE

Ogni cellula del mio corpo si accende con il calore, il mio polso che accelera incredibilmente. La mia parte inferiore del corpo è infuocata contro la sua, le mie cosce premute contro le dure colonne delle sue gambe e il mio stomaco modellato contro il suo inguine. Sento la sua colonia, qualcosa di sottile e complesso, con note di cedro e bergamotto, e sotto, il muschio pulito della calda pelle maschile. Ed *è* calda. Anche se siamo entrambi completamente vestiti, posso sentire il suo calore animale—e, con mio shock, la crescente durezza che preme nel mio ventre.

"Stai bene?" mormora, e mi rendo conto che lo sto fissando stordita, come un coniglio in una trappola. Che è più o meno come mi sento. Le sue lunghe dita circondano completamente le mie braccia, la sua presa indistruttibile. Ed è enorme. Fino a questo momento non mi ero resa conto di quanto fosse alto e muscoloso. Sono di statura media per una donna, ma mi fa sentire piccola in ogni modo—e, a giudicare dallo spessore del rigonfiamento premuto contro di me, è costantemente grosso dappertutto.

La mia pelle si scalda di altri mille gradi, e le mie viscere si contraggono in un improvviso struggimento. "Sto... sto bene." Solo che sembro tutt'altro che tale, la mia voce soffocata che tradisce l'agitazione. Non riesco a pensare, non posso elaborare nulla, tranne il fatto che la sua erezione preme contro di me e, per qualche motivo, non mi lascia andare.

Mi tiene contro di lui come se non potesse *più* lasciarmi andare, il suo sguardo che diventa sempre più attento di secondo in secondo. Lentamente, come attirati da una calamita, i suoi occhi si spostano sulle mie labbra e—

"Kolya." La voce di Alina è tesa. "Konstantin vuole parlare con te."

Nikolai si irrigidisce e solleva la testa, le sue dita che si stringono sulle mie braccia, fino al punto di farmi male. Un rantolo involontario mi sfugge dalla gola, e lui allenta la presa—ma continua a non lasciarmi.

"Digli che lo richiamo" dice a sua sorella. Il suo tono è freddo e uniforme, come se fossimo tutti seduti a un tavolo e non mi stesse tenendo come se fossimo sul punto di ballare un tango. La mia faccia, invece, brucia per l'imbarazzo.

Non riesco nemmeno a immaginare cosa stia pensando Alina in questo momento.

"Vuole parlarti subito" insiste. "Tra pochi minuti andrà a una riunione e dopo sarà occupato."

Nikolai borbotta quella che suona come un'imprecazione in russo e finalmente mi libera. Scossa, inciampo all'indietro su gambe instabili e mi volto verso Alina, che sta guardando suo fratello allontanarsi con uno sguardo fisso. Poi, i suoi occhi si spostano su di me e le sue labbra rosse e piene si irrigidiscono.

"Mi sono imbattuta in lui" dico, prima che lei possa accusarmi di qualcosa. "È stato un incidente. Sarei caduta, ma lui—"

"Mio fratello non fa incidenti." I suoi occhi sono come giada immersa nel ghiaccio. "Faresti bene a ricordartelo, Chloe."

E con questo, se ne va, lasciandomi più scossa di prima.

Dopo pochi minuti, mi sono ricomposta abbastanza da riprendere la mia ricerca di Slava—questa volta a un ritmo molto più calmo. Quando arrivo in camera sua, però, lui non c'è, quindi torno di sotto a cercarlo.

Non vedo né lui, né Pavel in nessuna delle aree comuni, quindi torno in cucina, sperando di trovare Lyudmila lì. Ma anche lei se n'è andata.

Forse sono tutti fuori?

Aprendo la porta d'ingresso, esco alla luce del sole. È una splendida giornata senza nuvole, la brezza profumata di bosco fresca e rinfrescante sul mio viso. Non c'è nessuno sul vialetto, ma esco comunque, respirando a pieni polmoni l'aria fresca di montagna per calmarmi ulteriormente.

Non c'è motivo di impazzire.

Non è successo niente.

Nikolai mi ha presa perché sarei caduta, ecco tutto.

Tranne che... sarebbe potuto succedere qualcosa, se Alina non avesse interrotto. Sono sicura al novanta per cento che Nikolai stava per baciarmi. E sicuramente non ho immaginato il duro rigonfiamento premuto contro di me.

Mi desidera.

Non ci sono più dubbi su questo.

Faccio un altro respiro profondo, ma il mio cuore continua a battere, i palmi che sudano come matti. Strofinandoli sui jeans, cammino intorno alla casa, ammirando la vista sulle montagne nel tentativo di calmare i miei turbolenti pensieri.

Va bene. Va tutto bene. Solo perché Nikolai è attratto da me non significa che succederà qualcosa tra noi. Sono sicura che si renda conto di quanto sia inopportuna l'intera faccenda. A prescindere da quello che ha detto Alina, *è stato un incidente*, ci siamo scontrati. Non so perché abbia insinuato il contrario. Forse pensava che stessi andando da lui? Ma no. Sembrava quasi che mi stesse avvertendo di allontanarmi da lui, come se—

Il suono di voci attira la mia attenzione, e mentre giro l'angolo vedo Pavel e Slava. Sono in piedi vicino a un tronco di albero a una quindicina di metri da me, con il grosso pesce adagiato su di esso. Mentre mi avvicino, vedo l'uomo-orso aprirlo a metà, poi passare il coltello apparentemente affilato a Slava.

Che diavolo? Si aspetta che il bambino finisca il lavoro?

Sì. E Slava lo fa. Quando arrivo lì, il ragazzino sta raccogliendo interiora di pesce con le sue manine e le sta gettando in un sacchetto di plastica che Pavel gli sta utilmente tenendo aperto.

Okay. Immagino che sappiano cosa stanno facendo. Ho pulito il pesce un paio di volte io stessa—la mia compagna di stanza quando ero una matricola, un'appassionata di pesca e caccia, mi ha insegnato come farlo—quindi non sono disgustata, ma è inquietante vederlo fare da un bambino di quattro anni.

Non sono *affatto* preoccupati per lui con i coltelli.

Fermandomi davanti al tronco, sfoggio il mio sorriso più luminoso. "Buongiorno. Posso unirmi a voi?"

Il bimbo mi sorride e snocciola qualcosa in russo. Pavel, tuttavia, sembra poco contento di vedermi. "Abbiamo quasi finito" ringhia con la sua voce dal forte accento. "Puoi aspettare in casa, se vuoi."

"Oh, no, sto bene qui. Hai bisogno di aiuto con questo?" Faccio un gesto verso il pesce.

Pavel mi guarda in cagnesco. "Sai come rimuovere le squame?"

"Sì." In realtà, preferirei non farlo, per non sporcare i miei unici vestiti puliti, ma voglio continuare a insegnare a Slava, e il modo migliore per farlo è passare del tempo con lui in qualunque attività stia facendo.

Nella mia esperienza, i bambini imparano meglio al di fuori di una classe—e così fanno la maggior parte degli adulti.

"Ecco, allora." Pavel mi porge un coltello squamapesce. "Mostra al bambino come farlo."

A giudicare dal sorrisetto sul suo viso simile a un mattone, pensa che stia bluffando—motivo per cui mi dà un grande piacere prendere il coltello da lui e dire con dolcezza: "Okay."

Facendo attenzione a non schizzare la maglietta, mi metto al lavoro, spiegando al ragazzino per tutto il tempo cosa sto facendo e come. Gli dico come si chiama ogni parte del pesce e gli faccio ripetere le parole, poi gli faccio provare la desquamazione. È bravo a farlo come lo era a tagliare, e mi rendo conto che l'ha già fatto in passato.

Quando Pavel mi ha chiesto di mostrarglielo, mi stava solo mettendo alla prova.

Nascondendo il mio fastidio, lascio che Slava finisca il lavoro e rimetto il pesce pulito nel secchio. Pavel lo porta in casa, e io e Slava lo seguiamo. L'uomo-orso va dritto in cucina—probabilmente per preparare il pesce per il pranzo—e lo informo che porto Slava di sopra per cambiarsi. A differenza mia, il piccolo ha macchie di pesce su tutta la maglietta.

Pavel grugnisce qualcosa di affermativo, prima di scomparire in cucina, e io accompagno Slava nel bagno più vicino. Ci laviamo entrambi accuratamente le mani, e poi lo accompagno in camera sua.

Con mia grande sorpresa, Lyudmila è lì quando entriamo, intenta a disporre meticolosamente una maglietta pulita e dei jeans per Slava sul letto.

"Grazie" dico con un sorriso. "Ha un disperato bisogno di cambiarsi."

Lei sorride e dice qualcosa a Slava in russo. Le si avvicina, e lei lo aiuta a togliersi i vestiti sporchi. Con tatto gli volto le spalle—il piccolo è abbastanza grande da essere timido davanti agli estranei. Quando sembra che abbiano finito, mi volto e vedo Lyudmila che lo aiuta con la fibbia della cintura.

"Tutto fatto" annuncia dopo un momento, facendo un passo indietro. "Adesso tu insegnare."

Le sorrido. "Grazie, lo farò." Vedendola raccogliere i vestiti sporchi di Slava, le chiedo: "C'è una lavatrice da qualche parte in casa? Devo fare il bucato."

Si acciglia, non capendo.

"Bucato." Indico la pila di vestiti nelle sue mani. "Sai, per lavare i vestiti?" Strofino i pugni, imitando qualcuno che fa il bucato a mano.

La sua faccia si illumina. "Ah sì. Vieni."

"Torno subito" dico a Slava, e seguo Lyudmila al piano di sotto. Mi porta oltre la cucina e lungo un corridoio fino a una stanza senza finestre dalle dimensioni della mia camera da letto. Ci sono due lavatrici e asciugatrici—immagino che funzionino per più carichi contemporaneamente—insieme a un asse da stiro, uno stendino, cesti per la biancheria e altre comodità.

"Questo, sì?" Indica le macchine, e io annuisco, ringraziandola. Tornando nella mia camera, raccolgo tutti i miei vestiti e li porto giù. Lyudmila a quel punto non c'è più, così comincio a caricare le lavatrici. Tra mezz'ora scenderò di nuovo per spostare i panni nelle asciugatrici, e per l'ora di cena sarà tutto pulito.

Le cose stanno davvero migliorando, nonostante la situazione con il mio capo.

Il mio battito cardiaco accelera al pensiero, le farfalle nello stomaco che prendono nuovamente vita. Slava e Pavel hanno fornito una distrazione tanto necessaria, ma ora che sono lontana da loro, non posso fare a meno di pensare a quello che è successo. La mia mente passa in rassegna tutto, ancora e ancora, finché le farfalle si trasformano in vespe.

Ho sentito l'erezione di Nikolai contro di me.

Sembrava che stesse per baciarmi.

Non mi ha lasciata andare, quando c'era sua sorella.

È l'ultima parte che mi spaventa di più, perché significa che mi sbagliavo. Ha intenzione di agire su questa attrazione. Se Alina non avesse insistito, affinché rispondesse alla chiamata, mi avrebbe baciata, e forse sarebbe anche andato oltre. Forse in questo preciso momento, saremmo a letto insieme, con il suo corpo potente che mi sarebbe entrato dentro come—

Interrompo la fantasia, prima che possa progredire ulteriormente. Mi sento già eccessivamente calda, i miei seni pieni e turgidi, il mio sesso che pulsa per una smania crescente. Dev'essere una strana conseguenza della mia sessione di masturbazione improvvisata la scorsa notte; questa è l'unica spiegazione del motivo per cui ho improvvisamente acquisito la libido di un'adolescente.

Facendo respiri lenti e profondi per calmarmi, finisco di caricare la biancheria. La situazione è senza dubbio complicata. Una relazione con il mio datore di lavoro sarebbe poco saggia per diversi motivi, eppure non sono certa della mia capacità di resistergli. Se vado in fiamme solo pensando a lui, come sarebbe se mi toccasse? Se mi baciasse?

Il mio autocontrollo evaporerebbe come l'acqua su una padella?

C'è solo una soluzione che possa vedere, solo una cosa che possa fare per prevenire questo disastro.

Devo evitarlo—o almeno non restare da sola con lui—per i prossimi sei giorni.

Risolto questo, metto in funzione le lavatrici e mi giro—solo per bloccarmi sul posto.

In piedi sulla soglia, gli occhi dorati luccicanti e la bocca curva in un sorriso devastante, c'è il diavolo che occupa i miei pensieri.

"Eccoti" dice dolcemente, e mentre lo guardo, paralizzata dallo shock, si inoltra ulteriormente nella stanza e chiude la porta.

16

CHLOE

"Ti stavo cercando" continua Nikolai, avvicinandosi con passo morbido come una pantera. "Pavel ha detto che eri di sopra con Slava."

Deglutisco forte, mentre si ferma davanti a me. "Sì, sono venuta qui solo un momento per portare un po' di biancheria. Spero che vada bene." Nonostante i miei migliori sforzi, la mia voce vacilla, e devo davvero impegnarmi per non fare un passo indietro nel tentativo di frapporre più spazio tra noi. Non che sia troppo vicino—almeno un metro ci separa—ma ora che conosco l'odore della sua colonia, posso cogliere le sottili note di cedro e bergamotto nell'aria, e la mia memoria riempie il resto, dal calore che arriva dalla sua pelle ai contorni duri del suo corpo premuti contro di me. E quel grosso, spesso rigonfiamento... Le mie ginocchia oscillano, e quasi ondeggio verso di lui, ma mi riprendo all'ultimo momento, irrigidendo le gambe e la colonna vertebrale.

Un calore oscuro invade il suo sguardo, e realizzo che ha notato la mia reazione. Le mie guance bruciano e il mio cuore martella più velocemente, spine gelide che mi attraversano la pelle.

Perché è qui?

Perché mi stava cercando?

Perché ha chiuso quella porta?

"Sì, certo, non è un problema." La sua voce è dolce e profonda, e quel calore inquietante è ancora nei suoi occhi. "Vivi qui ora, quindi fa' come se fossi a casa tua."

"Lo farò, grazie." Dannazione, ora sembro tutta roca e senza fiato. Ricomponendomi con impegno, gli rivolgo il mio miglior sorriso da dipendente modello. "In realtà, stavo per chiederti una cosa. Ho un programma di lavoro? Cioè, ci sono momenti specifici in cui vorresti che lavorassi con Slava? Idealmente, mi piacerebbe insegnargli tutto il giorno, invece di avere lezioni formali, ma se preferisci il contrario, sono flessibile."

Ecco, va meglio. Sono riuscita a stabilizzare la mia voce e a farla sembrare semi-professionale. Se tutto va bene, questo gli ricorderà che sono qui per insegnare a suo figlio, non per sciogliermi al suo sguardo ardente come—beh, probabilmente come ogni donna eterosessuale che abbia mai incontrato.

Un altro sorriso maliziosamente sensuale sfiora le sue labbra. "Dipende da te, zaychik. Il tuo allievo, i tuoi metodi. Tutto quello che cerco sono i risultati. L'unica cosa che ti chiedo è che ti unisca alla nostra famiglia per l'ora dei pasti, in modo che Pavel e Lyudmila non debbano cucinare e pulire più volte."

"Sì, naturalmente. A che ora sono la colazione e il pranzo?" Mi dispiace che Lyudmila mi abbia dato quelle crepes; visto che mi sono svegliata tardi, avrei potuto aspettare fino al successivo pasto programmato.

"Di solito facciamo colazione alle otto e il pranzo alle dodici e mezzo. Va bene per te?"

"Assolutamente." Se c'è qualcosa che ho imparato nell'ultimo mese, è che il cibo, sempre e ovunque, di qualsiasi varietà, va bene per me.

Uno stomaco pieno è qualcosa che non darò mai più per scontato.

"Bene. Allora, ci vediamo oggi a pranzo." Si volta per andarsene, ed esala un respiro tremante, di nuovo sollevata e perversamente delusa—solo per sentire il mio cuore che salta un battito, mentre lui si ferma e mi guarda di nuovo.

"Quasi dimenticavo" dice, con gli occhi luccicanti. "I tuoi abiti nuovi verranno consegnati questo pomeriggio. Pavel li porterà in camera tua, e ti sarei grato se ne indossassi uno per cena."

"Oh, certo. Grazie. Lo farò." Abiti nuovi? Quanti ne ha acquistati? E come fa a farli consegnare così velocemente? Sto morendo dalla voglia di chiederglielo, ma non voglio prolungare questo incontro snervante.

Sono ancora consapevole di quella porta chiusa.

"Bene. Fammi sapere se qualcosa non ti va bene." Il suo sguardo si posa sul mio corpo, e le spine gelide ritornano, il mio respiro che diventa debole, mentre i capezzoli si stringono nel reggiseno. *Un altro reggiseno di cotone sottile che sta facendo poco per nascondere la mia reazione.* Il mio viso brucia per il calore di mille Soli, e quando i suoi occhi incontrano di nuovo i miei, sento il cambiamento nell'atmosfera, l'aria che assume quella carica pericolosamente elettrica.

Con la bocca secca, faccio un mezzo passo indietro, anche se quello che voglio veramente è piegarmi su di lui. L'attrazione è talmente intensa che è quasi paragonabile a una forza fisica—e, a giudicare dal modo in cui la sua mascella si flette, mentre osserva la mia ritirata, non sono la sola a percepirla.

Corri, Chloe. Liberatene.

La voce di mamma questa volta è più calma, meno urgente, ma spazza via un po' della foschia nel mio cervello. Raccogliendo i brandelli appassiti della mia forza di volontà, faccio un altro passo indietro e dico nel modo più uniforme che posso: "Grazie. Lo farò."

Le sue narici si dilatano, e ho di nuovo la sensazione di essere in presenza di qualcosa di pericoloso... qualcosa di oscuro e selvaggio che si nasconde sotto l'aspetto urbano di Nikolai.

"Va bene" replica dolcemente. "Buona fortuna con il bucato, zaychik. Ci vediamo presto."

E aprendo la porta, esce.

17

NIKOLAI

Mi distraggo per tutti i quindici minuti dopo essere arrivato in ufficio. Controllo la posta, pago alcune fatture, rispondo a uno dei miei contabili. Quindi, imprecando sottovoce, accendo l'audio sul mio laptop e attivo la ripresa della telecamera nella stanza di mio figlio.

Come previsto, Chloe è lì, dopo aver terminato il suo compito in lavanderia. Famelicamente, la guardo, mentre gioca a macchine e camion con Slava, parlando con lui per tutto il tempo come se potesse capirla. Ogni tanto, indica qualcosa come una ruota e gli fa ripetere la parola inglese dopo di lei, ma per la maggior parte parla soltanto—e Slava la ascolta rapito, affascinato dalle sue espressioni facciali e dai suoi gesti quanto me.

A un certo punto, ride per il modo in cui il suo camion sorpassa la macchina di Chloe, e lei sorride e gli scompiglia i capelli, le sue dita sottili che scivolano casualmente tra le ciocche setose. Il mio petto si stringe dolorosamente, la mia lussuria che si mescola a un'intensa gelosia. Non so nemmeno chi di loro invidio di più—Slava, per aver provato il suo tocco, o Chloe, per aver conquistato l'affetto di mio figlio. Tutto quello che so è che vorrei essere lì, a crogiolarmi nel suo sorriso solare, a sentire la risata di mio figlio di persona invece che attraverso la telecamera.

Fanculo.

Questo è patetico.

Che cosa sto facendo?

Mi sposto per chiudere il video, ma mi fermo all'ultimo secondo, passando il cursore sulla X. Ha aperto un libro e sta leggendo a Slava ora, la sua voce dolce e leggermente rauca che mi fa venire voglia di irrompere nella camera di mio figlio, afferrarla e portarla a letto. Voglio sentire quella voce gemere il mio nome, mentre affondo nel suo calore umido e stretto, sentirla supplicare e implorare, mentre la porto sull'orlo ancora e ancora, prima di concederle finalmente la dolce grazia dell'orgasmo.

Voglio tormentarla quasi quanto voglio scoparla, punirla per avermi ridotto così.

Stringendo i denti così forte da rischiare il mal di denti, chiudo lo schermo e scatto in piedi. Nonostante la notte in gran parte insonne, sono traboccante di energia irrequieta. Ho bisogno di un'altra corsa defatigante, o forse di una sessione di sparring con Pavel.

Lancio un'occhiata all'orologio sopra la porta del mio ufficio.

Meno di un'ora prima del pranzo.

Pavel è probabilmente impegnato a preparare il cibo, e se opto per la corsa lunga e dura di cui ho bisogno, non avrò la possibilità di fare la doccia e cambiarmi, prima che sia ora di unirmi agli altri a tavola.

Espirando un respiro frustrato, mi siedo e apro di nuovo la casella della posta in arrivo. È troppo presto per aspettarmi qualcosa da Konstantin—solo stamattina gli ho chiesto di fare un tuffo nel mese mancante di Chloe—ma controllo comunque.

Niente.

Fottuto inferno. Ho davvero bisogno di una distrazione. Le mie dita non vedono l'ora di aprire di nuovo la telecamera e guardarla interagire con mio figlio. Ma se lo faccio, questa irrequietezza non farà che peggiorare, intensificando la mia fame di lei. Avendola abbracciata stamattina, so come sia averla schiacciata contro di me, quanto abbia un odore dolce e pulito, come fiori di campo in una frizzante mattina di primavera. Ho dovuto fare appello a tutte le mie forze per liberarla, anche con Alina lì, e quando l'ho trovata sola nella lavanderia, ogni istinto oscuro e primordiale ha insistito che la prendessi, che la spogliassi e la piegassi su una lavatrice, reclamandola sul posto.

E avrei fatto esattamente questo, se si fosse avvicinata a me.

Se non avesse fatto altro che indietreggiare, sarei

stato dentro di lei, invece di stare seduto qui, a lottare con me stesso come un pazzo.

No, fanculo.

Scatto in piedi.

Ho bisogno di uno scontro duro e sanguinoso, e poiché Pavel non è disponibile, dovrò accontentarmi delle guardie.

Arkash e Burev sono fuori a pattugliare il complesso, quando arrivo al bunker delle guardie, ma Ivanko, Kirilov e Gurenko sono seduti davanti a un falò con alcuni dei nostri dipendenti americani. Come i barbari che sono, stanno arrostendo un intero cervo allo spiedo e scambiandosi i loro soliti insulti.

Ivanko mi vede per primo. "Capo." Afferrando il suo M16, balza in piedi. "Qualcosa non va?"

Anche Kirilov e Gurenko sono già in piedi, armi pronte, proprio come ai nostri giorni in Crimea.

"Tranquilli, ragazzi." Sorridendo cupamente, mi tolgo la camicia e la appendo sul ramo di un albero vicino. "È tutto a posto." O lo sarà tra poco.

Tre contro uno è esattamente il tipo di disparità in cui speravo.

18

CHLOE

Con mio sollievo, il pranzo con i Molotov è molto più informale della cena. Beh, Alina è ancora vestita come se fosse a un cocktail party di lusso, ma Nikolai indossa jeans scuri con una polo bianca, e nessuno rimprovera Slava per i suoi pantaloncini e la maglietta, mentre ci sediamo a tavola—che è di nuovo carica di tutti i tipi di insalate, salumi e contorni appetitosi.

Tutti i russi mangiano come gli zar, o solo questa famiglia? Se questa è una cosa da ogni pasto, non capisco come facciano a non essere grassi. Sono ancora sazia, avendo fatto colazione solo un paio d'ore fa, ma non ho assolutamente intenzione di rinunciare a ingozzarmi di queste prelibatezze.

Sembra tutto così dannatamente buono.

"Com'è stata la tua prima notte con noi, Chloe?" chiede Alina, quando abbiamo riempito tutti i nostri piatti. "Hai dormito bene?"

Le sorrido, sollevata sia dalla domanda innocua che dal tono amichevole. Avevo paura che potesse essere ancora arrabbiata con me dopo l'incidente di questa mattina. "Ho dormito molto bene, grazie." Ed è vero—a parte l'incubo, è stata la migliore dormita che abbia fatto nelle ultime settimane.

"Bene" dice Alina, tagliando quello che sembra un uovo alla diavola. "Pensavo di aver sentito qualcosa dalla tua stanza verso le tre, ma doveva essere mio fratello che tornava da una delle sue corse notturne." Lancia a Nikolai un'occhiata di traverso, e io mi occupo del cibo nel piatto, contenta per la spiegazione.

Devo aver gridato forte la scorsa notte. Oppure Alina mi ha sentita cadere dal letto.

"Sono andato a correre" conferma Nikolai "quindi dev'essere stato così." Quando alzo lo sguardo, però, il suo è puntato su di me, studiandomi con un'espressione illeggibile.

Sospetta qualcosa?

Dio, spero che *lui* non mi abbia sentita urlare o cadere.

Combattendo l'impulso di dimenarmi sulla sedia, abbasso lo sguardo—e mi fermo, fissando le sue mani. In una tiene un coltello e nell'altra una forchetta, in stile europeo, ma non è questo che attira la mia attenzione.

Sono le sue nocche. Sono rosse e gonfie, come se avesse preso a pugni qualcuno.

Le mie pulsazioni aumentano, mentre distolgo lo sguardo, poi osservo di nascosto le sue mani.

Sì. Non lo immaginavo. Le sue nocche sono un disastro. In generale, le sue grandi mani maschili sembrano essere state molto in azione, con calli sui bordi dei pollici e cicatrici sbiadite in alcuni punti. Nemmeno le unghie corte e ben curate possono nascondere la verità.

Queste non sono le mani di un ricco playboy. Appartengono a un uomo che conosce intimamente il duro lavoro manuale o la violenza.

I sospetti che avevo quasi represso riaffiorano, e questa volta non posso fingere che siano privi di fondamento. Qualcosa dei Molotov mi innervosisce. Chi sono? Perché sono qui? Posso vedere una ricca famiglia straniera che trascorre un paio di settimane in un posto come questo come "disintossicazione nella natura", ma trasferirsi qui? Qualcuno affascinante come Alina appartiene a Parigi, Milano o New York, non a un angolo dell'Idaho, dove ci sono più orsi che persone. Lo stesso vale per Nikolai, con i suoi modi pacati e cosmopoliti e l'insistenza sull'abbigliamento alla *Downton Abbey* per cena.

I miei nuovi datori di lavoro sono l'epitome del jet set—almeno se si ignorano le mani da attaccabrighe di strada di Nikolai.

Mi costringo a distogliere lo sguardo da quelle nocche selvagge ed eccitanti e mi concentro sul bambino accanto a me, che sta di nuovo mangiando con calma e in silenzio. In modo impressionante, mi rendo conto. Quale bambino di quattro o cinque anni non gioca almeno un po' con il suo cibo? O richiede occasionalmente l'attenzione di un adulto? So che il piccolo può sorridere, ridere e giocare come qualsiasi altro bambino della sua età, quindi perché si trasforma in un robot a misura di ragazzino durante i pasti?

Sentendo il mio sguardo su di lui, Slava alza la testa, i suoi grandi occhi verde-oro straordinariamente solenni. Gli sorrido brillantemente, ma lui non risponde al sorriso. Si limita a concentrarsi sul piatto e riprende a mangiare. Mangio anch'io, ma continuo a guardarlo, il mio senso di colpa che si intensifica di secondo in secondo. C'è qualcosa di innaturale nel comportamento del mio studente, qualcosa di profondamente preoccupante. Forse il bimbo è più traumatizzato dalla morte di sua madre di quanto sembri in superficie, o forse sta succedendo qualcos'altro... qualcosa di ben peggiore.

Rivolgo un'altra occhiata alle nocche di Nikolai, un pensiero orribile che si insinua nella mia mente.

Con mio infinito sollievo, le ferite sembrano fresche, come se avesse appena sbattuto i pugni su qualcosa o qualcuno. Dato che Slava è stato con me tutta la mattina, non avrebbe potuto essere quel qualcuno. Inoltre, solo un impatto di grande forza avrebbe potuto causare quel tipo di contusioni, e non c'è nulla nel modo in cui il figlio di Nikolai è seduto o si muove che indicherebbe che è stato picchiato così duramente—o anche solo lievemente.

Qualunque sia la colpa del mio datore di lavoro, non si tratta di abusi sui minori, grazie a Dio. Non so cosa farei in quel caso. No, mi correggo. Lo so.

Chiamerei i Servizi di Tutela dei Minori e scapperei, correndo i miei rischi con gli assassini di mia madre.

Il che mi ricorda: non ho ancora riavuto le chiavi della macchina.

Sto per chiedere a Nikolai al riguardo, quando Alina mi sorride e domanda: "Hai sempre desiderato essere un'insegnante, Chloe?"

Annuisco, posando la forchetta. "Più o meno. Ho sempre amato sia i bambini che l'insegnamento. Anche da piccola, giocavo spesso con bambini più piccoli di me, così da poter interpretare il ruolo della loro istruttrice." Sorrido, scuotendo la testa. "Penso che mi piacesse che mi ammirassero. Che accarezzassero il mio ego e tutto il resto."

Mentre parlo, mi rendo conto degli occhi di Nikolai su di me, intenti e incrollabili. Lo sguardo di un predatore, carico di desiderio e infinita pazienza. La mia pelle brucia sotto il suo peso, e devo fare appello a tutta la mia forza di volontà per tenere lo sguardo su Alina e prendere la forchetta come se nulla stesse accadendo.

Mi chiede della mia scelta del college come domanda successiva, e le racconto di come ho avuto la fortuna di ottenere una borsa di studio lì.

"Non avevo mai nemmeno pensato di fare domanda per una scuola così costosa" dico tra bocconi di delizioso pesce affumicato e insalata di barbabietole riccamente aromatizzata. Aiuta, se mi concentro sul cibo invece che sull'uomo che mi fissa. "Mia madre lavorava come cameriera, e i soldi erano limitati dacché possa ricordare. Stavo per andare all'università pubblica, per poi trasferirmi in una scuola statale, usando una combinazione di borse di studio, prestiti e studio-lavoro per pagarmela. Ma proprio quando ho iniziato il mio ultimo anno di liceo, ho ricevuto un invito a fare domanda per questo programma speciale di borse di studio al Middlebury. Era per i figli di genitori single a basso reddito, e copriva il cento per cento delle rette scolastiche, vitto e alloggio, oltre a fornire un'indennità per libri e spese varie. Naturalmente, ho fatto domanda—e in qualche modo, sono entrata."

"Perché in qualche modo?" chiede Nikolai. "Non eri una brava studentessa?"

Non ho altra scelta che incontrare il suo sguardo penetrante. "Lo ero, ma c'erano studenti nelle mie condizioni che erano molto più qualificati e non l'hanno ottenuta." Come la mia amica Tanisha, che aveva ottenuto un punteggio perfetto ai suoi SAT e si era diplomata tenendo un discorso di commiato. Le avevo parlato della borsa di studio, e anche lei aveva fatto domanda per il programma, solo per essere immediatamente respinta. Ancora oggi, mi chiedo perché abbiano scelto me e non lei; se si trattava di sopravvivere alle avversità, Tanisha aveva una situazione familiare peggiore, con sua madre parzialmente disabile, che cresceva da sola non uno ma tre figli, uno di loro—il fratello minore di Tanisha—con bisogni speciali.

"Forse hanno visto qualcosa in te" azzarda Nikolai, i

suoi occhi che tracciano ogni centimetro del mio viso. "Qualcosa che li ha incuriositi."

Alzo le spalle, cercando di ignorare il calore che mi scorre sotto la pelle. "Forse. Più probabilmente, però, è stata solo una stupida fortuna." Doveva essere così, perché un paio di mesi dopo, Tanisha ha ricevuto lettere di accettazione da tutte le scuole a cui aveva fatto domanda, inclusa Harvard, che ha finito per frequentare grazie a un generoso pacchetto di aiuti finanziari. Non così generoso come la borsa di studio che ho ottenuto io—si è laureata con settantamila dollari di prestiti studenteschi—ma abbastanza buono da farmi smettere di sentirmi in colpa per aver preso il posto che avrebbe dovuto essere suo.

Essendo una brava persona, non ha mai mostrato risentimento verso di me, ma so quanto il rifiuto del comitato per le borse di studio l'abbia devastata.

"Non credo che sia stata una stupida fortuna" replica piano Nikolai. "Penso che tu stia sottovalutando il tuo fascino."

Oh, Dio. Il mio battito cardiaco aumenta, il viso che brucia incredibilmente di più, mentre Alina si irrigidisce, il suo sguardo che rimbalza tra me e suo fratello. Non c'è dubbio sul suo significato, e non si tratta di un complimento casuale sulle mie capacità scolastiche, e lei lo sa bene quanto me.

Tuttavia, ci provo. Fingendo che sia tutto uno scherzo, sorrido ampiamente. "È molto carino da parte tua. E voi due? Dove andavate a scuola?"

Eccolo. Il cambio di argomento. Sono orgogliosa di

me stessa, fino a quando mi rendo conto che se, per qualche motivo, uno dei fratelli *non* fosse andato al college, la mia domanda potrebbe offenderli.

Per fortuna, Alina non batte ciglio. "Io sono andata alla Columbia, e Kolya è finito alla Princeton." È di nuovo composta, i suoi modi amichevoli ed educati. "Nostro padre voleva che frequentassimo il college in America; pensava che fornisse le migliori opportunità."

"È per questo che parli l'inglese così bene?" le chiedo, e lei annuisce.

"Sì, e abbiamo frequentato qui anche il collegio."

"Oh, questo spiega la mancanza di accento. Mi chiedevo come foste riusciti a non averlo."

"Abbiamo avuto tutor americani anche dopo il ritorno in Russia" spiega Nikolai, con un mezzo sorriso beffardo sulle labbra. Chiaramente, sa che sto cercando di alleviare la tensione, e trova i miei sforzi divertenti. "Non dimenticarlo, Alinchik."

Sua sorella si irrigidisce di nuovo per qualche motivo, e io mi tengo occupata ripulendo il resto del mio piatto. Non ho idea di quale mina terrestre abbia calpestato, ma so che è meglio non procedere con questo argomento. Mentre sto finendo di mangiare, guardo Slava e noto che anche lui ha finito.

"Ne vuoi ancora?" chiedo sorridendo, mentre faccio un gesto verso il suo piatto vuoto.

Mi guarda sbattendo le palpebre, e Alina dice qualcosa in russo, presumibilmente traducendo la mia domanda.

Lui scuote la testa, e io gli sorrido di nuovo, prima

di guardare gli altri adulti al tavolo. Con mio sollievo, sembra che anche loro abbiano finito, con Nikolai che si è appena appoggiato allo schienale, guardandomi, e Alina che si pulisce con grazia le labbra con un tovagliolo. Miracolosamente, il suo rossetto rosso non lascia tracce sul panno bianco—anche se probabilmente non dovrei essere sorpresa, dato che il colore brillante è sopravvissuto all'intero pasto senza sbavare o sbiadire.

Uno di questi giorni, le chiederò di condividere con me i suoi segreti di bellezza. Ho la sensazione che la sorella di Nikolai sappia di più in fatto di trucco e vestiti di dieci influencer di YouTube messe insieme.

Sto per scusare me stessa e Slava, in modo da poter riprendere le nostre lezioni, quando Pavel e Lyudmila entrano. Lui ha in mano un vassoio con belle tazze, un barattolo di miele e una teiera di vetro piena di tè nero. Lo poggia sul tavolo, mentre Lyudmila toglie i piatti.

"Niente per me, grazie" dico, quando mi mette davanti una tazza. "Non bevo il tè."

Mi lancia un'occhiata, considerandomi poco più di un animale selvatico, poi porta via la mia tazza e versa il tè per tutti gli altri, incluso il mio piccolo studente. La delicata porcellana sembra ridicola nelle sue mani enormi, ma gestisce il compito abilmente, facendomi chiedere se abbia lavorato in qualche ristorante di fascia alta, prima di unirsi alla famiglia Molotov.

"Grazie per l'ottimo pasto. Era tutto delizioso" gli dico, quando mi passa accanto, ma si limita a grugnire in risposta, impilando i piatti che sua moglie non ha ancora preso in una piramide accuratamente sistemata in cima al vassoio, prima di portarli via tutti. È solo quando se n'è andato che ricordo qualcosa di importante.

Mi volto verso Nikolai, il mio viso che si scalda di nuovo, quando incontro il suo sguardo da tigre. "Continuo a dimenticarmi di chiedere... Pavel ha parcheggiato la mia macchina da qualche parte? Non l'ho vista davanti casa. Inoltre, non credo di aver mai riavuto le chiavi."

"Davvero? È strano." Aggiunge un cucchiaio di miele al suo tè e mescola il liquido. "Glielo chiederò." Passa il barattolo di miele a Slava, che aggiunge diversi cucchiai nella *sua* tazza—il ragazzino deve avere un vero debole per i dolci.

"Sarebbe fantastico, grazie" dico, prendendo il mio bicchiere di acqua naturale—l'unico liquido oltre al caffè che mi piaccia bere. "E la macchina? C'è un garage o qualcosa del genere nelle vicinanze?"

"Sul retro della casa, appena sotto la terrazza" risponde Alina al posto del fratello. "Pavel deve averla spostata lì."

"Va bene, fantastico." Sorrido, inspiegabilmente sollevata. "Avevo quasi paura che aveste deciso che era troppo un pugno nell'occhio e l'aveste spinta nel burrone."

Alina ride della mia battuta, ma Nikolai si limita a sorridere e sorseggia il suo tè zuccherato al miele, guardandomi con un'espressione imperscrutabile.

19

CHLOE

Il resto del pomeriggio vola via. Appena finito il pranzo, trovo il garage—l'ingresso è sul retro della casa, subito dopo la lavanderia—e verifico che la mia macchina sia effettivamente lì, con un aspetto ancora più vecchio e arrugginito accanto agli eleganti SUV e alle cabriolet dei miei datori di lavoro. Poi, dato che il tempo è bello—ventuno gradi e soleggiato—porto Slava a fare una passeggiata nella parte boscosa della tenuta piuttosto che fare lezione nella sua stanza. Percorriamo un prato pieno di fiori selvatici, scendiamo fino a un laghetto che troviamo a meno di ottocento metri a ovest e inseguiamo una dozzina di scoiattoli tra gli alberi. In realtà, Slava li insegue, ridacchiando maniacalmente; io lo osservo semplicemente con un sorriso.

È un ragazzino completamente diverso qui fuori rispetto alla sala da pranzo con la sua famiglia.

Mentre ci inoltriamo nel bosco, lui chiacchiera in

russo e io rispondo in inglese ogni volta che riesco a indovinare cosa sta dicendo. Mi assicuro anche di fornirgli parole in inglese per tutto ciò che incontriamo, e faccio del mio meglio per imparare le parole russe che mi insegna.

"*Belochka*" dice, indicando uno scoiattolo, solo per scoppiare a ridere, quando mangio la parola nel tentativo di ripeterla. Lui, invece, pronuncia perfettamente le parole inglesi quasi al primo tentativo; ho il sospetto che stia guardando cartoni animati in inglese o che sia davvero portato.

I bambini inclini alla musica tendono a padroneggiare gli accenti più velocemente dei loro coetanei.

"Ti piace la musica?" chiedo, mentre torniamo a casa. Canticchio alcune note. "O cantare?" Faccio la mia migliore interpretazione di "Baby Shark", che lo fa scoppiare a ridere.

Nel caso ci fossero dubbi, io *non* sono portata per la musica.

Mentre ci avviciniamo alla casa, Pavel esce per salutarci, uno sguardo feroce sul viso. "Dov'eri? Sono quasi le cinque, e lui non ha mangiato lo spuntino."

"Oh, eravamo—"

"E i tuoi vestiti sono stati consegnati. Sono nella tua camera." Guardando con disapprovazione le scarpe sporche di Slava, tira su il ragazzino e lo porta in casa, borbottando qualcosa in russo.

Mortificata, tolgo le mie scarpe da ginnastica infangate e li seguo. Probabilmente avrei dovuto concordare la nostra escursione con i custodi di Slava, o almeno avere una migliore cognizione del tempo. Ho portato un paio di mele per Slava da sgranocchiare, se avesse avuto fame—le ho prese in cucina, prima di andarmene—ma immagino che non sia un pasto completo come il vassoio di formaggio e frutta che Pavel ha portato ieri.

Quando arrivo in camera, mi lavo le mani e mi sistemo lo chignon; un mucchio di sottili ciocche sono sfuggite ai fermagli e stanno incorniciando il mio viso in un'aureola disordinata. Poi, vado al mio armadio per controllare la consegna.

Santo cielo.

L'armadio a muro—vuoto al novantacinque per cento dopo aver disfatto la mia valigia—è ora stipato all'inverosimile. E non sono solo gli abiti eleganti che i miei datori di lavoro esigono a cena. Ci sono jeans e pantaloni da yoga, canotte, magliette e maglioni, prendisole casual e gonne eleganti, calzini, pigiami e cappelli. E biancheria intima, di tutti i tipi, dai perizoma a comode mutandine di cotone, reggiseni sportivi e reggiseni push-up di pizzo, tutti improbabilmente della mia taglia. Ci sono persino capi per l'esterno—tantissimi capi per l'esterno, che vanno da giacche impermeabili leggere ed eleganti cappotti di lana a parka imbottiti, che sarebbero adatti in un clima artico.

È un armadio per tutte le stagioni e per tutte le occasioni e, a giudicare dalle targhette, è tutto nuovo di zecca.

Stordita, leggo un'etichetta appesa a un maglione bianco dall'aspetto morbido.

$395.

Che cazzo?

Afferro la targhetta dal parka più vicino, di un bel colore blu con cappuccio foderato di pelliccia.

€3.499. Made in Italy.

"Ti piace?"

Sobbalzo e mi giro per vedere Alina, che è in piedi all'ingresso del vano armadio.

"Scusa, non volevo spaventarti" dice, scuotendo i capelli neri lucenti sopra la spalla. Si è già cambiata in un altro splendido abito, un indumento rosso lungo fino alle caviglie con uno spacco all'altezza della coscia, che mostra il frammento di una gamba lunga e tonica. Ha anche rinfrescato il trucco, allungando l'eyeliner per enfatizzare l'aspetto felino dei suoi occhi a mandorla.

"Ho bussato, ma nessuno ha risposto" continua "quindi, ho pensato che stessi esplorando le tue nuove cose."

"Stavo—sto..." Guardo oltre la mia spalla verso le grucce e gli scaffali pieni di roba. "È... tutto per me?"

"Ovviamente. Per chi altro sennò? Io non ne ho bisogno, questo è certo." Avvicinandosi per mettersi accanto a me, tira fuori un lungo vestito giallo e me lo porta al petto, poi lo appende e ne tira fuori uno rosa pallido.

"Ma è davvero troppo" dico, mentre lei avvicina il

vestito rosa. "Non ho bisogno di tutto questo. Qualche vestito per cena, certo, ma il resto—"

"Questo è mio fratello. Nikolai non conosce mezze misure." Rovista nel resto degli abiti con velocità praticata e tira fuori un indumento color pesca scintillante. *Versace*, afferma l'etichetta, e non c'è alcun cartellino del prezzo in vista—probabilmente perché l'importo sarebbe spaventoso. Tenendolo contro di me, Alina annuisce soddisfatta. "Prova questo." Lo mette tra le mie braccia.

"Adesso?"

Inarca le sopracciglia. "Posso voltarmi, se sei timida." Abbinando l'azione alle parole, mi dà le spalle.

Sopprimendo un sospiro esasperato, tolgo rapidamente i vestiti e mi infilo l'abito—che in qualche modo calza perfettamente, lo chiffon color pesca screziato d'oro che drappeggia sul mio corpo con straordinaria eleganza. La gonna a trapezio cade con grazia ai miei piedi, e il corpetto squadrato ha un reggiseno incorporato che ingrossa le mie modeste coppe B, dandomi un accenno di scollatura. Le larghe bretelle nascondono le mie spalle, ma le braccia e la parte superiore della schiena sono lasciate nude, esponendo le croste, dove i frammenti di vetro mi hanno perforato la pelle.

Dannazione. Speravo di evitare di mostrarle, finché non fossero guarite.

"Pronta?" Alina sembra impaziente.

"Solo un secondo." Ruoto il braccio dietro la

schiena, cercando di sollevare completamente la cerniera. "Pensi di poter...?"

"Ovviamente." Fa alzare la cerniera e fa un passo indietro per darmi un'occhiata. Immediatamente, il suo sguardo si fissa sulle croste. "Che cos'è successo qua?" chiede, un minuscolo cipiglio che increspa la sua fronte liscia.

"Non è niente." Faccio una smorfia, come se fossi imbarazzata dalla mia sbadataggine. "Sono inciampata e sono caduta su un vetro rotto."

La spiegazione deve soddisfarla, perché mi lascia andare e riprende il suo esame minuzioso. "Molto bello" dichiara infine. "Ma quello chignon deve sparire."

"Oh, no, sta bene—"

"Vieni." Afferrandomi la mano, mi trascina fuori dal vano armadio e in bagno, dove mi mette davanti allo specchio. "Vedi? Devi portare i capelli sciolti con questo. Inoltre, il trucco è fondamentale."

Fisso il mio riflesso nello specchio, lo chignon disordinato, le occhiaie e tutto il resto. Ha ragione. Un vestito così glamour merita il meglio. Sfortunatamente, ho solo un tubetto di lucidalabbra con me, avendo buttato la maggior parte degli oggetti nella mia borsa del trucco, quando ho liberato la mia stanza del dormitorio dopo la laurea. Ho pensato che sarei andata a fare shopping con mia madre una volta tornata a casa. Amava quel genere di cose, e andavamo sempre—

Interrompo quel pensiero e inspiro per eliminare la dolorosa costrizione nel petto. "Posso sciogliermi i capelli, ma non ho davvero—"

"Sì, fallo." Apre uno dei cassetti accanto al lavandino, rivelando una selezione di tubetti e flaconi che renderebbero orgoglioso un truccatore professionista. "Mi sono assicurata che Nikolai avesse tutto il necessario" spiega.

"L'hai aiutato tu a comprare tutto questo?"

"Chi altro?" Sorride, rivelando quel piccolo spazio perfettamente imperfetto tra i suoi denti bianchi e diritti. "Nessuno dei miei fratelli distingue il mascara dal rossetto."

Le mie orecchie si rizzano. "Fratelli?"

Annuisce, allungando la mano nel cassetto. "Siamo in quattro. Io sono la più giovane e l'unica femmina." Apre una bottiglietta di fondotinta e mi prende la mano, sollevandola con il palmo verso l'alto. Spalmando una striscia color bronzo sulla parte interna del mio polso, lo osserva in modo critico, poi apre una sfumatura leggermente più dorata e lo prova.

"Dove sono gli altri tuoi fratelli?" le chiedo, guardandola lavorare affascinata. Pensavo che sarebbe stato carino ricevere una lezione da lei un giorno, ed eccoci qui. Ho sempre avuto problemi a trovare il fondotinta giusto; la maggior parte dei marchi di farmacie offre sfumature troppo chiare, troppo scure o troppo cineree. Ma il secondo colore che Alina prova si fonde perfettamente con la mia carnagione—sa sicuramente cosa sta facendo.

"Sono entrambi a Mosca" risponde, tappando la bottiglietta. "Beh, in questo momento, Konstantin è in viaggio d'affari a Berlino, ma sai cosa intendo."

Appoggia la bottiglietta sul ripiano davanti a me, insieme a mascara, eyeliner e un mucchio di altre cose, inclusa una spugna a forma di uovo, che bagna sotto il rubinetto. Incontrando il mio sguardo nello specchio, mi chiede: "Ti dispiace se trucco il tuo viso? O preferiresti farlo da sola?"

"No, per favore, fai pure." Sono più che ansiosa che lei continui. Lezione di bellezza a parte, questa è un'opportunità per me di saperne di più sui miei misteriosi datori di lavoro senza che la presenza oscuramente magnetica di Nikolai mi incasini la testa.

"Va bene, allora lavati la faccia e vieni."

Faccio come dice, mentre rimette via tutto il trucco che aveva tirato fuori e lo ripone in una piccola custodia d'argento. Dopo aver asciugato e idratato il viso con una crema dall'aspetto stravagante che trovo in un altro cassetto, mi riconduce in camera da letto, dove mi mette davanti alla finestra alta quanto il soffitto—la luce naturale è la migliore, spiega. Appoggiando la valigetta per il trucco sul comodino lì accanto, mi si avvicina e, piegando la testa con uno sguardo di intensa concentrazione, inizia ad applicare il fondotinta con la spugna umida.

"Devi sempre picchiettare, non strofinare" spiega, tamponandomi le guance. "Il colore si fonde al meglio in questo modo."

"Buono a sapersi, grazie." Aspetto che abbia finito con il mio mento, prima di chiederle: "Allora, cosa ha fatto decidere a te e Nikolai di venire qui? Immagino che debba essere un grande cambiamento rispetto a Mosca."

Si ferma, i suoi occhi che incontrano i miei. "Oh, lo è. Mosca è... tutto un altro mondo." Le sue labbra rosse si sollevano senza umorismo. "Non sempre un bel mondo."

"Davvero?"

Riprende la sua attenta applicazione. "È tranquillo qui. Calmo. E la natura è bellissima. Nikolai lo voleva per suo figlio."

"Quindi, siete qui per Slava?"

"Mio fratello sì." Si acciglia, studiando il mio viso, e usa l'estremità appuntita della spugna per aggiungere un po' di fondotinta sotto i miei occhi. Le occhiaie devono infastidirla. "Io avevo solo bisogno di una pausa" continua, mentre si avvicina al ponte del mio naso "una tregua, se vuoi."

"Dalla vita a Mosca?"

"Qualcosa del genere. Chiudi gli occhi."

Obbedisco, metabolizzando silenziosamente ciò che ho imparato, mentre applica l'ombretto sulle mie palpebre e il mascara sulle ciglia. Ha senso che siano qui per il ragazzino—il tempismo del loro trasferimento in questo complesso è in linea con l'apprendimento di Nikolai dell'esistenza di suo figlio. E suppongo che se stai cercando una natura tranquilla e calma, non puoi trovare molto di meglio rispetto a questo posto.

Tuttavia, qualcosa non mi torna. Sono sicura che in Russia e in altri Paesi vicini ci siano zone selvagge non toccate dalla civiltà. Perché muoversi dall'altra parte del mondo, se la bellezza della natura è tutto ciò che cerchi? La sola differenza di fuso orario deve rendere difficile restare in contatto con la famiglia o condurre qualsiasi tipo di attività—ammesso che ci *sia* un'attività.

Aspetto che Alina abbia finito di tracciare le mie labbra con una matita, prima di aprire gli occhi e chiedere: "Che lavoro fanno i tuoi fratelli?"

"Oh, diverse cose." Applica con cura il rossetto, mi fa chiudere le labbra su un fazzoletto per togliere un po' di colore e ripete il procedimento altre due volte. Finalmente soddisfatta, mette via il rossetto e prende un piccolo contenitore di blush e un pennello per il trucco dal manico lungo. "La nostra famiglia possiede un gruppo di aziende in vari settori—energia, tecnologia, immobiliare, farmaceutica" dice, passando il pennello sulle mie guance con colpi rapidi ed esperti. "Nikolai sovrintende a tutto... o lo ha fatto fino a poco tempo fa. Quando abbiamo saputo di Slava, ha ceduto la maggior parte delle responsabilità a Valery e Konstantin, così ha potuto trasferirsi qui e trascorrere del tempo con suo figlio."

La fisso incredula. Sta parlando dello stesso Nikolai? Il padre freddamente distante che interagisce a malapena con suo figlio? Non riesco a immaginarlo che lasci presto una riunione di lavoro per stare con lui, tantomeno che si dimetta da capo di qualche importante gruppo aziendale.

Devo essermi persa qualcosa. Oppure Slava è una comoda scusa per qualcosa di losco.

"E tu?" le chiedo, quando si allontana e osserva il suo lavoro con occhio critico. "Anche tu sei coinvolta nell'azienda di famiglia?"

Ride, un suono leggero e trillante. "Oh, non fa per me." Facendo mezzo passo avanti, mi liscia il sopracciglio sinistro con il pollice. "Non male" dichiara. "Adesso dobbiamo solo sistemarti i capelli. Vieni." Afferrandomi la mano, mi trascina di nuovo in bagno, dove tira fuori un'intera gamma di prodotti per lo styling da un altro cassetto, mentre guardo a bocca aperta il mio riflesso nello specchio.

Non ho mai e poi mai avuto un simile aspetto prima, nemmeno quando mamma sborsò cinquanta dollari per farmi truccare professionalmente per il ballo del liceo.

La ragazza nello specchio è più che carina, la sua pelle liscia e luminosa, i suoi occhi castani grandi e misteriosi sopra gli zigomi delicatamente sagomati e le labbra morbide e carnose di colore rosa scuro.

Non somiglio ad Alina, con le sue labbra rosso vivo e il teatrale trucco con occhi da gatta. In realtà, sembra che non lo indossi affatto. È come se fossi stata photoshoppata, tutte le mie imperfezioni levigate.

"Wow." Alzo la mano per toccarmi il viso. "Questo è..."

Alina mi allontana la mano. "Non toccare, rovinerai tutto. In generale, meno tocchi il viso, meglio è. Hai una carnagione bella e luminosa, ma sarà ancora meglio se tieni le mani lontane. L'olio e lo sporco sulle nostre dita ostruiscono i pori, facendoli sembrare più grandi nel tempo."

"Va bene, va bene." Castigata, tengo le mani lungo i fianchi, mentre lei va a lavorare sui miei capelli, prima liberandoli dallo chignon, poi vaporizzandoli con acqua e applicando vari prodotti per lo styling per stuzzicare l'onda nelle ciocche altrimenti flosce.

"Ecco fatto" dice dopo pochi minuti. "Ora hai bisogno di scarpe e saremo pronte."

Oh, cavolo. "Non credo di avere—" comincio a dire, ma lei sta già uscendo dal bagno.

La seguo e la vedo diretta verso il mio armadio. Un secondo dopo, emerge con una scatola da scarpe. *Jimmy Choo*, dichiara il logo sulla scatola. Poggiandola sul pavimento, tira fuori un paio di scarpe dorate col tacco e me le porge. "Prova queste."

Mi hanno comprato anche delle scarpe? Impedendo al mio cervello di fare i conti sulla fortuna non così piccola che deve essere stata spesa per il mio guardaroba, le indosso—come il vestito, calzano perfettamente—e mi avvicino allo specchio a figura intera appeso accanto all'armadio.

"Come ti sembrano?" chiede Alina, venendo a mettersi accanto a me. Con mia grande sorpresa, ora è solo pochi centimetri più alta di me; quei tacchi alti che indossa sempre mi avevano indotta a pensare che avesse l'altezza di una modella.

Provo a spostare il mio peso da un piede all'altro. "Sorprendentemente comode." Non sono comode come le mie scarpe da ginnastica, ovviamente, ma posso stare in piedi e camminarci meglio che con qualsiasi scarpa elegante abbia mai indossato. Allo stesso modo, l'abito color pesca non punge né graffia da nessuna parte; tutte le cuciture sono lisce e morbide sulla mia pelle, la fodera interna setosa piacevolmente fresca.

Non c'è da stupirsi che Alina sia sempre in grado di vestirsi come una regina. Se tutti i suoi vestiti sono di questa qualità, sembrare affascinante non è neanche lontanamente un grosso inconveniente come immaginavo.

"Manca solo una cosa" dice, sorridendo al mio riflesso. "Rimani qui. Torno subito." Si precipita fuori dalla stanza, e io resto davanti allo specchio, meravigliandomi del modo in cui l'abito luccicante avvolga il mio corpo troppo magro, dando l'illusione di curve sinuose.

Non sarò mai bella come Alina, ma sono sicuramente la versione migliore di me stessa.

Ritorna un minuto dopo con un piccolo portagioie in mano. Posandolo sul comodino, lo apre ed estrae un paio di orecchini di diamanti e un ciondolo a forma di cuore su una sottile catena d'oro.

"Grazie, ma non posso" dico, mentre viene verso di me, tenendo in mano i gioielli. "Sembrano davvero costosi."

"Non preoccuparti. Sono solo dei ninnoli." Ignorando le mie proteste, mi avvolge la catena d'oro intorno al collo e la chiude, quindi inserisce i perni dei diamanti nelle mie orecchie. "Ecco, ora l'abbigliamento è completo."

Lei fa un passo indietro, e io mi volto di nuovo verso lo specchio.

Ha ragione. I gioielli hanno aggiunto quel tocco di classe finale, il diamante a forma di cuore che brilla un centimetro sopra il debole accenno di scollatura creato dal corpetto del vestito. Sembro in parti uguali elegante e sexy, come una principessa dei giorni nostri, che sta per partecipare a un ballo.

Se mamma mi avesse vista così, ne sarebbe stata orgogliosa. Mi avrebbe scattato un milione di foto in dozzine di pose diverse e avrebbe impostato le migliori come salvaschermo e sfondo del telefono, in modo da poterle mostrare ai suoi colleghi al ristorante. Avrebbe—

Sbatto le palpebre e mi volto per guardare Alina. "Grazie" dico, la mia voce solo leggermente tesa. "Lo apprezzo molto."

"Il piacere è tutto mio." I suoi occhi verdi brillano, mentre mi guarda un'ultima volta. "Andiamo a cena. Non vedo l'ora che Nikolai ti veda così."

E prima che possa chiedermi cosa intenda dire, esce dalla camera, non lasciandomi altra scelta che seguirla.

20

NIKOLAI

"Che cazzo pensi di fare?" La mia voce è bassa, la mia espressione neutra, mentre mi rivolgo a mia sorella in russo. Di fronte a me, Chloe ha la testa china verso Slava, gli parla del cibo nel piatto come se lui potesse capirla, e tutto quello a cui riesco a pensare è quanto vorrei allungare la mano sul tavolo e strapparle quella collana dalla gola liscia e sottile—subito dopo aver strangolato la persona che gliel'ha data.

"Mi hai chiesto tu di aiutarla a vestirsi." Il tono di Alina corrisponde al mio, anche se il gelido divertimento le brilla negli occhi. "Non ti piacciono i risultati?"

"Dove l'hai presa?" Abbasso ulteriormente la voce, mentre Slava ci guarda con curiosità. A differenza della sua insegnante americana, comprende esattamente quello che stiamo dicendo, se non il contesto di tutto. "Pensavo fosse andata persa."

"La collana preferita di mamma? Assolutamente no."

Il sorriso di Alina è gelido e luminoso come il diamante che luccica sul petto di Chloe. "Me l'ha data per conservarla. Proprio prima... lo sai." Aspetta la mia risposta. Non ottenendola, sbatte le ciglia con esagerata innocenza. "Non ti piace su di lei? Pensavo fosse perfetta per questo vestito—e per il tuo nuovo giocattolino."

I miei molari si stringono, ma il comportamento esteriore rimane calmo. Ora capisco a che gioco sta giocando Alina, e non ho intenzione di lasciarla vincere. "Hai ragione. È perfetta, e anche lei. Grazie per essere stata così disponibile."

Senza aspettare la sua reazione, rivolgo la mia attenzione a Chloe, ignorando la rabbia incandescente che mi scorre nelle vene ogni volta che la pietra scintillante cattura il mio sguardo. Quel ciondolo è tutto ciò che ho potuto vedere da quando la ragazza è venuta a tavola, quindi ora studio il suo aspetto—e, mentre lo faccio, la furia ardente dentro di me si trasforma in lussuria.

Lei è stupenda. No, di più. È mozzafiato, il dipinto di una dea greca che prende vita. Come nella foto che ho visto prima, i suoi capelli cadono sulle spalle esili in una cascata di onde castane striate dal sole, e la sua pelle liscia risplende di una misteriosa luce interiore. Qualunque cosa abbia fatto mia sorella ha migliorato la radiosità che mi ha catturato sin dall'inizio, enfatizzando la bellezza luminosa e tenera di Chloe.

Il tipo di bellezza che quasi implora di toccarla.

Il mio sguardo passa dal suo viso alle fragili

clavicole, poi, superando con determinazione il ciondolo, all'accenno di ombra tra i suoi seni, spinti in su dal corpetto aderente del vestito. Con vivida chiarezza, immagino come sembreranno i suoi capezzoli turgidi, quando toccherò quei piccoli, deliziosi globi, il sapore che avranno, quando li succhierò. Gemerà, la sua testa si inarcherà all'indietro e le sue braccia sottili si alzeranno per—

Mi fermo, la fantasia che svanisce, mentre fisso le croste rosso scuro sul suo bicipite sinistro.

Che cazzo?

Sembrano ferite da punta, profonde.

"Ha detto che è caduta su un vetro rotto" mormora Alina in russo, stranamente in grado di leggermi nel pensiero, come sempre. "Interessante, non è vero?"

Lo è, davvero. Sebbene sia teoricamente possibile cadere su vetri rotti e procurarsi ferite da punta, è molto più probabile procurarsi dei tagli—e non vedo niente del genere sul suo braccio.

"Mi chiedo se sia stata pugnalata o colpita da schegge" continua Alina, facendo di nuovo eco ai miei pensieri. "Che cosa ne pensi? La mia scommessa è su quest'ultima opzione."

Mi costringo a sembrare disinteressato, annoiato dall'argomento. "Penso che sia caduta su un vetro rotto." Non ho detto a mia sorella del rapporto aggiuntivo che ho commissionato al team di Konstantin, e non ho intenzione di farlo.

Chloe è il mio mistero da svelare, il mio puzzle da risolvere.

Il mio bel giocattolo con cui giocare.

I suoi occhi incontrano i miei e distoglie velocemente lo sguardo, la mano che si stringe sulla forchetta, mentre il suo piccolo petto si alza e si abbassa a un ritmo più veloce. Sorrido cupamente, guardandola. La sconvolgo, la innervosisco, e non è solo la tensione sessuale che scalda l'aria tra di noi. Ho colto il modo in cui ha guardato le mie nocche rovinate durante il pranzo, ho scorto le domande nei suoi occhi.

La mia zaychik è abbastanza intelligente da diffidare di me.

Lei sa, nel profondo, che tipo di uomo sono.

La studio per tutto il pasto, godendomela, mentre si gusta i frutti del lavoro in cucina di Pavel. È ancora discreta, ma almeno tre porzioni colme di *plov*, la specialità georgiana di riso pilaf di Pavel, scompaiono dal suo piatto in breve tempo, seguite da una porzione di ogni insalata e contorno sul tavolo, insieme a un intero piatto di kebab di agnello, il piatto forte di stasera.

Il suo appetito fuori dagli schemi mi diverte e allo stesso tempo mi turba, perché rivela qualcosa di importante.

Mi dice che ha conosciuto la vera fame nel recente passato.

La realizzazione si aggiunge alla mia frustrazione, così come i segni sul suo braccio. Konstantin non ha ancora inviato il rapporto, e mi sta facendo impazzire. Voglio sapere cosa le è successo. Ho *bisogno* di saperlo. Sta rapidamente diventando un'ossessione—e lo è anche lei. Questo pomeriggio, quando è andata a fare la passeggiata nel bosco con Slava, mi sono sentito inerme, perché non potevo guardarla attraverso le telecamere. Voglio sapere cosa fa in ogni momento di ogni giorno, e non importa quanto cerchi di distrarmi, è tutto ciò a cui riesco a pensare.

Mentre il pasto volge al termine, penso di convincerla a restare per un aperitivo con me, ma quando la sorprendo a coprire uno sbadiglio, decido di non farlo. L'abilità di Alina con il trucco ha nascosto i segni esteriori dell'esaurimento di Chloe, ma è ancora fragile, ancora debole... troppo per tutte le cose oscure e sporche che voglio farle. Inoltre, stasera non posso essere certo del mio autocontrollo.

Il desiderio che mi brucia le vene sembra troppo potente, troppo selvaggio per una dolce seduzione.

Presto, prometto a me stesso, mentre la guardo uscire dalla sala da pranzo e scomparire su per le scale.

Presto verrò a capo dei misteri di Chloe Emmons e potrò placare questa bramosia.

Sono quasi le due del mattino, quando ammetto la sconfitta e mi alzo per andare a correre. Dopo aver dormito a malapena la scorsa notte e aver esaurito gran parte della mia incessante energia combattendo con le guardie, avrei dovuto essere morto per il mondo. Invece, sono rimasto sveglio per ore, il mio corpo che bruciava dal desiderio insoddisfatto e la mia mente piena di pensieri irrequieti. Ogni volta che ero vicino ad appisolarmi, vedevo il fottuto ciondolo penzolare sopra di me e la rabbia mi inondava le vene, facendomi svegliare di scatto.

Mia sorella sapeva cosa stava facendo, quando ha appeso quel gingillo attorno al bel collo di Chloe.

Il cielo notturno è limpido, quando esco di casa, la luce della mezza luna che illumina il mio cammino, mentre inizio a fare jogging lungo il vialetto. Non che ne abbia bisogno—ho un'eccellente visione notturna. Mentre la foresta si infittisce intorno a me, accelero, finché non corro lungo il sentiero che porta al cancello. A metà strada, svolto bruscamente a destra ed entro nel bosco, le mie scarpe da ginnastica che scricchiolano su foglie e ramoscelli, mentre mi avventuro tra gli alberi. È più buio qui, più pericoloso, con il terreno irregolare e i rami caduti, ma la sfida è quello che cerco. Correre in questo modo mi costringe a concentrarmi, a esercitarmi sia mentalmente che fisicamente. Allo stesso tempo, qualcosa nella foresta notturna mi calma. Il tranquillo fruscio delle creature selvagge tra i cespugli, il grido di una civetta sopra la mia testa, il profumo della vegetazione in decomposizione—fa tutto parte dell'esperienza, parte di ciò che mi attrae di questo posto.

Corro, fino a quando i miei polmoni bruciano e i miei muscoli sembrano di piombo, finché il sudore mi scorre lungo il viso in rivoli. Quando le mie gambe minacciano di cedere, mi volto indietro e corro su per la montagna, spingendomi oltre il punto di esaurimento, oltre i limiti del mio corpo e i ricordi che invadono la mia mente. Corro, finché non riesco a pensare a niente, tantomeno a immaginare il ciondolo a forma di cuore sul petto di Chloe.

Alla fine, mi fermo e cammino per il resto della strada, lasciandomi raffreddare. Quando entro nella casa buia e silenziosa, il mio respiro si è calmato e le mie gambe iniziano a sentirsi attaccate al corpo. Togliendo le scarpe sporche, chiudo a chiave la porta d'ingresso e mi avvio su per le scale, il peso della privazione del sonno che cala su di me come uno strato di mattoni. Non vedo l'ora di cadere nel mio letto e—

Un grido soffocato mi blocca di colpo.

Mi fermo in cima alle scale, tutti i miei sensi in allerta, mentre scruto il corridoio buio.

Un attimo dopo, lo sento di nuovo.

Un urlo soffocato, proveniente dalla camera di Chloe.

L'adrenalina mi attraversa il corpo. Non mi fermo a pensare, agisco e basta. Silenziosamente, percorro il corridoio, ogni muscolo del mio corpo che si attorciglia per la battaglia. Se qualcuno è entrato, se le sta facendo del male... Il solo pensiero tinge di rosso la mia vista. Solo una vita di allenamento mi impedisce di buttare giù la porta e precipitarmi dentro. Invece, mi fermo a un metro dalla sua camera da letto e premo il palmo contro il muro, cercando una minuscola sporgenza. Quando la trovo, premo, e con un leggero ronzio, un piccolo riquadro del muro scivola via, rivelando uno dei mini arsenali che ho nascosto in tutta la casa.

Muovendomi silenziosamente, mi allungo nella nicchia e afferro una Glock 17 carica, poi mi avvicino alla porta della ragazza.

Tutto è di nuovo calmo, ma non mi lascio ingannare.

Qualcosa non va. Lo so. Lo sento.

Togliendo la sicura con il pollice destro, giro con cautela la maniglia della porta con la mano sinistra e apro uno spiraglio.

Segue un altro grido, seguito da un singhiozzo soffocato.

Fanculo.

Spalanco la porta ed entro, pronto a combattere.

Solo che nessuno mi attacca.

Non ci sono proiettili volanti, nessun movimento di alcun tipo.

La debole luce lunare non rivela nessuno nella camera buia oltre a me e un fagotto sotto le coperte del letto—un fagotto che sussulta all'improvviso, emettendo un'altra di quelle grida soffocate.

Naturalmente.

Abbasso la pistola, il peggio della tensione che si allenta nei miei muscoli. Questo dev'essere quello che Alina ha sentito ieri notte. Non c'è da stupirsi che Chloe sembrasse così a disagio, quando mia sorella ha sollevato l'argomento.

Ha gli incubi. Quelli brutti.

Dovrei andarmene ora che so che è al sicuro, ma

rimango fermo al mio posto, fissando quel fascio di coperte, mentre il mio battito cardiaco assume un ritmo duro e martellante. *È qui, sta dormendo a solo un paio di metri di distanza.* L'adrenalina nelle mie vene si trasforma in un bisogno acuto e caldo, una smania così feroce e potente che tremo per lo sforzo di contenerla. Voglio sentire la sua pelle liscia e calda sotto le mie dita, annusare il suo profumo fresco e dolce di fiori di campo... affondare in profondità nel suo calore umido... Il polso mi rimbomba nelle orecchie, il corpo è così duro da farmi male e le gambe si muovono contro la mia volontà, portandomi avanti.

No. Cazzo, no.

Mi fermo a mezzo metro dal letto, la mascella serrata.

Torna indietro, cazzo. Adesso.

Per qualche miracolo, i miei piedi obbediscono.

Un passo.

Un altro.

Un terzo.

Sono a metà strada verso la porta, quando il fagotto sul letto sussulta di nuovo e inizia a dimenarsi selvaggiamente, riempiendo l'aria di grida incontrollate e strazianti.

21

CHLOE

"*No!*"

I miei piedi scivolano nel sangue, mentre mi lancio in avanti, cadendo in ginocchio sul corpo di mamma. Il suo bellissimo viso espressivo è rilassato, i morbidi occhi castani vitrei che non vedono. La sua vestaglia rosa, il mio regalo di Natale dell'anno scorso, si apre in alto, rivelando il seno sinistro, e il suo braccio destro è spinto di lato, il sangue dal profondo squarcio verticale nell'avambraccio che si accumula sulle piastrelle bianche, filtrando nella stuccatura perfettamente mantenuta. Il suo braccio sinistro è premuto contro il fianco, ma c'è sangue anche lì. Così tanto sangue...

"Mamma!" Le premo le dita gelide sul collo. Non riesco a sentire le pulsazioni, o forse semplicemente non so dove trovarle. *Perché ci sono. Devono esserci. Non mi farebbe questo. Non adesso. Non di nuovo.* Sono contemporaneamente frenetica e insensibile, i miei pensieri che corrono alla velocità della luce anche se sono inginocchiata lì, rigida e bloccata. *Sangue. Così tanto sangue sul pavimento della cucina.* La mia testa si alza di scatto con il pilota automatico, e i miei occhi cercano un rotolo di carta da cucina sul tavolo. Mamma sarà così arrabbiata per le macchie sulla stuccatura. Ho bisogno di ripulire questo, ho bisogno di—

Chiamare il 911. Questo è ciò che devo fare.

Mi alzo in piedi, toccando freneticamente le tasche, mentre il mio sguardo rimbalza per la cucina.

Il mio telefono. Dov'è il mio fottuto telefono?

Aspetta, la mia borsa.

L'ho lasciata in macchina?

Mi volto verso la porta d'ingresso, respirando a fatica. *Chiavi.* L'auto ha bisogno delle chiavi. *Dove ho messo le mie fottute chiavi?* Il mio sguardo cade su un tavolino vicino all'ingresso e corro verso di esso, il cuore che batte così forte che mi fa venire la nausea.

Chiavi. Macchina. Borsa. Telefono.

Posso farlo.

Solo un passo alla volta.

Le mie dita si chiudono attorno al portachiavi peloso, e sto per afferrare la maniglia della porta, quando lo sento.

Il rombo basso e profondo delle voci maschili nella camera da letto di mamma.

Mi trasformo in pietra, ogni muscolo del mio corpo che si blocca.

Uomini. Qui nell'appartamento. Dove mamma giace in una pozza di sangue.

"—doveva essere qui" sta dicendo uno di loro, la sua voce che diventa più forte di secondo in secondo.

Senza pensare, salto nella nicchia del muro nel corridoio che funge da guardaroba. Il mio piede sinistro atterra su una pila di stivali, la mia caviglia si torce in modo doloroso, ma sopprimo il grido e mi sistemo i cappotti invernali per nascondermi.

"Controlla di nuovo il telefono. Forse c'è qualcosa." La voce dell'altro uomo suona più vicina, così come i suoi passi pesanti.

Oh Dio, oh Dio, oh Dio.

Mi sbatto entrambe le mani sulla bocca, le chiavi che stringo che mi affondano dolorosamente nel mento, mentre le tengo ferme, senza osare respirare.

I passi si fermano vicino al mio nascondiglio, e attraverso gli ingombranti strati di cappotti, li vedo.

Alti.

Robusti.

Maschere nere.

Una pistola in una mano guantata.

Spine di terrore mi attraversano la schiena, la mia vista screziata di macchie scure per la mancanza d'aria.

Non svenire, Chloe. Stai ferma e non svenire.

Come se sentisse i miei pensieri, l'uomo più vicino a me si volta di fronte al mio nascondiglio e si toglie la maschera, rivelando la testa di uno squalo. Mostrando i denti simili a coltelli in un sorriso macabro, mi punta la pistola contro.

"*No!*"

Mi tiro indietro violentemente, solo per rimanere

impigliata nei cappotti. Sono dappertutto, mi soffocano, mi tengono prigioniera. Mi agito con crescente disperazione, suppliche rauche e singhiozzi di panico che mi escono dalla gola, mentre il dito guantato di nero si stringe sul grilletto e—

"Shhh, va tutto bene, zaychik. È tutto a posto." I cappotti si stringono intorno a me, solo che questa volta il loro peso è confortante, come essere avvolti in un abbraccio. Hanno anche un buon profumo, una miscela intrigante di cedro, bergamotto e sudore maschile terroso. Inspiro profondamente, il mio terrore che si allenta, mentre la testa dello squalo e la pistola si ritirano in una nebbia e la consapevolezza di altre sensazioni si insinua.

Calore. Muscolo liscio e duro sotto i palmi. Una voce profonda e ruvida che mormora qualcosa di rassicurante nel mio orecchio, mentre braccia potenti mi tengono stretta, proteggendomi, tenendomi al sicuro dagli orrori che aleggiano oltre la nebbia.

I miei singhiozzi si placano, i miei respiri a scatti rallentano, mentre l'incubo allenta la presa su di me. Ed *è* stato un incubo. Ora che il mio cervello inizia a funzionare, so che non esiste niente come la testa di uno squalo su un corpo umano. La mia mente addormentata l'ha evocata, abbellendo il ricordo, proprio come ora sta abbellendo—

Aspetta, questo non sembra un sogno.

Mi irrigidisco, con una scarica di adrenalina che spazza via la foschia persistente, e mi rendo conto che un uomo grosso, caldo, a torso nudo, *molto reale* mi sta cullando sulle sue ginocchia. La mia faccia è sepolta nell'incavo del suo collo, le mie mani stringono i muscoli duri delle sue spalle, mentre i suoi grandi palmi callosi mi accarezzano dolcemente la schiena. Mormora parole di conforto in un misto di inglese e russo, e la sua voce dolce e profonda è terribilmente familiare, così come il profumo maschile accattivante.

Non può essere.

Non è possibile.

Eppure...

"Nikolai?" sussurro, sentendomi come se stessi implodendo internamente—e mentre sollevo la testa dalla sua spalla e apro gli occhi, la debole luce lunare che filtra dalla finestra illumina i lineamenti nettamente scolpiti del suo viso, dandomi la risposta.

22

CHLOE

Una grande mano calda si posa sulla mia nuca, scacciando la tensione che permea ogni muscolo del mio corpo. "Stai bene, zaychik?" mormora, la tenue luce lunare che si riflette nei suoi occhi, mentre l'altra mano mi accarezza il braccio. "È finito il brutto sogno?"

Non riesco a trovare le parole per rispondere. Lo shock è come un milione di minuscoli aghi che mi pungono la pelle, il mio termostato interno che passa da caldo a freddo e viceversa.

Nikolai e io siamo a letto.

Insieme.

Mi sta tenendo sul grembo.

Il termostato si accende fino a bruciare, aumentando il mio battito e inviando una vertiginosa lancia di calore direttamente al mio intimo. Siamo quasi nudi—la canotta e i pantaloncini del pigiama sono oltremodo fragili, e anche lui deve indossare solo pantaloncini o slip, perché posso sentire le sue cosce nude contro le mie. La sua pelle è ruvida per i peli, i muscoli delle gambe così duri da sembrare pietra.

E questa non è l'unica durezza simile alla pietra che sento.

Il mondo intero sembra svanire, sostituito dalla cruda consapevolezza della nostra posizione intima e dall'oscura forza magnetica che ci ha attratti l'uno verso l'altra sin dall'inizio. Il mio cuore batte violentemente nella cassa toracica, ogni battito che mi riverbera nelle orecchie, mentre il mio respiro balbetta attraverso le labbra aperte. Il suo viso è a pochi centimetri dal mio, le sue braccia potenti mi circondano, tenendomi in un abbraccio, che è in parti uguali protettivo e restrittivo.

"Chloe, zaychik..." Una nota tesa entra nella sua voce profonda. "Stai bene?"

Bene? Sto bruciando, sto morendo per la tempesta di fuoco dentro di me. È così vicino che posso sentire il calore del suo respiro, annusare un accenno di dentifricio alla menta mescolato alle note sensuali della sua colonia e alle sfumature salate del sudore maschile pulito e sano. I suoi occhi brillano di luce lunare punteggiata di ombre, i capelli neri si fondono con la notte, e ho il pensiero surreale che *lui* sia fatto di oscurità... che come una creatura degli inferi, esista fuori dalla portata della luce.

La trepidazione mi avvolge, mescolandosi al calore che mi brucia nelle vene, intensificandolo in un modo strano e inquietante. I miei capezzoli si induriscono, i muscoli interni si contraggono per un bisogno crescente e vuoto, e il mio corpo agisce su un impulso che ribolle da molto tempo, con le mie dita che si stringono sui muscoli duri delle sue spalle, mentre le mie labbra premono contro le sue.

Per un breve momento, non succede nulla, e ho l'orribile pensiero di aver valutato male la situazione, che l'attrazione sia unilaterale, dopotutto. Ma poi, un suono basso e ruvido gli rimbomba nella gola, e mi bacia di rimando con un'attrazione selvaggia, le braccia che si stringono a formare una gabbia di ferro intorno a me. Le sue labbra divorano le mie, la sua lingua mi pugnala in profondità, assaporandomi, invadendomi in una sfacciata imitazione dell'atto sessuale, e la mia mente si svuota completamente, tutti i pensieri e le paure che evaporano sotto la brutale sferzata del desiderio.

Non ho mai conosciuto un bacio così rude e carnale, non ho mai provato un'eccitazione così intensa da far male. La mia pelle brucia, il mio cuore batte come un pugno contro la cassa toracica, e il mio intimo pulsa per un disperato bisogno di liberazione. Mi inchioda sotto il suo peso, e tutto quello che posso fare è gemere impotente nella sua bocca, mentre le mie unghie affondano nelle sue spalle e le mie gambe gli avvolgono i fianchi, schiacciando il clitoride palpitante contro il duro rigonfiamento della sua erezione.

Un gemito irregolare gli sfugge dalla gola, e lui fa scorrere una mano lungo il mio corpo, il suo tocco che sprigiona il fuoco nella sua scia. Duramente, mi solleva la canotta e il suo palmo calloso si chiude sul mio seno sinistro, massaggiandolo con una pressione affamata, mentre le sue labbra schiacciano le mie, il suo bacio che mi consuma, rubando ogni respiro dai miei polmoni. Senza fiato, stordita, mi dimeno contro di lui, le mie mani che scivolano verso l'alto per afferrargli i capelli setosi. La sensazione del suo palmo caldo sul mio capezzolo mi suscita sollievo e irritazione contemporaneamente; calma il desiderio febbrile del suo tocco, mentre intensifica il rapido accumulo di tensione. Come una molla carica, la pressione si raccoglie sempre più forte nel mio intimo, ogni movimento stridente dei miei fianchi che mi avvicina al limite, al sollievo che sto cercando disperatamente.

Sto per venire. La realizzazione mi attraversa per un attimo prima del climax. La mia schiena si curva, le gambe si stringono intorno al suo sedere muscoloso, e un grido soffocato esplode dalla mia gola, mentre un caldo piacere si diffonde attraverso il mio corpo. L'orgasmo è così potente che spazza via ogni pensiero, ogni ragione, ed è solo quando mi sdraio sulla schiena e apro gli occhi che mi rendo conto che lui è immobile sopra di me, la sua testa girata verso la porta e il suo corpo potente che quasi vibra per la tensione.

Una frazione di secondo dopo, mi rendo conto del perché.

"Chloe, sei tu? Stai—"Alina si blocca sulla soglia, la sua figura delineata dalla luce che filtra dal corridoio.

Una luce che deve aver acceso, quando ci ha sentiti.

O più specificamente, quando mi *ha* sentita.

Una vampata di calore mi brucia il viso e il collo,

mentre realizzo esattamente quello che ha sentito—e quello che sta vedendo.

Io, a letto con suo fratello seminudo nel cuore della notte, la canotta del pigiama alzata fino alle ascelle.

Non è possibile farlo passare per un incidente, non può scambiarlo per qualcosa di diverso da quello che è.

"Scusa." Il tono di Alina diventa gelido. "La porta era aperta. Non volevo intromettermi."

Scompare nel corridoio, e Nikolai borbotta qualcosa che suona come un'imprecazione in russo. Rotolando via da me con un movimento esplosivo, si avvicina alla porta spalancata e la chiude, sbattendola, facendoci precipitare di nuovo nell'oscurità.

Mi metto seduta, tirando giù la canotta, mentre sento i suoi passi di ritorno. *Fanculo. Fanculo. Fanculo. Che cosa sto facendo?* La mia mano vaga freneticamente sul comodino in cerca dell'interruttore della lampada, e la luce si accende proprio mentre il materasso affonda sotto il suo peso.

Per alcuni istanti, ci fissiamo a vicenda, e noto ogni sorta di dettagli che fanno sciogliere le mutandine, come il modo in cui i suoi capelli neri e lisci sono scompigliati dalle mie dita e come le sue labbra sensuali sono rosse e gonfie, lucide per i nostri baci appassionati. Le mie devono avere lo stesso aspetto, perché le sento, umide e pulsanti, doloranti per i suoi tocco e sapore che creano dipendenza. Indossa solo un paio di pantaloncini da corsa, e il petto e le spalle sono tutti muscoli magri, i suoi addominali ben definiti. A differenza delle potenti gambe, che sono cosparse di peli scuri, il suo busto è liscio, la pelle leggermente abbronzata segnata solo da una cicatrice chiara e rugosa sulla spalla sinistra.

Il mio battito cardiaco aumenta.

Ferita da proiettile.

Non ne ho mai vista una, ma sono certa di aver ragione. O quello o una punta di trapano gli ha perforato la spalla.

Il bagliore persistente dell'orgasmo si dissolve, mentre filtra la paura nata da un pensiero più lucido. Chi è quest'uomo meraviglioso che sembra conoscere così intimamente il pericolo?

Perché è nella mia camera da letto, sul mio letto?

Lentamente, mi allontano, senza staccare gli occhi dai suoi. La ferita da proiettile, le nocche ammaccate, il muro intorno al complesso e le guardie... C'è una storia qui, e non è bella. La violenza, in qualche forma, sembra far parte della vita del mio nuovo datore di lavoro, e non voglio averci niente a che fare, non importa quanto il mio corpo desideri che concludiamo quello che abbiamo iniziato.

Quello che *io* ho iniziato, baciandolo così sconsideratamente, così sfacciatamente.

Al mio ritiro, i suoi occhi da tigre si restringono e sento la sua frustrazione, la furia ribollente di un predatore che assiste all'inevitabile fuga della sua preda. Solo che nel nostro caso non è inevitabile—con la sua taglia e forza superiori, può fermarmi in qualsiasi momento, e il fatto che rimanga fermo nonostante la tensione evidente nei suoi potenti muscoli è più che un po' rassicurante.

Deve rendersi conto di quello che sto pensando, perché la sua espressione si addolcisce, la postura che assume un atteggiamento rilassato, quasi pigro. "Non preoccuparti, zaychik. Non ho intenzione di saltarti addosso." La sua voce è dolce, il tono delicatamente beffardo. "Se non vuoi questo, dillo e basta. Non ho l'abitudine di portare a letto le non consenzienti... o chiunque finga di esserlo."

Ho la sensazione che qualcuno stia bruciando carboni sotto la pelle del mio viso. Senza dubbio si riferisce al mio orgasmo improvvisato, qualcosa a cui non mi sono ancora permessa di pensare. Perché per quanto svergognato sia stato il mio comportamento stasera, niente può essere più eccitante che azzannarlo come una cagna in calore—e poi venire.

"Non sto—" mi fermo, realizzando che stavo per lanciarmi in smentite infantili. "Hai ragione" dico con un tono più pacato. "Ti chiedo scusa. Non avrei dovuto baciarti. Era del tutto inappropriato e—"

"E succederà di nuovo." I suoi occhi sono come gioielli d'ambra nella calda luce proiettata dalla lampada. "Mi bacerai e noi scoperemo, e tu verrai ancora e ancora. Verrai sulle mie dita e sulla mia lingua, e con il mio cazzo sepolto in profondità nella tua figa stretta e bagnata. Verrai, mentre ti fotto la gola e il culo. Verrai così fottutamente che dimenticherai come ci si senta a non venire—e chiederai ancora di più."

Lo fisso, la gola secca e le mutande bagnate. Il mio

clitoride pulsa in sintonia con le sue parole pronunciate a bassa voce, il cuore che martella come un picchio anche se i miei polmoni lottano per tirare un solo respiro. Non ho mai avuto un uomo che mi parlasse in questo modo, non ho mai saputo che le parolacce potessero contemporaneamente accendermi e farmi bruciare dalla vergogna.

"Questo non è... io non sono..." trascino ossigeno. "Non succederà."

"Oh, lo farai, zaychik. Sai perché?"

Scuoto la testa, non fidandomi di parlare.

"Perché questo è inevitabile. Dal momento in cui ti ho vista, ho capito che sarebbe stato così... caldo, selvaggio e crudo, completamente incontrollabile. E lo sai anche tu. Ecco perché riesci a malapena a guardarmi durante i pasti, perché stare da sola con me ti fa così paura." Si sporge, gli occhi che brillano. "Mi vuoi, Chloe... e credimi, ti voglio anch'io."

Cerco qualcosa da dire, ma non mi viene in mente nulla. Dove dovrebbero esserci i pensieri, c'è un grande vuoto. Allo stesso tempo, il mio corpo vibra di consapevolezza elettrica, ogni terminazione nervosa visceralmente conscia della sua vicinanza e del calore oscuro in quegli occhi leonini e ipnotici. Tutto ciò è così lontano dal mio regno di esperienza che non ho alcun episodio con cui confrontarlo, alcun indizio su come reagire, tantomeno agire. È il mio datore di lavoro, il padre del mio allievo, e anche se non lo fosse, ci sarebbe comunque quell'aura di pericolo, di violenza, che indossa come un'aura letale. L'unica soluzione sensata è chiudere, negare di volerlo, ma non riesco a dar voce all'ovvia bugia.

Aspetta che parli e, quando non lo faccio, le sue labbra si piegano in un mezzo sorriso beffardo. "Pensaci, zaychik" consiglia dolcemente, i muscoli del suo potente corpo che si increspano, mentre si alza in piedi. "Pensa a quanto sarà bello, quando verrai da me."

Quando finalmente formulo una risposta, se n'è andato, lasciando una debole traccia di bergamotto e cedro sulle mie lenzuola—e un totale tumulto nella mia mente e nel mio corpo.

23

NIKOLAI

Devo fare appello a tutto l'autocontrollo che ho raccolto negli anni per entrare nella mia camera e chiudere la porta alle mie spalle. La lussuria, oscura e potente, pulsa dentro di me, chiedendomi di tornare da Chloe e continuare da dove avevamo lasciato.

Invece, vado nel mio bagno. Mi tolgo i pantaloncini fradici di sudore, apro la doccia e imposto la temperatura su freddo. Poi, mi metto sotto al getto, lasciando che il gelo dell'acqua raffreddi il fuoco che infuria nel mio sangue.

Troppo presto.

Avrei potuto spingerla oltre, lo so, ma sarebbe stato troppo presto. Non è pronta per questo, per me. L'incubo le ha fatto abbassare la guardia, ma la prematura interruzione di mia sorella le ha ricordato tutte le ragioni per cui non dovrebbe volermi, tutte le ragioni per cui pensa che sia sbagliato. Il suo corpo potrebbe desiderarmi, ma la sua mente sta combattendo l'attrazione. La spaventa, l'intensità di ciò che ribolle tra di noi, e non posso biasimarla.

Quasi spaventa me.

C'è qualcosa di diverso nel mio desiderio per la ragazza, qualcosa di tenero e violento... una possessività che va oltre la semplice lussuria. Quando credevo che fosse nei guai, tutto quello a cui riuscivo a pensare era raggiungerla, proteggerla, distruggere chiunque le avesse fatto del male. E quando ha iniziato a dimenarsi in preda al suo incubo, il bisogno di confortarla era troppo potente per negarlo. Ho mantenuto una sufficiente lucidità mentale per mettere via la pistola nel corridoio, e poi ero lì, tenendola stretta, mentre lei tremava e singhiozzava, il suo evidente terrore che mi lacerava, riempiendomi di frustrazione e furia impotente.

È stata traumatizzata, ferita da qualcuno o qualcosa, e non so da chi o cosa.

Non lo so, e ho bisogno di sapere.

Ne ho bisogno, così potrò proteggerla.

Ne ho bisogno, perché nella mia mente lei è già mia.

Sono ancora sotto il getto freddo, un'oscura consapevolezza che mi attraversa.

Alina ha ragione a temere per Chloe.

Sono un pericolo per lei, anche se non per il motivo che mia sorella immagina. Pensa che io voglia la ragazza come un giocattolo usa e getta, un giocattolo casuale, ma si sbaglia. Per quanto desideri seppellirmi nel corpicino stretto di Chloe, voglio entrare ancora di più nella sua mente. Voglio conoscere ogni pensiero dietro quegli occhi castani, mettere a nudo ogni suo desiderio e bisogno... ogni cicatrice e ferita. Voglio scavare in profondità nella sua psiche, e non solo per i segreti che nasconde.

Non voglio svelare solo il mistero che rappresenta.

Voglio svelare *lei*.

Voglio smontarla e comprendere cosa motivi le sue scelte.

Voglio farlo per spingerla solo verso di me, in modo che sia solo mia.

La voglio come mio padre un tempo deve aver voluto mia madre... una vita fa, prima che il loro amore si trasformasse in odio.

Per un lungo secondo, che mi fa venire il voltastomaco, contemplo di fare la cosa giusta. Considero di allontanarmi, o meglio, di lasciare che lo faccia Chloe. Per prima cosa domani, potrei darle due mesi di paga, senza vincoli, e mandarla via... guardala uscire di qui con la sua fatiscente Toyota.

Lo considero, e abbandono l'idea.

Potrebbe essere troppo presto per lei occupare il mio letto, ma è troppo tardi per me fare la cosa giusta.

Era troppo tardi, quando ho posato gli occhi su di lei... forse anche il momento in cui sono nato.

Intendevo quello che le ho detto stasera.

Questo *è* inevitabile. Sento la certezza di questo nel profondo delle mie ossa.

Verrà da me, attratta dallo stesso bisogno oscuro e primordiale che si contorce sotto la mia pelle.

Si concederà a me, e segnerà il suo destino.

Chiudendo l'acqua fredda, esco e mi tolgo l'asciugamano, quindi vado silenziosamente in camera mia. Le luci incassate nella testiera sono accese, proiettando una luce soffusa sulle lenzuola di seta bianche, ma il letto non sembra accogliente. Non come il *suo*, con dentro il suo corpo piccolo e caldo. Non come si sentiva *lei*, contorcendosi contro di me, non chiedendo ma prendendo il suo piacere da me, le sue labbra come miele e peccato, il suo sapore come innocenza e oscurità combinate.

Il mio uccello si indurisce di nuovo, un'ondata di desiderio ardente che scaccia il freddo che indugia dalla doccia. Mi siedo sul letto, apro il cassetto del comodino e guardo un paio di chiavi su un portachiavi rosa peloso—quelle che Pavel mi ha dato ieri sera, subito dopo aver riparcheggiato l'auto di Chloe.

Con attenzione, con riverenza, le raccolgo e me le porto al naso. Le chiavi profumano di metallo, ma la pelliccia rosa contiene una vaga traccia di fiori di campo e primavera, la sua dolcezza fresca e delicata. Inspiro profondamente, assorbendo ogni nota, ogni sfumatura.

Poi, rimetto le chiavi nel cassetto e lo chiudo.

24

CHLOE

Sospirando, mi giro sulla schiena e mi metto un braccio sugli occhi per ripararli dalla luce del sole. Ho impiegato ore per addormentarmi, dopo che Nikolai se n'è andato, e mi sento un disastro totale. Tutto quello che voglio fare è annullare la stupida luce del sole e—

Un momento, luce del sole?

Mi alzo di scatto, fissando la luce intensa che filtra dalla finestra.

Dannazione.

Sono in ritardo per la colazione?

Getto uno sguardo frenetico intorno alla stanza, ma non c'è l'orologio. Tuttavia, la TV è appesa al soffitto, e vedo un telecomando poggiato sul comodino. Lo prendo e premo il pulsante di accensione, sperando che non sia una di quelle complicate configurazioni home theater che richiedono una laurea in informatica per funzionare.

La TV si accende, sintonizzata regolarmente su un canale di notizie, e tiro un sospiro di sollievo.

7:48

Se mi sbrigo, scenderò in tempo.

Corro in bagno e affretto la mia routine mattutina, poi mi dirigo verso il mio armadio. La TV è ancora accesa, il giornalista continua a parlare delle prossime elezioni, mentre prendo un paio dei miei nuovi jeans e una morbida maglietta a maniche lunghe, un altro nuovo acquisto. Secondo la striscia blu informativa sul fondo dello schermo della TV, la temperatura è sui dieci gradi stamattina, significativamente più fresca di ieri. Inoltre, non fa male coprire quelle croste ancora in via di guarigione sul mio braccio—ho visto Nikolai che le osservava la scorsa notte.

Esco dal vano armadio completamente vestita alle 7:55 e, come pensiero dell'ultimo minuto, afferro il portagioie con il ciondolo e gli orecchini e me li infilo in tasca, così potrò restituirli ad Alina. Il telegiornale sta ora mostrando una clip dei dibattiti delle primarie presidenziali di ieri sera, in cui uno dei candidati, un popolare senatore della California, sta decimando i suoi avversari con una raffica di fatti e cifre espressi in modo intelligente. Non seguo veramente la politica—mia madre pensava che tutti i politici fossero la feccia della Terra, e le sue opinioni mi hanno contagiata—ma questo ragazzo, Tom Bransford, è abbastanza popolare da sapere chi è. A cinquantacinque anni, è uno dei candidati più giovani alla corsa presidenziale, ed è così bello e carismatico che è stato paragonato a John F.

Kennedy. Non che sia più bello del mio datore di lavoro.

Se Nikolai si candidasse alla presidenza, l'intera popolazione femminile degli Stati Uniti avrebbe bisogno di un cambio di mutandine dopo ogni dibattito.

L'ora sullo schermo passa alle 7:56 e spengo la TV. Forse stasera avrò la possibilità di guardare qualcosa, preferibilmente una commedia leggera e divertente. Niente di romantico, però—ho bisogno di distogliere la mente da Nikolai e dalla situazione confusa tra noi, non di ricordarmelo.

Non voglio un'altra notte insonne in cui il mio corpo soffra per l'eccitazione e i miei pensieri oscuri e proibiti si ripetano continuamente, riproponendo le sue sporche promesse e le immagini sexy che evocano.

Con mia grande sorpresa, Nikolai non è al tavolo, quando scendo alle 7:59 in punto. Sua sorella lo è, però, e lo è anche Slava. Il bambino mi fa un sorriso luminoso, che contrasta con quello molto più freddo di Alina, e sorrido a entrambi, anche se il pensiero di ciò che la donna ha visto la scorsa notte mi fa venir voglia di sgattaiolare via e non mostrare mai più la mia faccia in questa casa.

"Buongiorno" dico, prendendo il mio solito posto accanto a Slava. Sono tentata di evitare lo sguardo di

Alina, ma sono determinata a non cedere al mio imbarazzo.

E anche se mi ha beccata a pomiciare con suo fratello? Non è che sono una governante in epoca vittoriana, che è stata vista flirtare con il signore del maniero.

"Buongiorno." Il tono di Alina è neutro, la sua espressione attentamente controllata. "Nikolai è al telefono, quindi non si unirà a noi per la colazione."

"Oh, okay." Sperimento di nuovo quello strano mix di delusione e sollievo, come se un duro test per il quale stavo studiando fosse stato riprogrammato. Anche se stamattina ho cercato di non pensare a lui, devo essermi inconsciamente esaltata all'idea di vederlo qui, perché mi sento vuota, nonostante l'allentamento della tensione nelle mie spalle.

Infilando la mano in tasca, tiro fuori il portagioie e lo passo ad Alina. "Grazie per avermelo prestato ieri sera."

Le sue lunghe ciglia nere scendono verso il basso, mentre lo prende da me. "Nessun problema. Un po' di *grechka*?" chiede, indicando un vaso di grano scuro accanto a lei. La colazione qui sembra essere molto più semplice, con solo un barattolo di miele e alcuni piatti di bacche, noci e frutta tagliata che accompagnano il piatto principale.

Annuendo contenta, le porgo la mia tazza. "Ne vorrei un po', grazie." Sono oltremodo felice che si comporti normalmente. Spero che continui.

Quando mi restituisce la tazza, provo un cucchiaio

del grano che ha chiamato "grechka." Risulta essere sorprendentemente saporito, con un gusto ricco e di noci. Imitando quello che sta facendo, aggiungo bacche fresche e noci e condisco il tutto con il miele.

"È grano saraceno tostato" spiega, mentre affondo il cucchiaio. "A casa, di solito viene mangiato come contorno saporito, spesso mescolato con qualche variazione di carote, funghi e cipolle saltati in padella. Ma a me piace così, più simile alla farina d'avena."

"Penso che sia più gustoso della farina d'avena."

Alina annuisce, versando a Slava la sua porzione di grano. "Ecco perché mi piace a colazione." Copre la scodella di Slava con bacche, noci e un generoso filo di miele e lo mette di fronte al bambino, che immediatamente ci infila il cucchiaio. Invece di mangiare, tuttavia, inizia a inseguire un mirtillo intorno alla scodella, mentre fa il rumore di un motore sotto il suo respiro.

Sorrido, realizzando che finalmente lo vedo giocare con il suo cibo come un bambino normale. Catturando il suo sguardo, faccio l'occhiolino e inizio a impilare i miei mirtilli uno sopra l'altro, come se stessi costruendo una torre. Arrivo solo al secondo piano, prima che i frutti di bosco rotolino via, atterrando nella porzione del grano resa appiccicosa dal miele.

Faccio una smorfia, fingendo sgomento, e Slava ridacchia e inizia a costruire una torre tutta sua. Risulta molto meglio della mia, dato che usa il miele come colla e sostiene i suoi mirtilli con fragole tagliate.

"Molto bene" dico con un'espressione stupita. "Sei davvero un architetto nato."

Mi sorride e raccoglie con orgoglio un cucchiaio di grechka insieme a un pezzo della sua creazione di bacche. Se lo infila in bocca, mastica trionfante, mentre io lo lodo per essere così intelligente. Incoraggiato, costruisce un'altra torre, e io lo faccio ridere di nuovo, facendo in modo che una delle mie more insegua un mirtillo che continua a rotolare via dal mio cucchiaio.

"Ti piacciono davvero i bambini, vero?" mormora Alina, quando Slava e io ci stanchiamo del gioco e riprendiamo a mangiare. La sua espressione è decisamente più calda, gli occhi verdi carichi di una strana malinconia, mentre guarda suo nipote. "Non è solo un lavoro per te."

"Ovviamente no." Le sorrido. "I bambini sono fantastici. Possono farci vedere il mondo come una volta... farci provare quel senso di gioia e meraviglia che gli anni che passano ci rubano. Sono la cosa più vicina che abbiamo a una macchina del tempo—o almeno a una finestra sul passato."

Le sue ciglia si abbassano di nuovo, nascondendo lo sguardo nei suoi occhi, ma non mi sfugge l'improvvisa tensione che la avvolge. "Una finestra sul passato..." La sua voce contiene una nota stranamente fragile. "Sì, è esattamente quello che è Slava."

E prima che possa chiederle cosa intenda, sposta la conversazione sul clima più fresco di oggi.

25

NIKOLAI

"Abbiamo un problema" dice Konstantin invece di salutare, mentre il suo viso—una mia versione più snella, più ascetica, con gli occhiali cerchiati di nero appollaiati in alto sul suo naso da falco—riempie lo schermo del mio laptop.

Mi avvicino alla telecamera, il battito che accelera per l'attesa. "Che cos'hai trovato?"

Aggrotta la fronte. "Oh, sulla ragazza? Ancora niente. Il mio team ci sta ancora lavorando." Ignaro della fitta di delusione che ha appena provocato, continua. "Si tratta del mio progetto nucleare. Il governo tagiko ha appena ritirato i nostri permessi."

Inspiro e rilascio l'aria lentamente. In momenti come questo, vorrei strangolare mio fratello maggiore. "E allora?" Deve sapere che non me ne frega un cazzo dei suoi progetti preferiti, specialmente di quelli che rasentano la fantascienza.

Ma forse non lo sa. Nonostante il suo quoziente

intellettivo di livello geniale—o forse proprio per questo—Konstantin può essere incredibilmente ignaro di ciò che accade intorno a lui, in particolar modo se sono coinvolte persone invece di numeri.

"Allora, Valery pensa che siano i Leonov" dice, con gli occhi che brillano dietro le lenti degli occhiali. "Atomprom ha effettuato un rilancio sulla nostra offerta, e Alexei è stato avvistato a pranzo con il capo della Commissione per l'Energia a Dushanbe."

Fanculo. Devo impegnarmi per nascondere il lampo di rabbia che mi pervade.

Mi sbagliavo. Mio fratello è molto consapevole di quello che sta facendo, coinvolgendomi in questo. Se fosse chiunque altro tranne i Leonov, *non* me ne fregherebbe un cazzo—gli affari sono affari—ma non posso assolutamente lasciar passare la loro interferenza.

Non dopo Slava.

"Valery ha—" comincio a dire cupamente, ma Konstantin sta già scuotendo la testa.

"La Commissione per l'Energia ha rifiutato di parlare con lui. Hanno sollevato la stronzata che vogliono evitare un'influenza indebita. Valery ha alcune idee su come procedere, ma ho pensato che avrei parlato con te, prima di intraprendere quella strada."

Faccio un altro respiro per calmarmi e costringo le mie spalle tese a sciogliersi. "Hai fatto la cosa giusta." Le tattiche di persuasione che piacciono molto a nostro fratello minore potrebbero attirare un'attenzione non necessaria e, dopo la polvere sollevata dai Leonov due anni fa, siamo già sul filo del rasoio con le autorità tagike.

È necessario un approccio più delicato; per questo motivo Konstantin si è rivolto a me.

"Chiamerò il capo della Commissione e fisserò un incontro" dico. "Eravamo insieme in collegio. Mi riceverà."

Konstantin abbassa la testa. "Ci vediamo a Dushanbe. Quando puoi essere lì?"

"Domani. Partirò stamattina." Prima finisco con queste stronzate, prima tornerò qui.

Per la prima volta da quando ho lasciato Mosca, questo tranquillo rifugio nella natura selvaggia mi eccita più di qualsiasi altra città al mondo.

26

CHLOE

Dopo aver fatto colazione e preso Slava con me, le nuvole grigie sostituiscono il sole splendente che mi ha svegliata, e la temperatura cala ulteriormente, quando inizia a cadere una leggera pioggia. Secondo Alina, sono previsti temporali entro mezzogiorno, quindi scarto l'idea di portare il mio studente a fare un'altra passeggiata.

In alternativa, lascio che il bimbo scelga cosa vuole fare in casa, e mi unisco a lui in quell'attività—che sembra essere un altro assemblaggio di torri LEGO. È una buona cosa per me, poiché ci permette di fare pratica con alcune delle parole che ha imparato. Quando si stanca di questo, costruiamo un forte con cuscini e coperte e giochiamo a campeggiatori e orsi, dove ringhia, mentre lo inseguo per tutta la casa, rimediando occhiate di disapprovazione da Lyudmila e Pavel, che si stanno preparando per il prossimo pasto in cucina. In seguito, gli leggo i suoi fumetti preferiti e giochiamo con auto e camion, i nostri veicoli scelti che corrono l'uno contro l'altro, mentre io commento come un giornalista sportivo delle gare NASCAR.

Il bambino è davvero brillante e divertente; è un piacere insegnargli. Eppure, non importa quanto siano coinvolgenti i nostri giochi, non riesco a concentrarmi su di essi, o su di lui, completamente. Una parte della mia mente è altrove, su un diverso paio di occhi dorati. Dopo che Nikolai se n'è andato, sono rimasta sveglia per ore, la mia pelle arrossata e il cuore col battito accelerato. Ogni volta che chiudevo gli occhi, sentivo la sua voce profonda e dolce fare quelle promesse carnali, e il dolore pulsante tra le mie gambe tornava, rendendomi scivolosa, gonfia e così sensibile che riuscivo a malapena a tollerare il tocco dei pantaloncini del pigiama. È stato solo quando ho ceduto e ho usato le mie dita per raggiungere un altro orgasmo che sono riuscita ad addormentarmi—e anche allora, il mio sonno è stato irregolare, pieno di sogni erotici confusi intervallati da frammenti di incubi.

Ma non i miei soliti incubi.

In questi, c'era solo un uomo con una maschera, e non voleva uccidermi.

Voleva catturarmi.

Voleva farmi sua.

Io e Slava siamo sdraiati a pancia in giù sul suo letto, sfogliando un libro sull'ABC, quando mi accorgo di una sensazione di formicolio tra le scapole. Getto uno sguardo curioso sopra la mia spalla—e il calore pervade il mio intero corpo, quando incontro lo sguardo di Nikolai.

È appoggiato allo stipite della porta e ci osserva, la sua espressione accuratamente velata. Non so da quanto sia lì, ma non ricordo di aver sentito la porta aprirsi, quindi dev'essere passato un po' di tempo.

"Va' avanti, finisci quello che stai facendo" mormora. "Non voglio interrompere la lezione."

Deglutendo a fatica, riporto la mia attenzione su Slava e sul libro. Anche lui ha individuato suo padre, ma la sua reazione è molto più docile. È leggermente sottomesso, mentre riprendiamo a nominare gli oggetti che iniziano con la stessa lettera, ma quando arriviamo alla P e faccio dei rumori per accompagnare l'illustrazione del porcellino, è tornato a essere vivace e allegro.

Non potendo farne a meno, lancio un'altra occhiata alle mie spalle—e il mio cuore sussulta. Nikolai non sta guardando me ora, ma suo figlio, e scorgo qualcosa di morbido e doloroso nei suoi occhi... una sorta di desiderio strano e disperato.

Sbatto le palpebre, e alla stessa velocità, la sua attenzione si sposta su di me, la strana espressione che scompare, sostituita dal familiare caldo torrido. Arrossendo, distolgo lo sguardo e riprendo la lezione, con il battito cardiaco irregolare. Devo aver immaginato quello sguardo, o l'ho interpretato male in qualche modo. Non ha senso per Nikolai desiderare un figlio che è proprio di fronte a lui. Se vuole essere più vicino al ragazzino, tutto ciò che deve fare è raggiungerlo, sorridergli, parlargli... conoscerlo.

Può provare a *essere* davvero un papà, invece di questa figura autoritaria distante di cui Slava sembra non sapere cosa fare.

Ma io ho sempre trovato facile relazionarmi con i bambini. Ecco perché ho scelto questo percorso di carriera. Se Nikolai ha avuto un'esposizione minima ai bambini prima di apprendere dell'esistenza di suo figlio, forse si sente solo perso e insicuro—per quanto sia difficile crederlo di un uomo così potente e sicuro di sé.

D'impulso, mi giro in posizione seduta davanti a lui. "Vorresti unirti a noi? Forse possiamo finire di ripassare insieme le ultime lettere con Slava."

Una strana immobilità lo avvolge. "Noi due?"

"Oppure puoi farlo da solo, se preferisci." Comincio a sentirmi sciocca. È molto probabile che abbia interpretato male l'intera faccenda, attribuendo a Nikolai pensieri ed emozioni che riflettono il mio pio desiderio. Solo perché ho segretamente sognato di incontrare mio padre e di crescere vicino a lui non significa che ogni relazione genitore-figlio debba aderire a una dinamica specifica o—

"Mi unirò a voi." Nikolai si allontana dallo stipite e si avvicina al letto con quei passi lunghi e aggraziati che mi ricordano un gatto della giungla.

Gli faccio spazio, mentre lui si siede sul materasso accanto a me, ma con Slava disteso tra me e il muro, non posso andare lontano. Nikolai è così vicino a me che quasi ci tocchiamo, e il respiro mi si ferma in gola, mentre il suo sensuale profumo di cedro e bergamotto mi avvolge, ricordandomi la notte scorsa. Vivide immagini erotiche invadono la mia mente e più calore mi scorre dentro, inumidendo i miei slip e mandando il mio cuore alle stelle. Consapevole degli occhi spalancati di Slava su di noi, cerco di reprimere la mia eccitazione, ma il calore non si dissipa, il mio polso che rifiuta di stabilizzarsi a un ritmo più costante.

È stata una cattiva idea. Una pessima idea. Dovrei mantenere le distanze dal mio datore di lavoro, non emettere ciò che equivale a un invito a coccolarci su un letto matrimoniale. C'è appena abbastanza spazio per me e il bambino. L'unico modo per adattarci tutti è se—

"Sdraiati, zaychik" dice piano Nikolai, un mezzo sorriso malvagio che curva le sue labbra, mentre si allunga intorno a me per prendere il libro. "Così posso unirmi a voi."

Il sangue che affluisce al mio viso sembra lava, mentre obbedisco con riluttanza, girandomi a pancia in giù accanto a Slava—che sembra affascinato da ciò che sta accadendo. Nikolai si stende accanto a me, il suo corpo grande e duro che aderisce al mio, e tardivamente mi viene in mente che Slava dovrebbe essere in mezzo, a fungere da cuscinetto. Prima che io possa suggerirlo, Nikolai mi copre le spalle con un braccio pesante, bloccandomi in posizione e mettendo il libro davanti a me.

"Avanti" mormora nel mio orecchio, il suo respiro caldo che mi fa venire la pelle d'oca lungo il braccio. "Vediamo la tua magia d'insegnamento."

Magia? L'unica magia qui è che sono in qualche modo intatta e non una pozzanghera di sostanza appiccicosa sulle lenzuola—che è come si sente il mio corpo, mentre sono sdraiata nel suo abbraccio. Il polso mi batte forte nelle tempie, il respiro che mi sega le labbra, mentre la biancheria intima diventa ancora più scivolosa, e solo la presenza del bambino accanto a noi mi impedisce di ripetere l'errore di ieri sera, cedendo alla pericolosa e ipnotica attrazione che Nikolai esercita su di me.

Invece, cerco di concentrarmi sul compito a portata di mano. Schiarendomi la gola, leggo: "T sta per treno." La mia voce è un po' troppo roca, ma sono contenta che il mio cervello funzioni abbastanza da distinguere le parole sulla pagina. Fortunatamente, Slava non sembra notare alcunché di strano, mentre proseguo, indicando l'immagine del treno con un dito leggermente instabile.

Lanciando curiose occhiate a suo padre, ripete le parole dopo di me, la sua voce all'inizio calma e sommessa, poi sempre più vivace, e quando arriviamo alla Z, ride per le strisce sulla zebra e pronuncia di proposito male la parola, dimenticando il grande uomo sul letto con noi.

Dopo il suo terzo tentativo sbagliato, emetto un verso con la bocca con finta delusione e lancio un'occhiata a Nikolai. "Perché non provi a dirlo tu?"

suggerisco, ignorando il modo in cui le mie pulsazioni aumentano, quando incontro il suo sguardo. "Forse avrai più fortuna."

L'espressione dell'uomo non cambia, ma il braccio appoggiato sulle mie spalle si irrigidisce leggermente. "Va bene" risponde in tono misurato e, guardando il libro, dice con un accento russo forte ed esagerato: "Zye-bruh."

Gli occhi di Slava diventano due piattini. Chiaramente non si aspettava che suo padre avesse problemi con la parola inglese. Emetto di nuovo il verso, scuotendo la testa come se fossi delusa dal tentativo di Nikolai, e dopo un breve istante carico di tensione, il bimbo scoppia a ridere.

"Zebra" corregge tra le risatine, la sua pronuncia perfetta come la mia. "Zebra, zebra."

"Oh, capisco." Nikolai mi guarda, un bagliore malizioso nei suoi occhi. "Allora... zee-bro?"

Slava sta praticamente morendo dalle risate ora, e non posso fare a meno di sorridere anch'io. Questo è un aspetto del mio datore di lavoro che non avevo mai visto prima e, a giudicare dalla reazione di Slava, nemmeno lui lo aveva fatto. Ridendo, corregge la pronuncia di suo padre, e Nikolai pasticcia di nuovo, scatenando di nuovo le risate del piccolo. Finalmente il ragazzino riesce a "insegnare" a Nikolai come si fa, e chiudiamo trionfalmente il libro, avendo coperto l'intero alfabeto.

Immediatamente, la tensione tra me e Nikolai ritorna, l'aria scoppiettante di carica sessuale. Ho fatto del mio meglio per ignorare la sensazione di lui premuto contro il mio fianco, ma senza la distrazione del libro è impossibile. Il suo grande corpo è caldo e duro accanto a me, il suo braccio pesante sulle mie scapole, e sebbene siamo entrambi completamente vestiti, l'intimità di stare sdraiati insieme in questo modo è innegabile.

Con mio sollievo, rimuove il braccio e si siede. Faccio lo stesso, tornando velocemente indietro per frapporre una certa distanza tra noi—una ritirata che lui osserva con oscuro divertimento, prima di dire qualcosa in russo a suo figlio.

Il ragazzino annuisce, ancora rosso per l'eccitazione, e Nikolai si alza in piedi.

"Andiamo nel mio ufficio" mi dice. "C'è qualcosa di cui vorrei parlare."

27

NIKOLAI

Mi siedo al tavolino rotondo nel mio ufficio, e Chloe si siede davanti a me, guardandomi con quei begli occhi castani diffidenti. Le sue mani si intrecciano sul tavolo, mentre aspetta che io inizi la conversazione, e lascio che il momento si prolunghi, godendomi il suo nervosismo. Stare sdraiato accanto a lei sul minuscolo letto di Slava è stata una tortura; se non fosse stato per mio figlio, non sarei stato in grado di controllarmi. Mi è ancora difficile starle accanto, sentire il suo calore e respirare il suo profumo dolce e frizzante. Devo fare appello a tutto il mio autocontrollo per non allungare la mano e afferrarla qui e ora, distendendola proprio su questo tavolo.

Con sforzo, mi trattengo. È troppo presto, soprattutto perché partirò tra mezz'ora e non tornerò per diversi giorni. Una scopata veloce non è quello che cerco. Neanche lontanamente.

Una volta che avrò portato Chloe nel mio letto,

intendo tenerla lì per ore. Forse anche giorni o settimane.

Inoltre, non è per questo che l'ho chiamata nel mio ufficio.

Appoggiando gli avambracci sul tavolo, mi chino in avanti. "Riguardo alla notte scorsa…"

Si irrigidisce, il polso nel suo collo che aumenta visibilmente.

"... si trattava di tua madre?"

Sbatte le palpebre. "Che cosa?"

"Il tuo incubo. Riguardava la morte di tua madre?" La domanda mi ha tormentato per tutta la mattina, e poiché Konstantin non ha mandato il rapporto, c'è solo un modo in cui possa apprendere la risposta.

Alla parola "morte", il suo mento vacilla quasi impercettibilmente. "È... sì, in un certo senso, riguardava lei..." Deglutisce a fatica. "La sua morte."

"Mi dispiace." Qualunque cosa nasconda, il suo dolore non è finto, e mi attira come un amo da pesca. "Com'è morta?"

So cosa diceva il rapporto della polizia, ma voglio sentire l'opinione di Chloe. Ho già scartato la possibilità che potesse aver ucciso sua madre—la ragazza che ho osservato negli ultimi due giorni non è un'assassina più di quanto io sia un santo—ma questo non significa che qualcosa *non* sia andato storto. Qualcosa che l'ha fatta sparire dalla circolazione e l'ha spinta a intraprendere un viaggio attraverso il Paese in un'auto che avrebbe dovuto essere demolita dieci anni fa.

Le sue mani si stringono più strettamente, gli occhi che scintillano di dolorosa luminosità. "È stato dichiarato un suicidio."

"E lo era?"

"Io... non lo so."

Sta mentendo. È chiaro come il sole che non crede a una parola di quel rapporto della polizia, che c'è qualcosa che non mi sta dicendo. Sono tentato di insistere, di costringerla ad aprirsi con me, ma è troppo presto anche per quello. Non ha ancora motivo di fidarsi di me; se insisto troppo, mi si ritorcerà contro.

L'ultima cosa che voglio è spaventarla, farle desiderare di scappare, mentre sono via.

"È dura" dico invece a bassa voce. "Non c'è da stupirsi che tu abbia incubi."

Annuisce. "È stata dura, sì." Con cautela, chiede: "E i tuoi genitori? Sono in Russia?"

"Sono morti." Il mio tono è eccessivamente duro, ma la mia famiglia non è un argomento che mi interessa approfondire.

I suoi occhi si spalancano, prima di riempirsi della prevista comprensione. "Mi dispiace tanto—"

Alzo una mano per fermarla. "Non hai un telefono, un laptop o qualche tipo di tablet, vero?"

Sembra sorpresa. "Vero. Non li ho portati con me durante il viaggio."

Mi alzo e mi avvicino alla scrivania. Aprendo uno dei cassetti, tiro fuori un portatile nuovo di zecca, ancora sigillato in una scatola, e lo porto sul tavolo.

"Ecco qui." Lo metto di fronte a lei. "Parto per il

Tagikistan tra"—consulto il mio orologio—"quindici minuti. Non so per quanto tempo starò via, ma ci vorranno almeno tre o quattro giorni, e voglio che mi tenga aggiornato sui progressi di Slava."

"Sì, naturalmente." Anche lei si alza, i suoi occhi castani che mi fissano. "Vuoi che ti invii un'e-mail ogni giorno o...?"

"Ci sentiremo in videochiamata. Chiedi ad Alina di creare un account per te sulla piattaforma sicura che utilizziamo. Inoltre"—tiro fuori il mio biglietto da visita e glielo porgo—"ecco il mio numero di cellulare in caso di emergenza."

Ho intenzione di guardarla attraverso le telecamere anche nella stanza di Slava, ma non sarà sufficiente. Lo so già. Ho bisogno di maggior contatto con lei, ho bisogno di sentirla parlare con *me*, vederla sorridere a *me*, non solo a mio figlio. Nemmeno le videochiamate saranno sufficienti, ma è il meglio che possa fare per non impazzire durante il viaggio.

No, dovrò accontentarmi, e tenermi aggiornato sui progressi di Slava è una buona scusa per queste chiamate.

Il mio petto si stringe di nuovo al pensiero di mio figlio, ma questa volta il dolore è accompagnato da una sorta di calore inquietante. Slava ha riso con me, mi ha guardato con qualcosa di diverso dalla diffidenza questa mattina... ed è stato grazie a lei, perché era lì, prestandomi la sua dolcezza, la sua magia radiosa.

Ne voglio di più.

Voglio prendere tutto il suo sole, usarlo per illuminare ogni angolo oscuro e vuoto della mia anima.

Lentamente, facendo attenzione a non spaventarla, mi avvicino e incurvo delicatamente il palmo sulla sua guancia liscia come la seta. Mi fissa, immobile, respirando a malapena, con quelle morbide labbra imbronciate da bambola, e le mie budella si stringono in un violento impeto di bisogno, una smania tanto intensa quanto oscura. Per quanto desideri scoparla, voglio possederla ancora di più.

Voglio possederla dentro e fuori, incatenarla a me e non lasciarla più andare.

Qualcosa delle mie intenzioni deve mostrarlo, perché il suo respiro si blocca, la sua gola si muove in una deglutizione nervosa. "Nikolai, io..."

"Tieni acceso il portatile la sera" ordino a bassa voce e, lasciando cadere la mano, faccio un passo indietro, prima di poter cedere al pericoloso vortice dentro di me.

Alla bestia che nessuna apparente signorilità può nascondere.

28

CHLOE

Con il cuore in gola, guardo dalla finestra nella camera di Slava, mentre Pavel carica una valigia sul sedile posteriore di un elegante SUV bianco e si mette al volante. Un minuto dopo, Nikolai si avvicina alla macchina. Vestito con un completo grigio e una camicia bianca a righe, con una borsa per laptop appesa su una spalla, sembra un potente uomo d'affari. Muovendosi con la sua consueta grazia atletica, sale sul sedile del passeggero e chiude la portiera.

Faccio un respiro tremante, il mio polso che rallenta, mentre l'auto si allontana e scompare lungo il vialetto tortuoso. Non ho idea di come mi senta riguardo alla sua partenza o a quello che è successo nel suo ufficio. Stava per baciarmi? Se non avessi detto il suo nome, avrebbe—

"Chloe?" Sento una vocina acuta e mi volto con un sorriso, mettendo in pausa tutti i pensieri sul mio datore di lavoro.

"Sì, tesoro?"

Slava tiene in mano una scatola di pezzi LEGO. "Castello?"

Sorrido. "Certo, facciamolo." Mi piace il fatto che si sia ricordato della parola, e che si senta abbastanza a suo agio da chiamarmi per nome. È davvero uno dei bambini più brillanti che abbia mai incontrato, e non ho dubbi che avrò molto da riferire a Nikolai, quando mi chiamerà.

Il mio battito cardiaco accelera di nuovo al pensiero di parlargli in video, e mi tengo occupata, tirando fuori i pezzi LEGO dalla scatola. Una parte di me è contenta che Nikolai se ne sia andato... che nei prossimi giorni non dovrò fare i conti con la sua pericolosa presenza magnetica. Ma un'altra parte più debole di me sta già piangendo la sua assenza. Il cielo coperto fuori sembra più scuro, più grigio, la casa più vuota e fredda.

È come se qualcosa di vitale fosse scomparso dalla mia vita, lasciandosi dietro una strana sensazione di vuoto.

Trascorro il resto della mattinata con Slava, giocando a vari giochi educativi, e poi pranziamo in sala, solo noi due, con Lyudmila che porta fuori tutti i piatti.

"Mal di testa" mi informa, quando le chiedo di Alina. "Tu mangi te stessa, okay?"

Annuisco, trattenendo una risata per lo sfortunato fraseggio. Forse la moglie di Pavel sarebbe aperta ad alcune lezioni di inglese, mentre io sono qui? Dovrò chiederglielo a un certo punto. Per ora, mi concentro nel dare a Slava una generosa porzione di tutto sul tavolo, e poi faccio lo stesso per me, mentre Lyudmila scompare in cucina. Non la vedo più fino a cena—cosa che Alina salta oltre al pranzo, lasciandomi cenare da sola con il mio allievo.

Non mi dispiace. In realtà, è un sollievo. Nonostante gli indumenti raffinati che io e Slava indossiamo secondo le "regole della casa", la cena sembra infinitamente più informale solo con noi due, l'atmosfera priva di tutta la tensione che i fratelli Molotov portano con sé. Gioco con il mio cibo, facendo ridere il bimbo come un matto, e continuo a insegnargli parole per vari cibi, insieme a frasi di base per i pasti. In poco tempo mi chiede in inglese di passargli un tovagliolo e, utilizzando molti gesti ed espressioni facciali, riusciamo a discutere di quali cibi gli piacciono di più e quali non gli piacciono.

È solo quando Lyudmila porta via Slava per metterlo a letto e io salgo in camera che mi rendo conto di aver bisogno di Alina. È lei che dovrebbe creare un account per me sulla piattaforma di videoconferenza sicura. Dubito che Nikolai mi chiamerà stasera—molto probabilmente è ancora in volo—ma potrebbe facilmente chiamarmi domani mattina. O nel cuore della notte, mentre atterra.

Tuttavia, non voglio disturbarla, se non si sente bene.

Decido di iniziare a configurare il computer. È un

MacBook Pro elegante e di fascia alta, e mentre lo tolgo dalla confezione, mi rendo conto di non aver mai avuto un laptop così costoso. È difficile credere che Nikolai lo avesse messo nel cassetto della scrivania come dispositivo di riserva.

Poi di nuovo, perché sono sorpresa? Questa famiglia ha chiaramente soldi da buttare.

Avvio il laptop ed eseguo la nuova routine di configurazione del computer. Ma quando provo ad accedere al Wi-Fi, non ci riesco—è protetto da password. Ho bisogno di Alina anche per questo. Suppongo di poter chiedere a Lyudmila, ma sta mettendo Slava a letto in questo momento, e non c'è alcuna garanzia che conosca la password, visto quanto siano paranoici i Molotov riguardo alla sicurezza, al digitale e ad altro.

Con un sospiro frustrato, chiudo il portatile. Senza Internet, è praticamente inutile.

Immagino che stasera potrò oziare guardando la TV.

Mi cambio l'abito da sera e indosso un paio di leggings morbidi come il burro e una maglietta di cotone a maniche lunghe—entrambi nuovi—e mi metto a mio agio sul letto. Accendendo la TV, individuo uno spettacolo sulla natura e trascorro l'ora successiva a scoprire le pianure del Serengeti. La narrazione di David Attenborough è meravigliosa come sempre, e mi ritrovo completamente assorbita dalla storia che si svolge sullo schermo, la mia mente calma per la prima volta da settimane. È solo quando guardo un leone che insegue una gazzella che i miei pensieri si rivolgono agli assassini che mi danno la caccia, e la mia inquietudine ritorna.

Ancora non so chi siano quegli uomini o cosa volessero da mia madre—perché l'abbiano uccisa, facendolo sembrare un suicidio. La possibilità più logica è che si sia imbattuta in loro, mentre stavano svaligiando l'appartamento, ma allora perché indossava la sua vestaglia come se si stesse rilassando a casa? E perché la polizia non ha trovato segni di effrazione o mancanza di oggetti?

Almeno, presumo che non se ne siano accorti. Altrimenti, l'aver decretato comunque la sua morte come suicidio... beh, questo solleverebbe tutta un'altra serie di domande.

L'altra possibilità, più probabile e molto più inquietante, è che siano venuti appositamente per ucciderla.

Spegnendo la TV, mi alzo e mi avvicino alla finestra per guardare il paesaggio che si sta rapidamente oscurando. Il mio petto è stretto, la mia mente di nuovo agitata. Mi sono arrovellata il cervello da quando è successo, cercando di pensare ai motivi per cui qualcuno avrebbe potuto voler uccidere mia madre, e non riesco a trovarne uno. Mamma non era perfetta —poteva avere la lingua tagliente, quando era stanca, ed era incline agli attacchi di depressione—ma non l'avevo mai vista deliberatamente cattiva o scortese con qualcuno. Dacché posso ricordare, ha svolto due o più lavori per sostenerci, cosa che le lasciava poco tempo ed energia per socializzare e farsi amici—o nemici. Per quanto ne so, non usciva nemmeno con qualcuno, anche se gli uomini le giravano sempre intorno.

Era bellissima... e aveva appena quarant'anni, quando è morta.

La mia gola si stringe forte, una pressione pungente che si accumula dietro i miei occhi. Non solo ho perso l'unica persona al mondo che mi amava incondizionatamente, ma i suoi assassini sono là fuori, liberi. La polizia non ha creduto a una sola parola che ho detto loro, i giornalisti che ho contattato non hanno risposto alle mie e-mail, e nessuno sta cercando gli assassini di mia madre. Nessuno sta dando loro la caccia come agli animali rabbiosi che sono.

Invece, gli assassini stanno dando la caccia a me.

Fanculo a questa merda.

Facendo perno sui talloni, vado a grandi passi verso il letto e prendo il portatile. Non posso sedermi a guardare la TV come se il mio mondo non fosse crollato un mese fa. Non quando sono finalmente al sicuro e ho un computer su cui posso fare ricerche a mio piacimento. Per settimane, sono passata da una crisi all'altra, tutte le mie energie concentrate sulla sopravvivenza, sulla fuga, ma ora le cose sono diverse. Ho la pancia piena, un posto sicuro dove riposare e—se riesco a ottenere la password Wi-Fi—un laptop connesso a Internet. Non devo più intrufolarmi in una biblioteca di qualche piccola città per rannicchiarmi sui loro lenti e vecchi desktop, mentre mi guardo le spalle ogni minuto; non devo più affrettarmi a scrivere e-mail composte frettolosamente, prima di correre alla mia macchina.

Qui, nella privacy della mia camera, posso prendere il mio tempo e cercare prove a sostegno delle mie affermazioni da portare alla polizia.

Posso provare a risolvere il mistero dell'omicidio di mamma e ribaltare la situazione dei suoi assassini, fare in modo che siano loro a dover scappare.

29

CHLOE

Non so quale sia la camera di Alina, ma dev'essere vicina alla mia, per avermi sentita entrambe le sere. Tenendo il portatile contro il petto, busso alla porta più vicina alla mia camera e, quando non ottengo risposta, passo a quella successiva.

Ancora senza fortuna.

Provo altre tre porte, più l'ufficio di Nikolai, con la stessa mancanza di risultati. L'unica stanza rimasta è quella di Slava, e poiché lì è tutto tranquillo, deve già essersi addormentato.

Sopprimendo la frustrazione, scendo le scale. Sono abbastanza sicura che la stanza di Lyudmila e Pavel sia vicino alla lavanderia; ho sentito le loro voci provenire da lì ieri, mentre stavo tirando fuori i miei vestiti dall'asciugatrice. Spero che Lyudmila non sia ancora andata a letto e possa fornire la password o localizzare Alina per me.

Nessuno risponde ai miei colpi sulla porta—né

Lyudmila è in cucina o in una delle altre aree comuni al piano di sotto. Sto per arrendermi e tornare nella mia camera, quando una lontana risata raggiunge le mie orecchie.

Viene da fuori.

Finalmente.

Lasciando il portatile su un tavolino da caffè in soggiorno, corro alla porta d'ingresso ed esco nell'oscurità fresca e nebbiosa. Non piove più, ma l'aria mantiene ancora una fredda umidità, con fitte nuvole che bloccano ogni accenno di luce lunare. Se non fosse per la luce che fuoriesce dalle finestre e per le lampade solari del percorso che rivestono ogni lato del vialetto, sarebbe troppo buio per vedere. Il tutto è più che un po' inquietante, e mi avvolgo le braccia intorno al corpo per smettere di tremare, mentre cammino verso il retro della casa, seguendo il suono delle voci.

Trovo Alina e Lyudmila sedute su un paio di massi vicino al bordo del dirupo, un piccolo fuoco che scoppietta allegramente davanti a loro. Ridono e parlano in russo—e mi rendo conto, mentre mi avvicino, che stanno condividendo uno spinello.

L'odore dell'erba è inconfondibile.

Al mio avvicinamento, tacciono, Lyudmila che mi guarda con aperto sgomento e Alina con la sua solita espressione enigmatica. Facendo una tirata profonda, la sorella di Nikolai soffia lentamente fuori il fumo e mi tende la canna. "Ne vuoi un po'?"

Esito, prima di prenderla con cautela da lei. "Certo, grazie." Non sono estranea all'erba, avendone fumata più della mia giusta quantità durante il primo anno di college, ma è passato un po' di tempo dall'ultima volta.

Mi aiutava a rilassarmi, però, e potrei beneficiarne stasera.

Mi siedo su un masso accanto ad Alina e inspiro una boccata di fumo, godendomi il sapore acre ed erboso, poi passo lo spinello a Lyudmila dall'aria diffidente. Alina le mormora qualcosa in russo, e l'altra donna si rilassa visibilmente. Facendo un tiro, passa lo spinello ad Alina, che fa un tiro e me lo passa, e procediamo così in cerchio, fumando in un silenzio amichevole, finché rimane solo un piccolo, inutile mozzicone.

"Le ho detto che non lo riferirai a mio fratello." Alina lascia cadere il mozzicone nel fuoco e osserva la conseguente esplosione di scintille. "O a suo marito."

"A loro non piace l'erba?" La mia voce è roca e dolce, la mia mente piacevolmente confusa. Nemmeno la prospettiva di infastidire il mio datore di lavoro mi turba in questo momento, anche se so che dovrebbe. Inoltre, anche Alina è tecnicamente la mia datrice di lavoro, e mi ha offerto lei lo spinello, quindi non è colpa mia. O sì? Forse solo Nikolai è il mio datore di lavoro, dopotutto?

È difficile pensare in modo lucido.

"Nikolai può essere... rigido su certe cose. E Pavel non gli tiene segreti." Alina spinge una brace ardente con la punta della scarpa, e mi accorgo vagamente che indossa tacchi a spillo e un abito da cocktail blu, che sarebbe perfetto per l'apertura di una galleria d'arte. La sua unica concessione alla natura selvaggia che ci circonda è una pelliccia sintetica bianca drappeggiata intorno alle spalle snelle—presumibilmente per proteggersi dal freddo. Porta anche il suo solito rossetto e l'eyeliner.

"Lyudmila ha detto che avevi mal di testa" dico, prima che possa ripensarci. "Ti vesti bene e ti trucchi anche quando sei malata?"

Alina ride piano e accende un'altra canna. Facendo un tiro, la offre a Lyudmila, che fa lo stesso e me la offre. Comincio ad allungare il braccio, ma cambio idea. So per esperienza che sono fin troppo rilassata; qualcosa di più mi renderebbe solo melensa. Non che non lo sia già—quel primo spinello era qualcosa di potente, forte più di qualsiasi cosa avessi mai provato. Inoltre, c'era una ragione per cui sono venuta qui, e non era sballarmi.

"Basta così, grazie" dico, tirando indietro la mano, e con un'alzata di spalle, Lyudmila restituisce lo spinello ad Alina.

Guardo le fiamme scoppiettare e danzare, mentre loro due fumano e conversano in russo. Vorrei parlare la lingua in modo da poterle capire, ma non è così, e il ritmo regolare del loro discorso mi ricorda un gorgogliante ruscello di montagna, le parole che scorrono l'una dopo l'altra, sfidando la comprensione.

È così che è per Slava quando parlo? O per Lyudmila?

È così che è stato per mia madre, quando è stata portata in America per la prima volta dalla Cambogia?

Non aveva mai parlato molto dei suoi primi anni; tutto quello che so è che è stata adottata dalla coppia missionaria, quando aveva più o meno l'età di Slava. Non avevo mai insistito per i dettagli, non volendo evocare brutti ricordi. Avevo pensato che avremmo avuto una vita intera per parlare di qualunque cosa, e alla fine me l'avrebbe detto, se c'era qualcosa da dire.

Sono stata un'idiota miope.

Avrei dovuto imparare tutto quello che c'era da sapere su mia madre, quando ne avevo la possibilità.

La risata di Alina attira la mia attenzione, e sposto lo sguardo dalle fiamme danzanti al suo viso, studiandone ogni caratteristica sorprendente. Sarebbe facile invidiarla, sia per la sua straordinaria bellezza che per la ricchezza, ma per qualche motivo non ho l'impressione che la sorella di Nikolai sia particolarmente felice. Anche ora, quando dev'essere più che un po' sballata, percepisco un filo di fragilità nella sua risata... una fragilità particolare sotto la facciata lucida. E forse è il bagliore della luce del fuoco che ammorbidisce la perfezione di porcellana della sua pelle, ma stasera sembra avere meno dei venticinque/trent'anni che immaginavo avesse.

Molto più giovane.

"Quanti anni hai?" sbotto, improvvisamente preoccupata di aver accettato l'erba da un'adolescente. Una frazione di secondo dopo, ricordo che ha finito la Columbia, quindi deve avere almeno la mia età, ma ormai è tardi per rimangiare la mia domanda troppo personale.

Con mio sollievo, Alina non sembra pensare che sia inappropriata. "Ventiquattro" risponde in tono sognante. "Venticinque la prossima settimana." Con gli occhi leggermente fuori fuoco, si allunga e mi tocca i capelli, strofinando una ciocca tra le dita. "Qualcuno ti ha mai detto che assomigli un po' a Zoë Kravitz?" Senza aspettare una risposta, fa scorrere la punta delle dita sulla mia mascella. "Posso capire perché mio fratello ti desidera. Così carina... così dolce e fresca..."

Ridendo goffamente, le scaccio via la mano. "Sei così fatta." Riesco a sentire lo sguardo di Lyudmila su di noi, curioso e giudicante, e il mio viso si scalda, mentre rifletto su quante parole di Alina ha capito—e su ciò che già sa. Queste due sembrano buone amiche, e non sarei sorpresa, se almeno alcune delle loro risate precedenti fossero a mie spese.

"Estremamente fatta" concorda Alina, gettando il secondo mozzicone nel fuoco. "Ma questo non cambia i fatti." Appoggiando i gomiti sulle ginocchia, si sporge in avanti, la luce del fuoco danzante nei suoi occhi, mentre dice a bassa voce: "Non innamorarti di lui, Chloe. Non è il tuo cavaliere bianco."

Mi tiro indietro. "Non sto cercando un—"

"Invece sì." La sua voce rimane morbida, anche se il suo sguardo si acuisce fino a diventare la lama di un coltello, tutta la nebbia che scompare. "Hai bisogno di un cavaliere bianco, nobile, gentile e puro, un protettore che ti ami. E mio fratello non può essere questo per te o per nessuno. Gli uomini Molotov non amano, possiedono—e Nikolai non fa eccezione."

La fisso, il mio stomaco che diventa vuoto, mentre il piacevole stato di non preoccupazione indotto chimicamente si dissolve, la mia testa che si schiarisce sempre più di secondo in secondo. Non capisco cosa intenda, non completamente, ma non dubito che sia sincera, che il suo avvertimento abbia lo scopo di proteggermi.

Indietreggiando, Alina accende una terza canna e la allunga verso di me. "Ancora?"

"No grazie. Io, ehm..." Mi schiarisco la gola per liberarmi della raucedine residua. "In realtà, ho bisogno della password Wi-Fi. Ecco perché sono venuta qui a cercarti. Inoltre, Nikolai voleva che tu mi creassi un account sulla vostra piattaforma di videoconferenza—se ti va di farlo."

Fa una tirata profonda e mi soffia lentamente il fumo in faccia. "Suppongo che si possa organizzare." Consegnando la canna a Lyudmila, si alza in piedi. "Andiamo."

E con un'andatura solo leggermente instabile, mi riconduce a casa.

Quando arriviamo in soggiorno, le porgo il portatile e guardo, con non poco stupore, mentre naviga nelle impostazioni e inserisce la password, le sue dita eleganti che volano sulla tastiera. Se non fosse per il forte odore di erba attaccato ai suoi capelli e ai vestiti— e se non l'avessi vista personalmente fumare la maggior parte di quelle due canne, oltre a quante ne aveva condivise con Lyudmila prima del mio arrivo—non avrei mai capito che fosse fatta.

È altrettanto infallibile con la sua installazione del software di videoconferenza e la configurazione dell'account, le sue dita con la punta rossa che si muovono a una velocità che renderebbe orgoglioso un hacker.

"Sei davvero brava in questo" dico, dopo che mi ha passato il laptop e mi ha spiegato le basi del software. "Ti sei laureata in informatica o qualcosa del genere?"

"Accidenti, no." Ride. "Economia e PoliSci, come Nikolai. Konstantin è il secchione della famiglia—il resto di noi al massimo è bravo."

"Capito. In ogni caso, grazie per questo." Chiudo il portatile e me lo metto sotto il braccio. "Vado a letto. Tu…?" Saluto, indicando vagamente la porta d'ingresso.

Annuisce, sollevando un angolo della bocca in un mezzo sorriso. "Lyudmila mi sta aspettando. Buonanotte, Chloe. Sogni d'oro."

30

CHLOE

Tornata nella mia camera, faccio una doccia per cancellare la nebbia residua dalla mia mente e indosso il pigiama. Poi, traboccante di attesa, mi metto a mio agio sul letto, apro il portatile e avvio un browser.

Inizio cercando notizie sulla morte di mia madre. Non c'è molto, solo un necrologio e un breve articolo su un giornale locale, che riportava che una donna era stata trovata morta nel suo appartamento di East Boston. Nessuno dei due entra nei dettagli, omettendo con tatto qualsiasi accenno al suicidio. Avevo già letto sia l'articolo che il necrologio, quando mi sono fermata in una biblioteca in Ohio un paio di settimane fa, quindi non ci dedico molto tempo. Invece, prendo nota del nome della giornalista e cerco le sue informazioni di contatto, quindi accedo a Gmail e le invio una lunga e dettagliata e-mail, che descrive esattamente cos'è successo quel giorno di giugno.

Forse avrò più fortuna con lei che con gli altri

giornalisti che ho contattato finora. Nessuno di loro si è preso la briga di rispondere—probabilmente liquidandomi come un caso mentale, proprio come aveva fatto la polizia. Ma quelli erano giornalisti delle principali agenzie di stampa, e senza dubbio vengono molestati da ogni sorta di pazzi. Nei film, è sempre il reporter di poco conto che si intriga abbastanza da indagare, e forse potrebbe essere così anche in questo caso.

Si può sempre sperare.

Successivamente, digito il nome di mamma su Google e vedo cos'altro posso trovare. Forse da qualche parte là fuori c'è un accenno al fatto che conduceva una doppia vita segreta, qualcosa che spiegherebbe perché qualcuno avrebbe voluto ucciderla.

E forse anche gli asini voleranno.

Trovo esattamente quello che mi aspettavo: un grosso grasso niente. L'unica cosa che compare con la mia ricerca è il profilo Facebook di mamma, e trascorro la mezz'ora successiva a leggere i suoi post, mentre trattengo le lacrime. Non amava l'idea di mettere in mostra la sua vita, quindi aveva pochi amici, e i suoi post sono pochi e rari. Una foto di noi due vestite a festa per andare in discoteca per il mio ventunesimo compleanno, un'istantanea del mazzo di fiori che i suoi colleghi al ristorante le avevano regalato per i suoi quarant'anni, un video di me, in cui porgevo della lattuga a una giraffa durante la nostra recente vacanza a Miami—il suo profilo tocca appena i momenti salienti della nostra vita, tantomeno rivela qualcosa che non sapevo già.

Tuttavia, rivedo diligentemente tutti i profili dei suoi amici di Facebook nella remota possibilità che uno di loro possa essere uno spacciatore così stupido da annunciarlo sui social media. Perché questa è la migliore teoria che possa ipotizzare.

Mamma è stata testimone di qualcosa che non avrebbe dovuto vedere, ed è per questo che quegli uomini l'hanno seguita—proprio come ora stanno cercando me, perché li ho visti e so che la sua morte non è stata un suicidio.

Certo, le prove di questa teoria sono inesistenti, ma non riesco a pensare a un'alternativa ragionevole. Beh, posso—un furto con scasso andato storto—ma ci sono troppi problemi in questa ipotesi. Voglio dire, pistole con silenziatori? Quali ladri le portano?

Più ci penso, più mi convinco che quegli uomini siano venuti determinati a ucciderla.

La grande domanda è: perché?

Tre ore dopo, elimino la cronologia del browser e i cookie—nel caso in cui dovessi restituire il computer senza preavviso—e chiudo il laptop. Ho la sensazione che i miei occhi siano stati strofinati con la carta vetrata per quanto sono stata davanti allo schermo, e gli effetti rilassanti dell'erba sono svaniti da tempo, lasciandomi stanca e scoraggiata. Ho cercato su Google quasi tutto ciò a cui potevo pensare in relazione alla vita e alla morte di mamma, ho setacciato i giornali locali alla ricerca di rapporti di altri crimini nello stesso periodo—nel caso improbabile che gli assassini di mamma fossero due serial killer che lavoravano insieme—e ho stalkerato ciascuno dei suoi amici di Facebook e collaboratori di ristoranti con la perseveranza del troll online più devoto. Ho persino esaminato la morte dei suoi genitori adottivi, nel caso ci fosse qualcosa di più nel loro incidente d'auto di quanto mi fosse stato detto, ma sembra che sia stato un semplice caso di un guidatore ubriaco che ha sbattuto contro di loro in autostrada.

Non c'è niente, assolutamente niente da portare alla polizia. Non c'è da stupirsi che non mi credessero, quando sono entrata in stazione quel giorno, tremante e isterica.

Probabilmente dovrei lasciar perdere tutto e ripensarci domani a mente fresca, ma nonostante la stanchezza, la mia mente brulica di ogni sorta di domande inquietanti—solo alcune delle quali hanno a che fare con la morte di mia madre. Perché c'è un altro mistero a cui non mi sono ancora permessa di pensare, uno che potrebbe avere altrettanta importanza per la mia sicurezza.

Chi è esattamente Nikolai Molotov, e cosa intendeva Alina con il suo strano avvertimento?

Guardo il cuscino, poi il computer. È tardi, e dovrei davvero andare a dormire. Ma le probabilità di riuscire ad addormentarmi mentre mi trovo in questo stato sono basse, quasi inesistenti.

Al diavolo. Chi ha bisogno di dormire?

Aprendo il laptop, digito "Nikolai Molotov" nel browser e mi immergo.

31

NIKOLAI

La prima cosa che faccio all'arrivo in hotel è accendere il mio laptop, aprire il video della camera di Slava e controllare che mio figlio dorma pacificamente.

Lo sta facendo. La lampada notturna a forma di macchina che vuole che lasciamo accesa illumina i suoi lineamenti addormentati, rivelando un minuscolo pugno nascosto sotto la guancia dolcemente arrotondata. Il mio cuore batte più forte alla vista, un dolore ormai familiare che si diffonde attraverso il petto. Non lo capisco più di quanto capisca la mia crescente ossessione per la sua tutor, ma non posso negare che sia lì, reale e concreta come il mio odio per la donna che lo ha partorito.

Per Ksenia, e l'intero clan di vipere Leonov.

La rabbia si accende nel mio stomaco, e allontano i miei pensieri da loro. Domani avrò tutto il tempo per affrontare il loro ultimo boicottaggio; stasera ho cose più piacevoli a cui pensare.

Aprendo una nuova finestra, apro il video della webcam dal laptop di Chloe, e un bagliore caldo si diffonde attraverso di me, mentre il suo bel viso riempie lo schermo. Nonostante l'ora tarda, è sveglia, la sua fronte liscia corrugata, mentre scruta attentamente il suo computer. Evidentemente sta facendo qualcosa online, perché vedo che il suo browser è attivo, e quando entro nella sua cronologia delle ricerche, sono lieto di scoprire che sta cercando informazioni su di me.

Speravo che stesse pensando a me, proprio come io sto pensando a lei.

Non ha idea che io possa vedere questo, ovviamente. Il laptop che le ho dato proviene da un lotto speciale modificato da una delle imprese più oscure di Konstantin. Sembra un normale Mac nuovo di zecca, ma è stato preinstallato con uno spyware non rilevabile, che ci consente di tenere d'occhio tutti i tipi di uomini d'affari e politici influenti.

Molti accordi commerciali sono stati portati a termine grazie a questo pratico software e ai segreti che ha rivelato.

La osservo per qualche minuto, divertito dai suoi tentativi di leggere un articolo di un giornale russo, utilizzando strumenti di traduzione web gratuiti. Arriccia il naso nel modo più adorabile, quando è perplessa, e i suoi occhi passano da strabuzzati a socchiusi e viceversa, i denti che spesso tirano il labbro inferiore. Voglio mordere quel labbro paffuto e lenirlo con un bacio, poi fare lo stesso su tutto il suo delizioso corpicino.

Il mio uccello si agita al pensiero, e prendo fiato per distrarmi dal calore che si accumula dentro di me. Per quanto sia piacevole osservarla, quello che voglio ancora di più è parlarle, sentire la sua voce dolce e roca, e vedere il suo sorriso solare. Mi manca quel sorriso.

Cazzo, mi manca *lei*.

È ridicolo, lo so—l'ho incontrata solo questa settimana e siamo separati da meno di un giorno—ma è così, è inevitabile. Il destino l'ha portata da me, e ora è mia, anche se ancora non lo sa. Se non fosse stato per questo viaggio, sarebbe già tra le mie braccia, ma i Leonov hanno infilato le loro luride mani nei nostri affari, ed eccoci qui.

Facendo un altro respiro per calmarmi, apro il software video di Konstantin ed effettuo la chiamata.

32

CHLOE

Sto confrontando minuziosamente la traduzione di Bing dell'articolo russo con la versione di Google, nella speranza di dare un senso a tre frasi particolarmente confuse, quando sento un debole suono di campanello e compare una richiesta di videochiamata, con la foto di Nikolai al suo interno.

Il mio battito cardiaco aumenta, il respiro accelera in modo incontrollabile. È come se fosse il proverbiale diavolo, evocato dai miei pensieri—o dalle mie ricerche. È possibile? In qualche modo sa che sto leggendo di lui in questo preciso momento?

È per questo che chiama così tardi? Vuole licenziarmi per aver ficcato il naso nelle sue informazioni?

No, è assurdo. Probabilmente è appena atterrato, ha visto sull'app di videoconferenza che sono online e ha deciso di controllare.

Facendo un respiro tremante, mi liscio i capelli con i palmi delle mani e clicco su "Accetta."

Il suo viso splendido riempie lo schermo, facendomi battere forte il cuore. "Ciao, zaychik." La sua voce è morbida e profonda, il suo sguardo ipnotizzante anche attraverso la telecamera. Nell'insieme, la qualità del video è pazzesca; è come un film in HD. Riesco a vedere tutto, dagli abili tocchi di pennello nel dipinto astratto appeso al muro a pochi passi dietro la sua sedia alle sfumature verde bosco nei suoi occhi color ambra. Dev'essere appena arrivato, perché indossa ancora la camicia e la cravatta con cui l'ho visto uscire, ma invece di sembrare stanco e arruffato, come sarebbe una persona normale dopo un volo transatlantico, è l'immagine stessa dell'eleganza naturale, ogni lucido capello nero a posto.

Rendendomi conto che lo sto fissando come un'ammiratrice in adorazione, costringo le mie corde vocali ad agire. "Ciao." La mia gola è ancora un po' irritata dal fumo, ma spero che attribuisca la voce roca all'ora tarda. "Com'è andato il tuo volo?"

Le sue labbra sensuali si piegano in un caldo sorriso. "È filato tutto liscio. Come mai sei ancora sveglia? È mezzanotte passata laggiù."

"Semplicemente... non ho sonno." Soprattutto ora che gli parlo. Ricevere questa chiamata è stato come buttare giù cinque bicchierini di caffè espresso; anche la mia stanchezza è svanita, sostituita da una sorta di eccitazione nervosa—collegata solo in parte a ciò che stavo leggendo.

Come sospettavo, i Molotov sono schifosamente ricchi e molto noti in Russia. "Una delle più potenti famiglie di oligarchi" è una nota tradotta da Google di un articolo russo, e ci sono molte citazioni di Nikolai e dei suoi fratelli—e prima ancora, di Vladimir, il loro padre—nella stampa russa. Ho persino trovato una foto dell'anno scorso, in cui Nikolai è seduto accanto al presidente russo in un evento in cravatta nera a Mosca, sembrando fresco e a suo agio come alle sue cene di famiglia.

Quello che non ho trovato, con mio grande sollievo, è che i Molotov siano mafiosi o abbiano legami criminali, anche se forse non ho scavato abbastanza a fondo. Anche con l'aiuto degli strumenti di traduzione web, è difficile trovare i giusti termini di ricerca in russo, e sorprendentemente c'è poco scritto sulla famiglia di Nikolai in inglese—una menzione passeggera sulla CNN di un oleodotto in Siria costruito da una delle loro compagnie petrolifere, un paragrafo di Bloomberg su un nuovo farmaco contro il cancro sviluppato da una delle loro società farmaceutiche, una riga su Vladimir Molotov in un articolo del *New York Times* che discute dell'enorme ricchezza in Russia. Non ci sono voci di Wikipedia su di loro, niente nei tabloid. Non compaiono nemmeno in alcuna lista di *Forbes*, anche se ci sono molti miliardari russi, e i Molotov sembrano ancora più ricchi.

Ovviamente è possibile che non sia riuscita a trovare nulla a causa di tutti i riferimenti ai cocktail

Molotov che intasano i risultati di ricerca. Dovrò chiedere a Nikolai o a sua sorella se hanno qualche relazione con il ministro degli esteri sovietico, dal quale gli esplosivi artigianali prendono il nome in senso peggiorativo.

Alla mia risposta, Nikolai si acciglia nella telecamera, con aria preoccupata. "Non hai avuto un altro incubo, vero?"

Scuoto la testa con un sorriso. "Non sono ancora andata a dormire."

Forse è la mancanza di scoperte allarmanti nella mia ricerca, o la semplice realtà che lui non è qui a far vibrare visibilmente il mio corpo, ma mi sento più calma a parlargli stasera... più sicura. Dopotutto, è possibile che le esperienze dell'ultimo mese mi abbiano distrutto i nervi, portandomi a vedere il pericolo dove non esiste, e che tutti i presunti campanelli d'allarme—la sua cicatrice da proiettile e le nocche danneggiate, le guardie e tutte le misure di sicurezza—abbiano spiegazioni innocue.

"Sei mai stato nell'esercito?" chiedo impulsivamente, e altra tensione lascia le mie spalle, mentre Nikolai annuisce, un debole sorriso che danza sulle sue labbra, mentre si appoggia allo schienale della sedia.

"La mia famiglia ha una lunga storia di illustre servizio al Paese, e mio padre ha insistito affinché io e i miei fratelli seguissimo la tradizione. Tutti e tre ci siamo arruolati a diciotto anni e abbiamo prestato servizio per diversi anni." Inclina la testa, guardandomi pensieroso. "Te lo stavi chiedendo?" Si tocca la spalla sinistra.

"Sì" ammetto timidamente. Sto cominciando a sentirmi un'idiota per aver lasciato correre la mia immaginazione prima. "Che cos'è successo? Ti hanno sparato?"

Annuisce. "Un cecchino mi ha conficcato una pallottola. Per fortuna mi ha mancato."

"Mancato?"

I suoi denti bianchi lampeggiano in un sorriso. "Non sono morto, vero?"

"No, grazie a Dio." Tuttavia, il mio petto si stringe, mentre immagino quella cicatrice e il dolore che deve aver provato, quando il proiettile gli ha lacerato la carne. "Hai impiegato molto tempo per riprenderti?"

"Alcune settimane. All'epoca avevo solo vent'anni, il che ha aiutato."

"Tuttavia, non riesco a immaginare che sia stato divertente." Incapace di resistere alla tentazione, chiedo: "Continui il tuo allenamento ancora oggi? Ad esempio... combattere e cose del genere?"

Sto cercando di essere discreta, ma comunque mi legge dentro.

Sorridendo maliziosamente, alza le mani, girandole per mostrare le nocche ammaccate alla telecamera. "Stai chiedendo di queste, presumo? Sono dovute allo sparring con alcune delle mie guardie. Provengono dalla mia ex unità e ci sfidiamo una volta ogni tanto— almeno quando Pavel non è a disposizione."

Gli sorrido di rimando, così sollevata che potrei

piangere. Ovviamente le guardie sono i suoi compagni dell'esercito; questo ha molto senso, e la dice lunga sulla sua persona. "Anche Pavel era nell'esercito con te?" Posso facilmente immaginare l'uomo-orso in divisa militare, armato di un M16 e forse con un carro armato sulle spalle.

Con mia grande sorpresa, Nikolai scuote la testa. "In realtà, ha fatto il militare sotto mio padre. Si è arruolato a quattordici anni e glielo hanno permesso, dato che aveva già la sua stazza attuale e sembrava averne venticinque."

"Oh, wow. Quindi, conosce la tua famiglia da prima che tu nascessi?"

"Da molto prima" conferma. "Mio padre lo ha assunto direttamente dall'esercito, e da allora è con la nostra famiglia."

"Anche Lyudmila?"

"No, sono sposati solo da circa dieci anni." Ride. "Alina ha avuto una crisi, quando ci ha presentato Lyudmila per la prima volta. Penso che mia sorella avesse l'idea che Pavel fosse sua proprietà esclusiva."

I miei occhi si spalancano. "Aveva una cotta per lui?"

"Non esattamente, no. Penso che lo vedesse più come un secondo padre." Il suo sorriso svanisce, e qualcosa di tetro guizza nei suoi occhi, prima che le labbra assumano la solita curva oscuramente sensuale —quel sorriso cinico e seducente che, ora mi rendo conto, nasconde le sue vere emozioni. Avvicinandosi alla telecamera, dice dolcemente: "Basta parlare di loro.

Raccontami della tua giornata, zaychik. Che cosa avete fatto tu e Slava, mentre io ero via?"

Giusto, è per questo che ha chiamato: per avere un rapporto su suo figlio. Nascondendo una fitta irrazionale di delusione, indosso il cappello da tutor e lo informo sulle nostre attività e sui progressi compiuti da Slava. Ascolta attentamente, interrompendo di tanto in tanto per fare domande, e mentre la nostra conversazione continua, mi rendo conto che devo rivedere un'altra opinione negativa che avevo di lui.

Nikolai si preoccupa per suo figlio. Molto.

L'ho intravisto stamattina, quando Slava e io eravamo distesi sul letto, e ora lo vedo nel modo in cui il suo viso si addolcisce, quando parlo del ragazzino. Non so perché si rifiuti di proteggere suo figlio da pericoli così evidenti come un coltello affilato, ma non è perché non lo ama. Lo fa—anche se a giudicare dal modo in cui si comporta con Slava, non sarei sorpresa se avesse problemi ad ammetterlo.

Penso che Nikolai voglia essere più vicino a suo figlio, ma non sa come.

Penso... che potrebbe essere un brav'uomo, dopotutto.

L'avvertimento di Alina si intromette di nuovo nella mia mente, ma lo respingo. Era drogata, e c'è chiaramente tensione tra fratello e sorella, un tipo di storia di cui non sono a conoscenza. Inoltre, non so cosa pensa stia succedendo tra me e Nikolai, ma l'amore non è da nessuna parte sul tavolo. Il sesso, forse—sono abbastanza realista da ammettere che la mia determinazione a non andare a letto con il mio capo si sta dimostrando non all'altezza della potente attrazione tra noi—ma l'amore è tutta un'altra storia. Sarei un'idiota a innamorarmi di un uomo come Nikolai, che senza dubbio è abituato alle donne più belle del mondo che si lanciano ai suoi piedi. Se andassimo a letto insieme, non avrebbe alcun significato per lui—e non posso lasciare che sia l'opposto per me.

Meglio ancora, non dovremmo andare a letto insieme.

In questo modo, nessuno si farebbe male.

Parliamo di Slava per altri venti minuti, prima che l'ora tarda mi raggiunga e uno sbadiglio mi sfugga a metà di una frase. Lo soffoco subito, ma Nikolai non si lascia ingannare.

"Sei esausta, vero?" mormora, guardandomi preoccupato. "Avresti dovuto dirmelo, zaychik. Non volevo tenerti sveglia."

"No, no, va tutto bene. Sto solo..." Un altro sbadiglio incontrollabile interrompe le mie parole e lo copro con il dorso della mano, prima di rivolgergli un sorriso mesto. "Va bene, sì, è ora di dormire per me. Come fai ad essere così sveglio? Devi avere il jet lag in cima a tutto."

Le sfumature verdi nei suoi occhi brillano più luminose. "Non ho bisogno di dormire molto."

Ovviamente no. Non sarei sorpresa se fosse in parte sovrumano—questo spiegherebbe quel bell'aspetto straordinario che condivide con sua sorella.

"Beh, comunque buonanotte" dico, combattendo un altro sbadiglio. "E buona fortuna con tutti gli affari che hai lì."

"Grazie, zaychik." Il suo sorriso racchiude una nota tenera. "Dormi bene. Ti chiamo domani sera."

Riattacca e, mentre metto via il laptop, mi rendo conto che il mio cuore batte con un nuovo ritmo irregolare, il petto che si riempie di un calore che non oso esaminare.

33

NIKOLAI

Chiudo gli occhi dopo che ci siamo scollegati, cercando di aggrapparmi all'insolita sensazione di benessere che parlare con Chloe ha generato, ma sta svanendo velocemente. Al suo posto, c'è la cupa consapevolezza di ciò che devo fare oggi, mista a oscura attesa.

Sono passati sei mesi da quando sono in questo nuovo mondo. Sei mesi da quando mi sono lasciato coinvolgere nella nostra attività a qualsiasi livello oltre a quello più superficiale. E anche se mi piacerebbe affermare che detesto essere tornato, non posso negare che una parte di me si diverta in tutto questo... che il mio sangue stia scorrendo più velocemente nelle vene.

Aprendo gli occhi, chiudo il portatile e mi alzo in piedi.

È ora di mettersi al lavoro.

Pavel sta già aspettando nella hall dell'hotel, e usciamo insieme. La nostra destinazione è una piccola taverna a pochi isolati di distanza, o più precisamente il suo seminterrato.

Lo spettacolo che ci accoglie quando scendiamo non è carino. Un uomo è appeso per i polsi a una catena fissata al soffitto, le dita dei piedi con gli stivali che raschiano appena il nudo pavimento di cemento. Il suo viso pallido è livido e gonfio, l'area decentrata sotto il naso incrostata di sangue scuro. Due degli uomini di Valery sono in piedi accanto a lui, i loro volti duri e gli occhi privi di emozioni.

"Ha parlato?" chiedo a uno di loro, che scuote la testa.

"Afferma di non avere il codice di accesso. È una bugia. L'abbiamo visto usarlo."

"Hmm." Mi avvicino al prigioniero e faccio un lento giro intorno a lui, notando come il suo respiro aumenti. Un odore acre di urina esce dalla sua zona inguinale, e ci sono macchie di sporco e sangue sulla sua uniforme Atomprom beige.

Il poveretto sa di essere fottuto.

"Come ti chiami?" gli chiedo, fermandomi davanti.

Mi fissa, la bocca tremante, poi esplode: "Non conosco il codice. Non lo conosco!"

"Ho chiesto il tuo nome. Quello lo conosci, vero?"

"Iv—" La sua voce si incrina, come se fosse un adolescente invece che un ventenne. "Ivan."

"Va bene, Ivan. Ti dirò una cosa: so che non vuoi far incazzare il tuo datore di lavoro, ma non hai davvero scelta." Gli rivolgo un sorriso comprensivo. "Lo capisci, vero?"

"Non conosco il codice!" Gocce di sudore si formano sulla sua fronte. "Lo giuro—lo giuro sulla vita di mia madre."

"Ma è morta, Ivan. È morta in un incendio in una fabbrica, quando avevi quindici anni. È stato tragico, mi dispiace."

Il suo viso diventa bianco come il lino, e io continuo con lo stesso tono comprensivo. "Ascolta, non sei un cattivo ragazzo, Ivan. Hai avuto una vita difficile, e hai fatto tutto il possibile per aiutare la tua famiglia e prenderti cura di tua sorella minore. Lei è, dove, in terza media adesso?"

"F-fi..." Sta tremando quasi troppo per parlare. "Figli di puttana!"

Emetto un verso con la bocca. "Gli insulti non ti porteranno da nessuna parte. Adesso ascoltami, Ivan. Posso lasciare che"—faccio un gesto alle guardie prive di espressione—"ti cavino la risposta di bocca. E se falliscono, c'è sempre il mio socio"—guardo Pavel, che sta tranquillamente in piedi in un angolo—"e la sua abilità con i coltelli. Per non parlare di ogni sorta di tattica meno gustosa che a mio fratello piace usare. Ma perché coinvolgere loro, quando possiamo fare un accordo, io e te?"

Il suo pomo d'Adamo si muove in una deglutizione nervosa. "C-che genere di accordo?"

Gli sorrido dolcemente. "Hai paura dei Leonov, vero? Ecco perché sei così coraggioso. Non ti potrebbe importare di meno della fabbrica che stai proteggendo. A te cosa importa, se otteniamo il codice di ingresso, giusto? Ma la famiglia Leonov..." Faccio un altro lento giro intorno a lui. "...possono fare cose a te, ai tuoi cari. Alla tua sorellina." Mi fermo davanti a lui. "Annuisci se è così."

Affonda il mento per un cenno appena percettibile, il sudore che gli cola lungo il viso.

"È quello che pensavo." Tiro fuori un fazzoletto di carta dalla tasca e gli tampono la fronte. "Allora, che ne dici di questo: tu ci dici il codice di ingresso e condividi tutto quello che sai sul protocollo di sicurezza dello stabilimento in cui lavori, e noi mettiamo te e la tua famiglia sul volo più vicino verso una destinazione di tua scelta. Può essere qualsiasi posto: Zimbabwe, Fiji, Tailandia... le Isole Cayman. Dacci un nome, e ti invieremo lì con una nuova identità e centomila dollari in contanti come bonus di trasferimento. Che ne pensi?"

Respirando irregolarmente, mi fissa, la speranza che combatte con la paura negli occhi.

"So cosa stai pensando, Ivan" proseguo dolcemente, lasciando cadere a terra il fazzoletto sporco. "Come puoi fidarti che soddisferò la mia parte dell'accordo? Che cosa ci impedisce di ucciderti non appena ci dici quello che vogliamo sapere, giusto?"

Deglutisce di nuovo. "G-giusto."

"La risposta è niente." Lascio che un accenno di crudeltà filtri nel mio sorriso. "Assolutamente niente. Ma non importa, perché fidarti di me è l'unica opzione che hai. Se non lo fai, ci racconterai tutto nel modo più duro—e quando i Leonov verranno a sapere della violazione nello stabilimento, cercheranno il colpevole. Quando scopriranno che sei tu, *verranno* a cercare la tua famiglia. Capisci, Ivan? Capisci cosa devi fare, se vuoi che tua sorella viva?"

Il suo mento trema, mentre mi fissa, le lacrime che gli sgorgano dagli angoli degli occhi. Alla fine, scuote la testa, sconfitto.

"Bene. Ora di' a questi signori quello che vogliono sapere."

Voltandomi, faccio un cenno col capo agli uomini di Valery, che prontamente si fanno avanti, tirando fuori i telefoni per iniziare a registrare.

"Non dovevi farlo personalmente, sai" dice Pavel a bassa voce, mentre usciamo dalla taverna. "Avrebbero potuto ottenere le risposte da lui. In caso contrario, sarei intervenuto io. Sarebbe stato più economico in questo modo."

"Può essere. Ma così, sappiamo che non ci sta raccontando stronzate solo per fermare il dolore." Osservo quella che è la mia guardia del corpo da una vita, il cui sguardo sta esplorando irrequieto ciò che ci circonda, nonostante le guardie di Valery abbiano già assicurato il perimetro. "Numerosi studi hanno dimostrato che le informazioni ottenute sotto tortura non sono affidabili."

"Non le informazioni che ottengo io" replica cupamente, e io ridacchio.

"Hai paura che il tuo coltello si arrugginisca?"

Pavel non lo nega. Gli manca essere nel bel mezzo delle cose, proprio come me—o com'ero io. In questo momento, preferirei di gran lunga essere nell'Idaho con Chloe. Voglio essere lì nel caso abbia un altro incubo. Voglio stringerla, consolarla, confortarla... e infine sedurla. La sua determinazione sta già vacillando, lo sento—ecco perché ho deciso di rassicurarla sui lividi sulle nocche e sulla cicatrice alla spalla.

Non ho intenzione di mentirle sul tipo di uomo che sono, ma non voglio che abbia paura di me.

Non le farò del male... non in quel modo, almeno.

"Hai già fissato un incontro con il capo della Commissione per l'Energia?" chiede Pavel, mentre ci fermiamo a un incrocio, e io annuisco, allontanando i miei pensieri da Chloe.

"Lo incontrerò lunedì a pranzo" rispondo, camminando lungo la strada, mentre il semaforo davanti a noi diventa verde. Ci sono volute tre telefonate per arrivare al tizio, ma ci sono riuscito, come sapevo che avrei fatto. "Questo è un altro motivo per cui ho seguito questa strada con Ivan" continuo. "Non c'era tempo per spezzarlo correttamente— avevamo bisogno di quel codice il prima possibile."

"Non ci avrei messo molto neanch'io" borbotta Pavel, e io rido, proprio mentre una motocicletta romba, girando l'angolo e sfrecciando verso di me.

34

NIKOLAI

Reagisco in una frazione di secondo, ma Pavel è ancora più veloce. Mi spinge proprio mentre mi tuffo di lato, ed entrambi colpiamo pesantemente il suolo, mentre la moto ci supera, così vicino che sento un sibilo d'aria calda sul viso.

L'adrenalina mi spinge subito in piedi, ma il motociclista è già a metà dell'isolato, muovendosi nel traffico alla velocità di una macchina da corsa. Tutto quello che posso dire da questa distanza è che si tratta di un uomo che indossa una giacca di pelle nera e un casco.

Anche Pavel è già in piedi, la mascella tesa per la rabbia. "Hai visto la sua faccia?"

"No." Mi sistemo la giacca e la cravatta e spazzolo via lo sporco e la ghiaia dai palmi graffiati. La spalla mi pulsa per esserci atterrato sopra, e la rabbia fredda brucia dentro di me, ma la voce è calma. "Il suo casco aveva una visiera a specchio. Forse uno dei ragazzi di

Valery ha preso la sua targa." Osservo la folla di testimoni oculari, alcuni dei quali stanno tirando fuori i loro telefoni, presumibilmente per chiamare la polizia. "È meglio che ce ne andiamo di qui."

Pavel annuisce cupamente e ci dirigiamo rapidamente verso l'hotel.

Levan Abkhazi, capo della sicurezza locale di Valery, ci incontra nella mia stanza un'ora dopo. Un georgiano corpulento dell'età di Pavel, è completamente calvo, ma sfoggia un sopracciglio nero e spesso e una barba intonata.

Tirando fuori una cartellina, dispone sulla scrivania una serie di foto sgranate. "Questo è tutto ciò che siamo riusciti a ottenere dal negozio vicino e dalle telecamere del traffico" riferisce in un russo fortemente accentato. "La squadra posizionata sui tetti non ha avuto una buona angolazione per vedere la targa in nessun momento, e c'erano troppi civili per rischiare di spargargli."

Pavel e io esaminiamo le foto. Su una di esse è possibile distinguere una parte di numero, ma le altre immagini mostrano al massimo un angolo della targa. Il motociclista o è il figlio di puttana più fortunato che abbia mai camminato sulla Terra, oppure sapeva dove si trovava la squadra di Valery.

Guardo Pavel. "Opinioni?"

"Un professionista, decisamente." Il suo viso è

segnato da linee dure. "Non ha rallentato, non ha reagito in alcun modo quasi travolgendoti. E sapeva come maneggiare quella moto—e come evitare le telecamere."

L'unico sopracciglio di Abkhazi si solleva. "Non credete che possa essere stato un incidente? Se il tizio è un professionista, dovrebbe sapere che investire qualcuno per strada non è il modo più efficiente per eseguire un attacco."

"Dipende se vuoi farlo sembrare un incidente o meno" ribatte Pavel. "Inoltre, non è stato un attacco."

Il georgiano gli rivolge un'occhiata confusa. "Che cos'è stato allora?"

"Un messaggio" dico, rimettendo le foto nella cartella. "Dai nostri amici, i Leonov. Volevano che sapessi che loro sanno. La domanda è: sanno cosa?"

35

CHLOE

Mi sveglio sorridendo, e per un paio di minuti resto sdraiata lì, con gli occhi chiusi, fluttuando in quello stato beato tra i sogni e la realtà.

E che sogni sono stati.

La mia mano scivola tra le cosce, e premo sul dolce tormento che indugia lì, cercando di ricordare le scene sensuali che si sono ripetute nella mia testa tutta la notte. Ricordo solo dei frammenti ora, ma so che tutte avevano come protagonista Nikolai... il suo sorriso malvagio... la sua voce profonda... Soprattutto, sono stati gli unici sogni che abbia fatto la scorsa notte.

Gli incubi che mi hanno tormentata dalla morte di mamma sono rimasti lontani.

Con il sorriso che si allarga, apro gli occhi e mi siedo. C'è molta luce e il sole è alto, quindi probabilmente ho dormito troppo. Non sono preoccupata, però. Nikolai non è qui per far rispettare gli orari dei pasti, e in ogni caso, ora che lo conosco meglio, non credo che mi licenzierebbe per una trasgressione così lieve.

Tuttavia, non voglio approfittarne, quindi salto giù dal letto e accendo i notiziari. Stanno di nuovo riferendo dei dibattiti sulle elezioni primarie, ma tutto quello che mi interessa è l'ora—9:20. È anche sabato, mi rendo conto, guardando la data. Mi chiedo se questo significhi che ho un giorno libero.

Probabilmente dovrei chiederlo a Nikolai la prossima volta che parliamo.

Un caldo bagliore mi riempie il petto al pensiero di lui che mi chiama di nuovo e di noi due che parliamo fino a tarda notte—quasi come una coppia che si frequenta. Perché è così che mi è sembrata quella videochiamata della scorsa notte: il tipo di cosa che fai con il tuo ragazzo mentre è via, una specie di appuntamento a distanza. Anche se abbiamo passato la maggior parte del tempo a parlare di Slava, come si addice al nostro rapporto datore di lavoro-tutor, ho scorto una certa morbidezza nel modo in cui Nikolai mi guardava e nel modo in cui parlava... una corrente sotterranea di tenerezza che mi fa saltare un battito di cuore ogni volta che ci penso.

È quasi come se iniziasse a prendersi cura di me, come se tra noi ci fosse qualcosa di più dell'attrazione animale.

Cerco di non pensarci, mentre vado avanti con la mia giornata, perché è un'idea davvero sciocca. Non è possibile che Nikolai stia sviluppando dei sentimenti per me. Non solo è troppo presto, ma sarei un'idiota a immaginare che un uomo del genere sarebbe interessato a me per qualsiasi motivo diverso dal nostro stretto contatto. *Sono* l'unica donna disponibile qui; non può esattamente flirtare con Lyudmila o sua sorella. Quindi, cosa importa se ieri mi ha chiamata appena atterrato? Ciò non significa che stesse pensando a me durante il lungo volo.

Avrebbe potuto essere solo preoccupato per suo figlio.

Tuttavia, quel bagliore caldo rimane con me, mentre mi intrufolo in cucina per prepararmi una tarda colazione—quella ufficiale è finita—prima di portare Slava a fare una bella e lunga escursione. E persiste per tutto il pranzo, nonostante la presenza di Alina al tavolo mi ricordi il suo strano avvertimento.

"Come va il tuo mal di testa?" le chiedo, quando ci sediamo a mangiare, e lei scaccia la mia preoccupazione, sostenendo di essere completamente guarita. Tuttavia, non posso fare a meno di notare che è silenziosa e stranamente distante, e spesso fissa il vuoto durante il pasto. Mi domando se sia di nuovo fatta, ma decido di non chiedere.

La scorsa notte, il fuoco e l'erba hanno abbassato le inibizioni di tutte, creando un falso senso di intimità, ma oggi sembra di nuovo un'estranea. Così appare Lyudmila, che non mi sorride nemmeno, mentre tira fuori il cibo.

Forse è imbarazzata che l'ho vista sballata? In ogni caso, affretto il pasto e, non appena Slava ha finito di mangiare, lo porto nella sua stanza per le nostre lezioni di gioco.

Costruiamo un altro castello e rivediamo l'alfabeto, e gli insegno a contare fino a dieci in inglese. Successivamente, giochiamo a nascondino e leggiamo alcuni libri, tra cui, su richiesta del bimbo, la storia di una famiglia di anatre. Prima di iniziare, mi mostra con orgoglio un libro in russo che sembra esserne la traduzione, e mi rendo conto che sta cercando di applicare la sua conoscenza della trama e dei personaggi per capire meglio le parole e le frasi inglesi che gli leggo ad alta voce.

"Sei un bambino così intelligente" gli dico, e lui mi sorride. Anche se dubito che comprenda esattamente quello che sto dicendo, il mio tono di approvazione è inconfondibile.

Mi siedo sul pavimento, la schiena appoggiata al letto, e Slava mi si arrampica sulle ginocchia, mentre iniziamo la storia—che si rivela sorprendentemente complessa per un libro per bambini. La famiglia delle anatre non è tutta felice e fortunata; litigano e hanno conflitti, e ad un certo punto l'eroe principale, un giovane anatroccolo, scappa di casa. Quando torna, scopre che Mamma Papera se n'è andata, e lui piange, pensando di averla spinta ad andarsene.

Tengo d'occhio Slava durante questa parte, preoccupata che questo possa far tornare alla mente ricordi sull'aver perso sua madre, ma l'espressione del bimbo rimane curiosa e rilassata. Tuttavia, quando arriviamo alla parte in cui il piccolo anatroccolo deve stare con suo nonno, Slava si irrigidisce e insiste per saltare le successive tre pagine.

"Non ti piace Nonno Papero?" tiro a indovinare, e il bambino alza le spalle, evitando il mio sguardo.

"Va bene. Non dobbiamo leggere di lui. Dimentica Nonno Papero." Sorridendo, gli scompiglio i capelli e passo a un capitolo meno problematico del libro.

Alina non si unisce a noi per la cena—un altro mal di testa, mi informa Lyudmila, burbera—così Slava e io facciamo un altro pasto rilassato, prima che io salga in camera mia per la sera. Togliendo l'abito formale da cena, mi metto a mio agio sul letto e apro il portatile— per fare altre ricerche, mi dico. Non per aspettare la chiamata di Nikolai come una ragazza innamorata. Quindi, che cosa importa se ha promesso che avrebbe chiamato? Forse lo farà, o forse no.

Non me ne dovrebbe importare, comunque.

Decisa a non restare seduta lì a mangiarmi le unghie, riprendo la mia ricerca sulla morte di mamma. La giornalista a cui ho inviato un'e-mail la scorsa notte non ha risposto, così trovo le informazioni di contatto di alcuni altri giornalisti della zona di Boston e mando un messaggio. Faccio ricerche anche sul proprietario del ristorante in cui lavorava mamma, nonché sulla società dietro l'hotel di lusso in cui si trova il ristorante.

Dev'esserci una ragione per cui quegli uomini hanno ucciso mia madre.

Trovo la stessa cosa di ieri: niente. Ciò di cui ho veramente bisogno è un investigatore privato, ma non posso permettermelo adesso. Anche se... non fa male informarsi sulle tariffe. Martedì, avrò dei soldi, e se rimango qui—cosa che non vedo perché non dovrei fare—potrei anche usare quei soldi per ottenere delle risposte.

Sì.

Questo è esattamente ciò che farò.

Incoraggiata, trovo alcuni contatti promettenti e chiedo un preventivo via e-mail. Poi, sentendomi realizzata per la serata, passo all'altro progetto: imparare tutto quello che posso su Nikolai.

Ho pensato ad altre frasi che posso tradurre in russo, e la mia ricerca rivela diverse foto di tabloid. Una è quella di Nikolai a un gala di beneficenza a Varsavia con un'alta bellezza bionda al braccio; un'altra lo mostra a una sfilata di moda di Mosca, seduto accanto a un'Alina dall'aria annoiata. Un altro paio lo mostra in vacanza in varie destinazioni esotiche, invariabilmente con qualche modella dalle gambe lunghe al suo fianco che lo fissa con adorazione.

Avevo ragione. È sempre circondato da donne bellissime. Per quanto ne so, potrebbe stare a letto con una modella stupenda in questo preciso momento, dopo essere andato a prenderla in un nightclub VIP la scorsa notte.

Il pensiero è come una spruzzata di acqua bollente sul mio petto. Non ho il diritto di sentirmi in questo modo, ma improvvisamente voglio strappare tutti i capelli dalla testa di questa donna immaginaria—proprio prima di fare la stessa cosa con Nikolai.

Metto da parte il portatile, salto giù dal letto e inizio a camminare.

Perché non chiama?

Ha detto che l'avrebbe fatto.

Ha promesso.

Deve sapere che ogni minuto che passa diventa più tardi qui.

È perché è impegnato con il lavoro—o con una donna? Immagino le sue labbra rosse lucide avvolte intorno al suo uccello, gli occhi che lo scrutano attraverso le ciglia finte applicate con abilità, mentre—

Sento un lieve suono di notifica provenire dal letto, e mi lancio verso il portatile aperto, con il battito alle stelle. Distendendomi a pancia in giù, tiro il computer verso di me e, con un dito instabile, premo "Accetta" alla richiesta di videochiamata di Nikolai.

Il suo viso riempie lo schermo, la sua camera d'albergo visibile dietro di lui, e rilascio un respiro tremante, la mia gelosia irrazionale che svanisce, quando vedo lo sguardo tenero nei suoi occhi da tigre.

"Ciao, zaychik" mormora, la sua voce profonda così vellutata che vorrei strofinarla contro la mia guancia. "Com'è stata la tua giornata?"

"È stata bella. Com'è stata la tua? Voglio dire, la tua mattina—o la tua giornata di ieri?" Sembro senza fiato, ma non posso farci niente. Il mio cuore sta battendo a un ritmo techno e ogni cellula del mio corpo vibra per l'eccitazione. Per quanto possa sembrare patetico, sono stata in attesa di questa chiamata tutto il giorno. Anche quando non ci stavo pensando consapevolmente, era in agguato in fondo alla mia mente.

Mi rivolge un sorriso ironico. "La mia mattinata è andata bene, così come il resto di ieri. Alcuni incontri, alcune stronzate—affari come al solito."

"Che tipo di affari?" Rendendomi conto di quanto possa sembrare ficcanaso, apro la bocca per rimangiare la domanda, ma lui sta già rispondendo.

"Energia pulita. Nello specifico, energia nucleare. Una delle nostre società ha sviluppato una tecnologia proprietaria che consente di realizzare piccoli reattori nucleari portatili, che possono essere utilizzati per fornire elettricità a basso costo in piccoli villaggi e altri insediamenti remoti."

"Wow. E sono sicuri? Non come—qual era quella famosa in Ucraina?"

"Chernobyl? No, non sono niente del genere. Per prima cosa, ogni reattore ha le dimensioni di un'auto, quindi anche in caso di incidente, la quantità di radiazioni rilasciate sarebbe molto inferiore. Ancora più importante, i nostri ingegneri hanno aggiunto così tanti accorgimenti che un incidente è quasi impossibile. Il nostro motto è *La Sicurezza Prima di*

Tutto—a differenza dei nostri rivali." La sua voce si fa più dura nell'ultima parte.

"Ci sono altre aziende che fanno la stessa cosa?" chiedo, affascinata da questo scorcio di un mondo di cui non so nulla.

I suoi occhi brillano cupamente. "Una. Si stanno candidando contro di noi per un enorme contratto con il governo tagiko. Chi lo vincerà dominerà questa nascente industria dell'Asia centrale—motivo per cui mio fratello mi ha chiesto di partecipare."

"Davvero?"

"Il capo della Commissione per l'Energia del Tagikistan era un mio compagno di classe in collegio, e mio fratello spera che avrò più fortuna nello spiegargli il nostro caso." Un sorriso ironico gli sfiora le labbra. "Come probabilmente avrai intuito, le connessioni personali sono molto importanti negli affari."

Spalanco gli occhi in modo esagerato. "No! Davvero?"

Ride. "Lo so. Difficile da immaginare, vero? Lunedì ho un incontro a pranzo con lui e poi spero di poter tornare indietro."

"Quindi, tornerai martedì?" Sto già contando i giorni che mancano al mio primo stipendio, e ora avrò un altro motivo per desiderare di poter essere in grado di mettere le prossime cinquanta ore in avanzamento veloce.

"Dovrei, sì." Si ferma, poi aggiunge dolcemente: "Mi manchi, zaychik."

Il mio respiro si ferma, letteralmente, anche se il

mio cuore martella più velocemente e la mia pelle formicola con un rossore. Indipendentemente da quello che pensavo di aver visto nei suoi occhi la scorsa notte—da quello che speravo potesse provare—non mi sarei mai sognata di sentirglielo dire così stasera con tanta disinvoltura... così apertamente.

Come un fidanzato.

Mi sta guardando, aspettando pazientemente la mia risposta, quindi non appena riprendo a respirare, mi costringo a parlare. "Mi... mi manchi anche tu. E a Slava. Gli manchi. Manchi a entrambi. Gli manchi davvero." So che quello che dico non ha alcun senso, ma non posso farci niente. Non ho mai avuto problemi a esprimere i miei sentimenti con i ragazzi con cui sono uscita, ma non sono mai uscita con qualcuno come Nikolai prima—non che ci stiamo frequentando. O sì? Forse gli manco solo in senso amichevole? O come tutor del figlio?

Dio, non ho idea di cosa stia succedendo.

Gli angoli delle sue labbra sensuali si contraggono per il divertimento represso, e ancora una volta ho l'inquietante sospetto che stia guardando dritto nel mio cervello e vedendo la confusione che c'è lì. "Dimmi di più, zaychik" mormora, avvicinandosi alla telecamera. "Che cosa ha combinato mio figlio oggi?"

Slava, cioè. Mi aggrappo all'argomento come un uomo che sta annegando aggrappato a una boa e mi lancio in una descrizione dettagliata di tutto ciò che Slava e io abbiamo fatto e imparato. Nikolai ascolta rapito, lo sguardo carico di quella speciale tenerezza che riserva a suo figlio. Tuttavia, quando arrivo al libro che io e il bambino abbiamo letto per ultimo—la storia degli anatroccoli—e cito ridendo l'apparente antipatia di Slava per Nonno Papero, ogni traccia di tenerezza scompare dalla sua espressione, gli occhi che assumono un bagliore duro e acuto.

"Ha detto qualcosa?" chiede. "Spiegato in qualche modo?"

"No, io... non l'ho chiesto." Mi ritraggo allo sguardo sul suo viso, un'espressione così scura e fredda che mi provoca un brivido attraverso il corpo. Questo è un lato di Nikolai che non ho mai visto e, improvvisamente, le mie precedenti preoccupazioni sulla mafia non sembrano così sciocche.

Posso immaginare quest'uomo ordinare un colpo—anche premere lui stesso il grilletto.

Un attimo dopo, tuttavia, i suoi lineamenti si addolciscono, lo sguardo gelido che scompare, mentre mi chiede di continuare, e mi ritrovo a chiedermi se la mia immaginazione indisciplinata non mi abbia giocato un brutto scherzo. Forse ho letto troppo in quel breve cambiamento di espressione... o forse ho dato un'occhiata a qualche dramma familiare Molotov. Potrebbe semplicemente essere che Nikolai non va d'accordo con il nonno di Slava—ammesso che ce ne sia uno da parte di sua madre.

Ci sono ancora molte cose che non so su questa famiglia.

Decidendo di rimediare, finisco il mio rapporto sui progressi di Slava, ripassando ciò che gli ho insegnato a cena, e poi con attenzione—molto cautamente, per non calpestare le mine terrestri—chiedo a Nikolai di parlarmi dei suoi fratelli.

Per fortuna, la mia richiesta non lo turba. "Sono il secondo più grande" mi dice. "Valery ha quattro anni meno di me, e Konstantin—il genio della famiglia—ha due anni più di me. Gestisce tutte le nostre iniziative tecnologiche, mentre Valery supervisiona l'intera organizzazione."

"Cosa che facevi tu, giusto?" chiedo, ricordando quello che mi ha detto Alina.

"Giusto." Non sembra sorpreso che io lo sappia. "Ma è difficile farlo da remoto, quindi ho chiesto a Valery di sostituirmi, mentre ero via."

"Perché *sei* via?" chiedo, incapace di resistere alla domanda che ho in mente da tanto tempo. "Che cosa ti ha portato in quest'angolo di mondo?"

Sorride alla mia sfacciata curiosità. "Lo so. È strano, vero?"

"Estremamente strano." È così strano, infatti, che ho ipotizzato una folle storia di mafia nella mia testa, ma tengo la bocca chiusa su questo.

Si appoggia allo schienale della sedia, il sorriso che svanisce, finché rimane solo una traccia della curva sensuale. "È una lunga storia, zaychik, e si sta facendo tardi. Dovresti andare a dormire."

"Va tutto bene, non sono stanca." E anche se lo fossi, lo negherei, perché sto morendo dalla voglia di ascoltare questa storia, qualunque sia la lunghezza. Sedendomi più dritta, sistemo il computer più comodamente sulle ginocchia e gli rivolgo i miei migliori occhi da cucciola, sbattendo le ciglia e tutto il resto. "Per favore, Nikolai... dimmelo."

Lo intendevo come uno scherzo, nel migliore dei casi un leggero flirt, ma il suo viso si irrigidisce, il suo sguardo che si oscura, mentre si china verso la telecamera. "Mi piace sentire il mio nome sulle tue labbra." La sua voce è bassa e mielosa. "E mi piace davvero, quando implori."

La mia bocca diventa secca come il Sahara, il battito cardiaco irregolare, mentre il fuoco mi attraversa le vene e mi centra nel profondo. Con lui così lontano e le nostre videochat che si concentrano principalmente su argomenti sicuri, in qualche modo mi sono permessa di dimenticare la tensione sessuale che cova tra noi, pronta a infiammarsi alla minima scintilla. Mi sono convinta di aver immaginato quella sensazione di essere una preda braccata... quella consapevolezza allarmante, ma stranamente eccitante di essere alla mercé di quest'uomo pericolosamente seducente.

"Quello—" Deglutisco, incerta se avventurarmi lì. "È quello il tuo genere? Donne che implorano?"

Il calore oscuro nei suoi occhi si intensifica. "Il mio *genere*, zaychik, sei tu. Ti voglio in ogni modo possibile... dolcemente e rudemente... in ginocchio, sulla schiena e sopra, cavalcandomi... Voglio divorarti la figa per dessert dopo ogni pasto e versarti il mio sperma in gola ogni mattina. Voglio scoparti così forte da farti urlare, e poi voglio coccolarti per ore. Soprattutto, voglio affogarti nel piacere... così tanto piacere che non ti dispiacerà l'occasionale morso di dolore... Infatti, lo supplicherai."

Oh. Mio. Dio.

Lo fisso, i miei respiri brevi e superficiali, il clitoride che pulsa e i capezzoli turgidi. Il mio corpo sembra uno dei suoi reattori nucleari fusi, il calore sotto la mia pelle così ardente che potrei bruciare spontaneamente. Oppure *venire*. Se mettessi pressione sul mio clitoride in questo momento, potrei sicuramente farlo.

Mi inumidisco le labbra, cercando di ignorare la pulsazione tra le gambe. "Quindi... ti piacciono *quelle* cose. Cose perverse."

Non appena le parole escono dalla mia bocca, rabbrividisco per il mio suono giovanile e innocente. E non sono un'amante del sesso standard. Almeno, non credo di esserlo. Le mie fantasie sessuali hanno sempre avuto una sfumatura più oscura, e ho avuto un ragazzo che mi ha legata una o due volte—e un'altra volta mi ha sculacciata. Niente di tutto questo mi ha eccitata, ma il mio ragazzo non era davvero coinvolto. Era imbarazzante e forzato con lui... infantile, in qualche modo.

Ho la sensazione che non sarà niente del genere con Nikolai.

L'uomo non conosce il significato di infantile e goffo.

Di sicuro, le sue labbra si incurvano in un altro sorriso oscuramente sensuale. Con una voce simile a seta riscaldata, mormora: "Chloe, zaychik... mi piace tutto—purché sia con te."

Stavolta, è il mio cuore a entrare in modalità fusione. Perché suona molto come... "Stai dicendo che non vuoi vedere altre donne?" sbotto, e voglio subito prendermi a calci per sembrare ancora una volta una liceale. Sta solo flirtando, non prendendo alcun tipo di impegno di esclusività. Non abbiamo nemmeno—

"È così" dice dolcemente, interrompendo bruscamente i miei pensieri. "Non voglio nessuno tranne te. È così dal momento in cui ci siamo incontrati."

"Oh." Lo fisso, incapace di aggiungere altro.

Questo è grande.

Davvero grande.

Non ci sono possibili malintesi qui, nessuna possibilità che io sia una sciocca romantica.

Nikolai mi sta dicendo che vuole me e nessun'altra... che praticamente *siamo* esclusivi.

"Questo ti spaventa?" chiede, sconcertantemente astuto. "È troppo per te?"

Lo è. Troppo. Eppure... "No" rispondo, raccogliendo il coraggio. "Non lo è. E io—nemmeno io voglio vedere qualcun altro."

Le sue narici si dilatano. "Bene. Una volta mia, non tratterò gentilmente alcun uomo che cercherà di sottrarti a me."

Una risata sorpresa mi sfugge dalla gola, ma lui non sorride in risposta. Il suo sguardo rimane fisso su di me, la sua espressione cupamente intenta, e con mio stupore, mi rendo conto che fa sul serio, che non è affatto uno scherzo.

Tento di fare una battuta, comunque. "Molto possessivo?"

"Con te" dice, il suo sguardo fermo "molto."

Il mio cuore si ferma di nuovo. "Perché io?" chiedo, quando ritrovo la voce. "È perché sono l'unica donna qui, a portata di mano? È una cosa di comodo o..." Mi interrompo, mentre il divertimento illumina l'oro scuro dei suoi occhi, evidenziando le sfumature verde bosco.

"Se fosse così" dice gentilmente "farei arrivare una donna diversa ogni settimana, e spesso l'ho fatto prima che tu arrivassi. Non mancano candidate disposte a fare il viaggio, credimi, zaychik."

Oh, gli credo. Anche prima di imbattermi in quelle foto dei tabloid, sapevo che doveva avere una schiera di donne stupende a sua completa disposizione. Come poteva non essere così, con il suo aspetto, la sua ricchezza e il suo sex appeal?

La cosa sorprendente non è che le donne siano disposte a volare, bensì che non siano accampate nei boschi.

"Allora, perché?" chiedo barcollante. "Perché io?"

Inclina la testa. "Credi nel destino, zaychik?"

"Destino? Come Dio o il fato?"

"O la predestinazione. Tutti noi siamo connessi, come fili di un arazzo che è stato tessuto molto prima della nostra nascita."

Lo fisso, perplessa. "Non lo so. Non ci ho mai pensato molto."

Le sue labbra si incurvano in un debole sorriso. "Io sì. E penso che ad un certo punto della tessitura di questo arazzo, il tuo filo si sia unito al mio. Le nostre strade erano destinate a intersecarsi, la data del nostro incontro fissata molto prima che ti vedessi. Tutto quello che è successo nelle nostre vite ci ha condotti a quel punto, a quel luogo e tempo... tutte le cose belle e quelle brutte." La sua voce si fa ruvida. "Soprattutto quelle brutte."

Come la morte di mia madre. Se non fosse stato per quello, non avrei mai intrapreso questo viaggio, non avrei mai visto l'annuncio di lavoro, non avrei mai incontrato lui. Non che questo significhi che sia destino. Ma Nikolai sembra crederci, e devo ammettere che non saremmo qui oggi senza il violento sconvolgimento della mia vita. E, sembra, senza qualche sconvolgimento della sua.

"Quali brutte cose ti sono successe?" chiedo dolcemente. "O è questa la lunga storia che continui a promettermi?"

Il suo sorriso assume una sfumatura mesta. "Più o meno. Sfortunatamente, zaychik, devi andare a dormire, e io devo incontrare mio fratello. Che ne dici se ti chiamo domani più o meno alla stessa ora e parliamo ancora un po'?"

"Oh, certo. Non volevo trattenerti."

"Non l'hai fatto." Quello sguardo tenero è di nuovo nei suoi occhi, facendomi battere il cuore a un ritmo irregolare e gioioso. "Se potessi, ti parlerei tutto il giorno."

"Anch'io" ammetto con un timido sorriso.

Il suo sorriso di risposta è abbagliante. "A domani, allora. Dormi bene, zaychik."

E mentre disconnette la chiamata, tolgo il computer dal mio grembo e faccio un ballo per la stanza, sorridendo così forte che mi fanno male le guance.

36

NIKOLAI

"Sei di buon umore per essere qualcuno che è stato quasi ucciso ieri" osserva Konstantin, dopo che abbiamo ordinato al cameriere, e mi rendo conto che ho sorriso così tanto che perfino mio fratello socialmente ignaro lo ha notato. Ed è tutto a causa sua.

Di Chloe.

Sta rapidamente diventando la mia droga del benessere.

Mi piace che inizi a fidarsi di me, ad accettare ciò che sta accadendo tra noi. Non volevo partecipare con troppa intensità alla nostra chiamata oggi, ma era ora che conoscesse le mie intenzioni—e ora ne è stata messa al corrente. Ancora più importante, le ho fatto ammettere che ricambia i miei sentimenti.

Il suo dolce, mormorato "anch'io" sta ancora risuonando nella mia mente a ripetizione.

"Hai il rapporto?" chiedo, ignorando il commento di Konstantin. Non sono affari suoi il tipo di umore in cui mi trovo o perché. Inoltre, niente è paragonabile all'essere vicini alla morte per poter apprezzare la vita e tutte le sue meravigliose possibilità—come portare Chloe a letto non appena tornerò a casa.

"Non ancora" risponde, prendendo la sua tazza di tè. "Si spera più tardi oggi o domani. Ma abbiamo verificato le informazioni fornite dalla guardia di sicurezza, e tutto verrà controllato. L'operazione terminerà stasera."

"Perché ci vuole così tanto tempo? I tuoi hacker di solito risolvono tutto entro poche ore."

Sbatte le palpebre dietro le lenti degli occhiali. "Stai ancora parlando del rapporto sulla ragazza?"

Stringo i denti. "Cos'altro?"

"Il mio team è stato impegnato, e non è un compito facile quello che gli hai assegnato."

"Come mai? Ti ho chiesto soltanto di esaminare la morte di sua madre e i suoi movimenti nell'ultimo mese. Quanto è difficile? So che è stata fuori dalla rete, ma devono esserci telecamere del traffico, telecamere della stazione di servizio—"

"Sembra che ci sia qualche interferenza." Sorseggia il suo tè. "Alcuni dei nastri di sicurezza che i miei ragazzi hanno esaminato sono stati danneggiati o cancellati."

Mi blocco. "Cancellati?"

"Un lavoro professionale, a quanto pare." Posa la tazza. "Hai detto che è solo una civile, giusto? Nessun'affiliazione?"

"Nessuna di cui io sia a conoscenza" replico in modo uniforme.

È possibile?

Potrebbe avermi ingannato?

La dolce piccola Chloe è coinvolta con la mafia... o peggio, con il governo?

"Perché non me l'hai detto prima?" chiedo a Konstantin, che, ancora una volta ignaro della bomba che ha sganciato, sta tranquillamente spalmando il pesto di pomodori secchi su un pezzo di pane di segale appena sfornato. "Non credi sia importante per me saperlo?"

Morde il pane e mastica tranquillamente. "Te lo sto dicendo adesso" spiega dopo aver deglutito. "Inoltre, i miei ragazzi hanno capito cosa sta succedendo solo ieri sera. Un paio di nastri danneggiati potrebbero essere solo una sfortuna. Ma diversi—questo è uno schema."

"Quindi, fammi capire bene. Mi stai dicendo che qualcuno ha cancellato tutti i nastri di sicurezza dove lei appare."

"Non tutti." Prende un altro pezzo di pane. "La mia squadra è stata in grado di ricostruire i suoi movimenti per la maggior parte dell'ultimo mese. Solo alcuni nastri... quelli che sospetto possano contenere le risposte che cerchi."

Fanculo.

Questa è una cosa grossa.

Non so cosa pensavo che gli hacker di Konstantin avrebbero scoperto, ma non era questo.

Un pensiero si insinua nella mia mente, un sospetto

così terribile che mi si contorce lo stomaco. "Pensi che siano i—"

"Leonov?" Konstantin posa il pane. "Ne dubito. I miei ragazzi si sono già imbattuti nel lavoro dei loro hacker, e non sembrerebbe."

"Non sembrerebbe?"

La luce brilla sulle lenti dei suoi occhiali. "È difficile da spiegare a un non tecnico, ma sì. C'è una certa trascuratezza nel modo in cui è stato fatto che non si addice ai Leonov."

"Pensavo avessi detto che erano professionisti."

"Ci sono diversi livelli di professionalità. I miei ragazzi sono di prim'ordine, la squadra di Leonov non è molto indietro, e molti sono decisamente peggiori. Questi ragazzi sono da qualche parte nel mezzo, motivo per cui penso che la mia squadra scoprirà la verità. Hanno solo bisogno di più tempo."

Prendo fiato e lo lascio uscire lentamente. La sola possibilità che Chloe possa essere stata ingaggiata dai miei nemici è sufficiente ad aumentare la mia pressione sanguigna. Ma Konstantin sa di cosa sta parlando, e se non pensa che siano loro, devo mettere a tacere quel sospetto per ora. Inoltre, se i Leonov avessero saputo abbastanza da infiltrare Chloe nel mio complesso, dubito che avrebbero mandato un tizio su una motocicletta come avvertimento.

Non ci sarebbe stato alcun avvertimento, solo guerra diretta.

"Riguardo al motociclista" dico. "Hai avuto fortuna a rintracciarlo?"

"No. E questo ha le impronte digitali Leonov dappertutto. Se dovessi indovinare, Alexei è incazzato che tu sia qui, interferendo con la sua offerta."

"Probabilmente hai ragione." Rimango in silenzio, mentre il cameriere ci serve con le portate che abbiamo ordinato. Una volta che se ne va, continuo. "Deve aver saputo del mio incontro con il capo della Commissione."

"Valery raddoppierà la tua sicurezza fino ad allora, per ogni evenienza. Adesso"—Konstantin condisce la sua insalata greca—"parliamo dei tuoi punti di discussione per domani."

E mentre esamina le specifiche tecniche del nostro prodotto, faccio del mio meglio per concentrarmi sulle sue parole anziché sul numero crescente di domande su Chloe e sulla mia ossessione per lei.

37

CHLOE

Non mi sono mai sentita così stordita come questa domenica. Per tutto il giorno, mi sorprendo a sorridere in modo incontrollabile e a camminare come se stessi fluttuando su una nuvola. È imbarazzante, davvero, ma non riesco a smettere. Ogni volta che penso alla videochiamata di ieri sera, il mio battito cardiaco accelera per l'eccitazione.

Nikolai mi vuole.

Gli manco.

Desidera una relazione esclusiva.

Mi sento come un'adolescente la cui star del cinema per cui ha una cotta le ha appena chiesto di uscire. Che, in un certo senso, è ciò che sta accadendo.

Nikolai vuole che usciamo insieme, o più precisamente, che abbiamo una relazione.

Dovrebbe sembrare folle e, in un certo senso, lo è. Ci conosciamo da meno di una settimana, e negli ultimi due giorni non è stato qui di persona. È troppo presto per parlare di esclusività, figuriamoci di destino e fato. Ma non posso negare la forza dell'attrazione che arde tra noi, quella potente forza magnetica che mi ha terrorizzata fin dall'inizio. Tuttavia, non era l'attrazione in sé che temevo —era il fatto di rimanere ferita. Avevo paura di innamorarmi di un uomo che, nella migliore delle ipotesi, pensasse a me come a qualche notte di divertimento. Ma non è così per Nikolai. L'ha chiarito ieri sera e, sebbene possa essere ingenuo da parte mia, gli credo.

Non vedo motivo per cui dovrebbe mentirmi.

Ci sono altri ostacoli alla nostra relazione, ovviamente—come il suo status di mio datore di lavoro e il fatto che sono in fuga da una coppia di assassini spietati. Ad un certo punto, presto, dovrò rivelarlo e non ho idea di come reagirà. Ma riserverò questa preoccupazione per un altro giorno.

In questo momento, non desidero altro che vederlo sullo schermo del mio computer stasera.

"Qualcuno ti insegue?" chiede Alina a cena, e mi blocco, il mio cuore che si ferma per un secondo, prima di rendermi conto che si sta riferendo alla velocità con cui sto divorando il mio cibo.

"Ho solo fame" dico dopo aver deglutito. "Scusa, se sono scortese."

Alza le spalle aggraziate, che sono lasciate scoperte

dal suo abito da sera senza spalline. "Non importa. Sono solo curiosa del motivo per cui hai tanta fretta."

Ho tanta fretta, perché non vedo l'ora di andare in camera mia nel caso Nikolai chiamasse presto, ma non è proprio il caso che glielo dica. "Nessun motivo diverso dal cibo delizioso."

Slava ridacchia al mio fianco. "Buonissimo. È una delizia per il mio pancino."

Gli sorrido. "Sì." Abbiamo passato tutto il giorno a imparare varie parole e frasi, inclusa questa, e sono estremamente contenta che la ricordi.

"Di questo passo, lo farai parlare inglese tra una settimana" osserva Alina, tagliando un pezzo di pollo e mettendolo nel piatto.

Le sorrido. "Lo spero—ma più realisticamente, tra un paio di mesi."

Mi sorride e riprende a mangiare, e lo faccio anch'io, ansiosa di finire e sistemarmi comodamente nel mio letto con il portatile. Come Alina, indosso un abito da sera e non vedo l'ora di mettere il pigiama. Anche se... forse non dovrei. Nikolai potrebbe divertirsi a vedermi così, anche attraverso la telecamera.

In effetti, probabilmente dovrei rinfrescarmi il trucco, prima che chiami.

"Vuoi gareggiare?" chiedo a Slava e imito il rumore del motore su di giri per ricordargli il nostro gioco di corse con le macchinine. "Vedere chi riesce a mangiare più velocemente?"

Sbatte le palpebre, non comprendendo, così prendo

la forchetta e comincio a conficcarmi il cibo in bocca con una velocità esagerata. Capendo, fa lo stesso, e puliamo i nostri piatti a tempo di record. Alina, che mangia a un ritmo normale, guarda la nostra gara divertita e, quando abbiamo terminato, spinge via il suo pollo mangiato a metà.

"Penso di aver finito anch'io" dice seccamente. Più forte, grida: "*Lyuda, Slava gotov!*"

Lyudmila appare dalla cucina, asciugandosi le mani sul grembiule. Sorrido e la ringrazio per il pasto delizioso—anche se, a dire il vero, non era neanche lontanamente buono come quello che prepara suo marito. Il pollo era secco, le patate troppo salate, e la maggior parte degli antipasti e dei contorni erano avanzi. Ma non ho intenzione di puntualizzare: il cibo è cibo, e sono grata di averlo.

Sorridendomi, Lyudmila prende Slava, e così la mia serata è libera.

Non appena arrivo in camera, rifaccio completamente il trucco—tutto quello che avevo a cena era un leggero strato di fondotinta e una mano di mascara—e mi sistemo i capelli. Non sembro ancora così curata come quando Alina mi ha truccata, ma spero che a Nikolai non dispiacerà.

Durante le nostre ultime due telefonate ero struccata e in pigiama, quindi questo è un netto miglioramento.

Sentendomi di nuovo eccitata, sorrido al mio riflesso. Sto molto meglio di quando sono arrivata qui. Le mie guance non sono più dolorosamente incavate e i cerchi scuri sotto gli occhi sono sbiaditi, così come lo sguardo di disperazione che racchiudevano. La scorsa notte è stata un'altra senza incubi, solo sogni erotici, e devo ringraziare Nikolai per questo. Forse mi sono svegliata bagnata e dolorante, con la mano premuta tra le cosce, ma almeno ho dormito tutta la notte.

Dio, non vedo l'ora di parlare con lui.

Affrettandomi verso il letto, mi sdraio a pancia in giù e afferro il portatile, desiderando che mi chiami in questo preciso momento.

Non lo fa. Immagino che i miei poteri della mente non siano all'altezza.

Sospirando, entro nella mia casella di posta per controllare eventuali risposte dei giornalisti. Non c'è niente, naturalmente—anche se *trovo* un preventivo di una delle società di investigazioni, che descrive in dettaglio le tariffe orarie e l'acconto da pagare.

Le sfoglio e sussulto. È molto, molto più di quanto possa sperare di coprire con lo stipendio della mia prima settimana, almeno considerato il numero di ore che prevedo dovranno impiegare. Avrò bisogno di almeno un paio di settimane di paga solo per l'acconto. Forse gli altri investigatori saranno più economici, ma non hanno ancora risposto, quindi devo aspettare.

Come sto aspettando Nikolai, *che ancora non sta chiamando*.

Prendendo fiato, ricordo a me stessa di essere

paziente. Ha detto che mi avrebbe chiamata più o meno alla stessa ora di ieri, e non è neanche lontanamente quell'ora. Per adesso, ho bisogno di distrarmi con qualcosa, quindi ricomincio a fare ricerche sugli amici e sui colleghi di mia madre nella remota possibilità che mi sia sfuggito qualcosa la prima volta.

Sto scorrendo le foto della festa dei quindici anni della figlia del suo manager, quando viene visualizzata la richiesta di chiamata, mandando il mio battito alle stelle.

Raggiante, mi liscio i capelli e clicco su "Accetta".

38

NIKOLAI

Il sorriso di Chloe è così radioso che mi sembra di essere uscito da un bunker sotterraneo su una spiaggia assolata. "Ciao" dice, leggermente senza fiato, mentre si siede contro una pila di cuscini e appoggia il computer sulle ginocchia. "Come va? Come vanno le tue offerte nucleari?"

Le sorrido di rimando, il piacere che si diffonde dentro di me come miele fuso. "Va tutto bene, zaychik, grazie."

Ed è vero. L'operazione di Valery si è svolta senza intoppi e la Commissione per l'Energia si sta già adoperando intorno alla centrale Atomprom, cercando di contenere la ricaduta del reattore esploso durante la notte. La dispersione di radiazioni è minima, come previsto, ma il danno alla reputazione di Atomprom è significativo—il che ci predispone bene per il mio pranzo di oggi con il capo della Commissione.

Ancora più importante, nell'ultima ora ho osservato le attività online di Chloe ed esaminato la cronologia del suo browser di ieri, e ho concluso che è improbabile che sia affiliata a un governo o a un'organizzazione rivale. Se fosse una talpa, saprebbe già tutto di me e non avrebbe bisogno di tradurre articoli russi con l'aiuto di strumenti online gratuiti. Né farebbe ricerche sugli amici e i colleghi di sua madre, utilizzando nient'altro che i loro social media pubblici o esaminando le società investigative.

C'è qualcos'altro in lei, qualcosa che trovo tanto preoccupante quanto intrigante.

La mia scommessa migliore è convincerla ad aprirsi con me, a dirmi la verità, ma se insistessi adesso, potrebbe spaventarsi e provare a scappare—e non voglio. Non quando sono a un oceano di distanza. La seconda migliore opzione è far hackerare il suo Gmail dal team di Konstantin; lo spyware mi consente di vedere su quali siti si trova, ma non il loro contenuto, come le singole e-mail.

In ogni caso, otterrò le risposte. Devo solo pazientare ancora un po'.

"Com'è stata la tua giornata?" chiedo, sistemandomi più comodamente sulla mia sedia. "Che cos'avete fatto tu e Slava?"

Il suo sorriso diventa incredibilmente più luminoso, e mi racconta tutto sugli incredibili progressi di mio figlio, il suo piccolo viso così animato che non riesco a staccarvi gli occhi. Sembra orgogliosa come un genitore, e per la prima volta da quando ho appreso dell'esistenza di Slava e della morte di Ksenia, il mio petto non si sente così dolorosamente stretto, quando penso a lui e al futuro che lo attende a causa del sangue contaminato che scorre nelle sue vene. Invece, provo un briciolo di speranza, mentre immagino Chloe con il bambino, che gioca con lui, lo coccola, lo ama... dandogli ciò che sua madre non può dare.

Ciò che *io* non posso dare.

E questo fa parte, mi rendo conto, del motivo per cui la voglio così tanto. La voglio non solo per me, ma per mio figlio. Voglio che la luce del sole di Chloe lo tocchi, lo riscaldi... che tenga lontana l'oscurità della sua eredità il più a lungo possibile. La voglio come l'ho vista attraverso le telecamere nella stanza di Slava, rivolgendo a mio figlio il suo sorriso radioso, facendolo sentire come se fosse la persona più importante al mondo per lei.

E voglio che lo sia.

Voglio che ami Slava ancora più di quanto voglio che ami me.

Avidamente, l'ascolto parlare di lui, assorbendo ogni parola, ogni espressione. Indossa uno dei suoi nuovi abiti da sera, uno giallo pallido con bretelline sottili che mettono a nudo le sue spalle delicate. I suoi occhi castani brillano e, anche attraverso la telecamera, la pelle abbronzata risplende nella luce dorata proiettata dalla sua lampada da comodino. È mozzafiato, questo dolce mistero di una ragazza—e il mio. Tutto mio. Potrei non averla ancora reclamata fisicamente, ma ciò non cambia i fatti. È stata creata per me, la sua luce è il complemento ideale per il vuoto oscuro che ho dentro, il suo calore riempie ogni crepa fredda del mio cuore. Non mi interessa scoprire chi sia o quali segreti possa nascondere.

Criminale o vittima, appartiene a me, qualunque cosa accada.

Quando ha finito di parlarmi di Slava, le chiedo dei suoi libri e della sua musica preferiti, e leghiamo grazie al nostro amore reciproco per le band degli anni Ottanta e i romanzi di Dean Koontz. Non sono sorpreso che abbiamo cose in comune; è così che funziona spesso, quando trovi la tua altra metà, il pezzo del puzzle che ti completa. È il mio opposto sotto molti aspetti, eppure ci sono fili che ci legano, che ci uniscono da molto prima che ci incontrassimo.

Parliamo per un'ora intera, e scopro di più sulla sua infanzia e adolescenza, sulla sua giovane madre e su quanto abbia lavorato duramente per crescere Chloe da sola. Mi racconta di aver passato il tempo in centro con i suoi amici e di essere andata in vacanza in Florida con sua madre, di aver lottato con la matematica al liceo e di aver fatto due lavori per tre estati consecutive per comprare la sua traballante Corolla da sola.

"È vecchia quasi quanto me" dice con affetto "ma funziona ancora. Anche dopo tutti i chilometri che ho percorso, guidando attraverso il Paese. A proposito, hai mai avuto la possibilità di chiedere a Pavel le chiavi della mia macchina? Non le ho ancora riavute."

Copro la mia espressione, nascondendo la bestia

che si agita dentro di me al pensiero di lei che entra nel suo barattolo arrugginito di macchina e se ne va. "Ha detto che non le ha trovate. Le cercheremo quando torneremo."

È una bugia, ma non posso dirle la verità. Non capirebbe. Io stesso non lo capisco completamente. Tutto quello che so è che dormo meglio, sapendo che le chiavi di quella carretta arrugginita sono in mio possesso, che la mia *zaychik* è sana e salva sotto il mio tetto.

Un lieve cipiglio le corruga la fronte. "Oh, okay. Ma lui le troverà, giusto?"

"Sono sicuro che lo farà. In caso contrario, ti comprerò un'altra macchina."

Ride, pensando chiaramente che sia uno scherzo, ma sono completamente serio. Le *comprerò* un'auto, qualcosa di meglio, più sicuro della Corolla. È un miracolo che non si sia rotta su qualche strada deserta, lasciandola bloccata senza telefono, alla mercé di qualsiasi assassino o stupratore che avrebbe potuto essere di passaggio.

Il solo pensiero di lei in quella situazione mi fa sudare freddo.

"Chiamerò un fabbro" dice, quando smette di ridere. "Ci sarà qualcuno a Elkwood Creek che ripara le serrature, giusto?"

"Sono sicuro che ce ne sia almeno uno." E sono altrettanto sicuro che non si avvicinerà neanche lontanamente alla macchina di Chloe. Più penso a lei che attraversa il Paese da sola, più il mio umore si incupisce. Le sarebbe potuto succedere qualsiasi cosa, assolutamente qualsiasi cosa—e per quanto ne so, è successo.

I suoi incubi potrebbero non avere nulla a che fare con la vicenda di sua madre e tutto a che fare con qualche malvivente che l'ha aggredita per strada.

La rabbia brucia dentro di me, mentre la immagino essere attaccata, ferita e traumatizzata, e devo davvero sforzarmi di non chiedere la verità in questo momento, così da poter individuare i responsabili. Solo la paura che possa tirarsi indietro e cercare di andarsene mi fa tacere. Questo e il pensiero di quei nastri manomessi, quelli che indicano che sta succedendo qualcosa di più, che è coinvolta con qualcuno o qualcosa con le risorse per occultare i suoi movimenti.

Ignara della tempesta che mi assale, sorride e dice: "Va bene, allora. Puoi dire a Pavel di non preoccuparsi. Immagino che sia turbato per averle perse."

"Parlerò con lui, non preoccuparti." E lo farò. Devo spiegare la situazione e chiedergli di scusarsi con Chloe. In questo momento, non ha idea di quello che le ho raccontato. "Per quanto riguarda—"

Una leggera vibrazione mi interrompe e, con mio disappunto, vedo che è ora di andare alla mia riunione. Ho impostato una sveglia sul telefono in modo da non fare tardi.

"Devi andare?" chiede Chloe astutamente, e io annuisco, abbottonandomi la giacca.

"Questa è la riunione per cui sono qui. La buona notizia è che, se tutto va come previsto, subito dopo sarò su un aereo diretto a casa."

I suoi occhi si illuminano. "Veramente? A che ora parte il tuo volo?"

"Quando chiedo di andare. È il mio aereo." Appoggiandomi alla telecamera, mormoro: "Non vedo l'ora di rivederti di persona."

Mi fa un dolce sorriso. "Anch'io. Buona fortuna per il tuo incontro e torna a casa sano e salvo."

"Grazie, zaychik." Con voce ruvida, consiglio: "Dormi bene stanotte, ne avrai bisogno."

E mentre le sue labbra si aprono per un sospiro sbalordito, riattacco, ansioso di concludere l'incontro così da poter essere in volo, sulla strada verso di lei.

Sono già al tavolo, quando Yusup Bahori entra da Al Sham, uno dei migliori ristoranti mediorientali di Dushanbe e, secondo la ricerca di Konstantin, uno dei posti preferiti di Yusup. Dopo l'obbligatoria mezz'ora passata a parlare dei nostri ricordi scolastici preferiti e a discutere dei nostri compagni di classe e altre conoscenze in comune, sposto la conversazione sui nostri permessi e sulle offerte per il contratto con il governo tagico.

"Nikolai, sai che non posso—" inizia, ma sollevo la mano, interrompendo le stronzate.

"Non scherziamo. Sappiamo entrambi che il nostro prodotto è superiore a quello di Atomprom. Allora, perché i nostri permessi sono stati ritirati?"

Sbatte le palpebre, non aspettandosi che io sia così diretto. "Beh, c'erano problemi di sicurezza e—"

"Non abbiamo mai avuto un crollo o una perdita. I nostri protocolli di sicurezza vanno al di là di qualsiasi requisito governativo e, soprattutto, i nostri reattori possono fornire energia pulita ed economica a ogni insediamento e villaggio, non importa quanto inaccessibile o remoto."

Sospira, spingendo via il suo kebab che non ha ancora finito di mangiare. "Ascolta, non conosco i particolari, ma se i nostri ispettori—"

"Sono gli stessi ispettori che hanno dato il via all'offerta di Atomprom? In caso affermativo, per quanto?"

Ha la grazia di arrossire. "Abbiamo appena avviato le indagini sull'incidente di ieri sera" dice rigidamente. "Se si scopre che c'è stata una condotta impropria, prenderemo le misure appropriate. Non tolleriamo corruzione e tangenti. La sicurezza dei nostri cittadini e dell'ambiente è una priorità per noi."

Annuisco, raccogliendo la forchetta. "Ecco perché Atomprom non è mai stata l'azienda giusta per collaborare con voi. La loro sicurezza è terribile."

Con calma, mangio due bocconi di falafel, lasciandolo rimuginare, e non sono minimamente sorpreso, quando dice bruscamente: "Bene. Posso esaminare i permessi per te. Forse qualche ispettore è stato troppo zelante."

"Lo apprezzerei molto. E se scoprissi che c'è stato un malinteso, ti saremmo grati se annullassi la decisione e mettessi una buona parola per noi durante l'offerta."

Si lecca le labbra. "Capisco."

Certo che lo fa. La gratitudine dall'organizzazione Molotov è una cosa molto redditizia. Come lo è la gratitudine dei Leonov—ma quella l'ha già ricevuta.

La sua nuova villa a Khujand ne è la prova.

Sarebbe facile sottolinearlo, usare le prove della corruzione che gli hacker di Konstantin hanno scoperto per indurlo a fare quello che vogliamo, ma a differenza di Valery, credo nel metodo di mostrare la carota, prima di usare il bastone.

Le cose tendono ad andare più lisce in questo modo.

Obiettivo raggiunto, torno su argomenti neutri, e il resto del pasto trascorre in una piacevole conversazione. Non solleva i dettagli della nostra "gratitudine", e nemmeno io. Lascerò che non possa negare l'evidenza, quando il nostro pagamento arriverà nel suo conto offshore; non potrà assolutamente rifiutare.

Quando abbiamo finito, si dirige verso la sua macchina, e io mi fermo in bagno prima del lungo viaggio verso il piccolo aeroporto, dove il mio jet sta aspettando. Mi sto lavando le mani, quando la porta si apre ed entra un uomo alto e atletico della mia età.

Un uomo che riconosco immediatamente.

"Caspita, se non è il fratello Molotov scomparso" strilla Alexei Leonov, appoggiandosi alla porta e incrociando le braccia tatuate sul petto. "È straordinario incontrarti qui."

39

NIKOLAI

Mi asciugo disinvoltamente le mani con un tovagliolo di carta e lo lascio cadere nel cestino della spazzatura. Mentre lo faccio, scruto il mio nemico alla ricerca di eventuali armi nascoste. Nessuna è in vista, ma questo non ha alcun significato. Potrebbe avere una pistola allacciata alla caviglia o infilata nel retro dei jeans. E ci sono sicuramente uno o due coltelli nei suoi stivali da motociclista.

Alexei Leonov è noto per la sua propensione alla violenza.

"La coincidenza è una cosa divertente" dico con calma, pronto a impugnare la Glock legata al petto sotto la giacca. "Che cosa ti porta a Dushanbe?"

Sorride con fare tagliente. "La stessa cosa tua, immagino." Sciogliendo le braccia, si allontana dalla porta e mi si avvicina. Fermandosi di fronte a me, chiede: "Com'è la vita in... dove sei in questi giorni?

Tailandia? Filippine?" Anche da vicino, i suoi occhi castano scuro sembrano quasi neri, corrispondenti alla tonalità dei capelli.

"La vita è fantastica. Come sta il tuo vecchio?" Se pensa che abbia intenzione di rivelare il mio rifugio dopo tutti i guai che Konstantin ha dovuto affrontare per tenerlo nascosto, si sbaglia di grosso. "Ancora vivo e vegeto?"

Fa un sorriso a trentadue denti. "Sai come sono questi vecchi. Praticamente indistruttibili. Devi *davvero* convincerli a crepare."

Non abbocco nemmeno a questa esca. "Salutalo da parte mia. E saluta tuo fratello."

I suoi occhi brillano severamente. "Non mia sorella? Oh, sì, è fottutamente morta."

Devo davvero impegnarmi per rimanere inespressivo. "Ho saputo. Mi dispiace." È una bugia—Ksenia merita di marcire con i vermi—ma qualcosa di più della risposta più neutra potrebbe tradirmi, e sembra già nutrire qualche sospetto.

Il suo sorriso feroce ritorna. "A proposito di sorelle... come sta la mia promessa?"

Non posso chiudere un occhio su questo. Sostengo il suo sguardo, lasciandogli vedere il ghiaccio nei miei occhi. "Alina non è tua. Non lo è mai stata, mai lo sarà."

"Non è quello che prevede il nostro contratto."

"Quel contratto è stato annullato dalla morte di mio padre, e tu lo sai."

"Davvero?" Si sporge, finché non siamo quasi naso a

naso. Nessun accenno di umorismo rimane sul suo viso, stampando i suoi lineamenti duri con un'inconfondibile patina di crudeltà. In un tono letalmente morbido, aggiunge: "Di' ad Alina che è ora. Sono stufo di essere paziente."

E facendo un passo indietro, esce dalla porta.

Una furia rovente mi brucia ancora nel petto, quando la Tesla di Konstantin si ferma davanti all'aereo.

"Grazie per avermi aspettato" dice, scendendo. "Ho pensato che sarebbe stato meglio dartela di persona." Mi passa una chiavetta USB.

"Chloe?"

Annuisce. "È una vera chicca. Hai fatto bene a farmi scavare più a fondo. La ragazza non è ciò che sembra."

Fanculo. "Mafia?"

"Forse. Guarda il video. I miei ragazzi stanno facendo del loro meglio per saperne di più."

Figli di puttana. Voglio tutte le risposte, ora, ma l'aereo è pronto per partire, e devo informarlo del mio incontro con Alexei. Rapidamente, lo faccio, e quando arrivo alla parte su Alina, scorgo la stessa rabbia riflessa sul suo viso.

"Lo ucciderò, se respirerà l'aria dove lei cammina" dice Konstantin selvaggiamente. "Se pensa che onoreremo quel fottuto contratto medievale, stipulato quando nostra sorella aveva appena quindici anni, è—"

"Dubito che fosse serio. Molto probabilmente, stava cercando di provocarmi per vendicare l'esplosione nel loro impianto. Ad ogni modo, non sa per certo che lei è con me. Stava tirando a indovinare."

Konstantin prende fiato, ricomponendosi visibilmente. Di noi tre, è il più legato ad Alina, avendo passato del tempo a farle da babysitter durante le vacanze scolastiche e quelle estive. Non ho mai avuto quel lusso; nostro padre aveva deciso fin da subito che ero il figlio più adatto ad assumere la leadership nella nostra organizzazione, e tutta la mia infanzia e l'adolescenza le ho trascorse apprendendo l'attività di famiglia.

"Hai ragione" replica in tono più calmo. "È incazzato, e vuole farci incazzare. Per ogni evenienza, però, di' ad Alina di stare in guardia."

"Non credo che sia una buona idea. Ha... avuto dei problemi negli ultimi due giorni."

Le sue sopracciglia si uniscono. "I mal di testa sono tornati?"

Annuisco cupamente. "Lyudmila dice che ha assunto i farmaci piuttosto duramente, mentre ero via. Anche erba."

Alina pensa che non sia a conoscenza di quest'ultima parte, ma lo so—e ho chiesto a Lyudmila di tenerle compagnia ogni volta che vuole fumare. Non sono un fan delle sostanze che alterano la mente, ma so perché mia sorella ne ha bisogno, e l'erba è preferibile ad alcune delle prescrizioni nel suo comodino.

Il cipiglio di Konstantin si fa più profondo. "Sta di nuovo crollando."

"Speriamo di no." Ma se è così, questo è un altro motivo per affrettarmi a tornare. Anche se io e mia sorella andiamo a malapena d'accordo, qualcosa della mia presenza la tiene in equilibrio—forse anche l'attrito che esiste tra noi. Le dà un focus esterno, una distrazione dal suo tumulto interiore.

Con me, ha un obiettivo chiaro, invece delle ombre in agguato nella sua mente.

"Ascolta" gli dico "devo andare. Ti farò sapere come sta, quando la vedrò di persona. Di' alla tua squadra di continuare a fare quello che stanno facendo—Alexei non può scoprire dove siamo."

La sua mascella si irrigidisce. "Non preoccuparti. Non lo farà."

"Grazie."

Rivolgendo un'ultima occhiata a mio fratello, salgo sull'aereo.

Pavel mi sta aspettando sul divano nella cabina principale del jet, un laptop aperto sul tavolino davanti a lui. Senza parole, mi siedo accanto a lui e inserisco la chiavetta nel computer.

Ci sono due file: uno intitolato "Rapporto aggiornato" e l'altro "Telecamera del negozio, Boise, 14 luglio."

Il mio battito cardiaco aumenta, mentre la tensione pervade il mio corpo.

Quello è lo stesso giorno in cui ha presentato domanda per diventare la tutor di Slava.

Clicco sul video.

La registrazione sfocata mostra una strada anonima con alcuni negozi, una caffetteria, alcune auto parcheggiate e pedoni occasionali. Un orologio nell'angolo mi informa che sono appena passate le dieci del mattino.

All'inizio sembra che non stia succedendo alcunché, ma dopo circa trenta secondi intravedo una figura snella e familiare. Chloe, vestita con una maglietta e un paio di jeans, sta camminando a passo svelto per la strada.

Sta passando davanti a una boutique di abbigliamento, quando succede.

Con un'improvvisa esplosione, la vetrina alla sua sinistra va in frantumi.

Pavel emette un'imprecazione sorpresa, ma lo ignoro, tutta la mia attenzione rivolta alla piccola figura bloccata della ragazza. Ogni muscolo del mio corpo è paralizzato, la paura e la furia che pulsano dentro di me in onde disgustose. Anche nel video sfocato, posso scorgere lo shock sul suo viso, mentre gli occhi spalancati scrutano la strada senza capire. Poi, si sentono urla per dei colpi di pistola e qualcuno inizia a chiamare il 911, e lei si lancia in uno sprint—proprio mentre si sente un altro scoppio e un altro vetro vola intorno a lei.

In pochi secondi, lei scompare dalla vista, e il video si interrompe.

"Figlio di puttana" mormora Pavel, ma sto già aprendo l'altro file.

Il report aggiornato.

40

CHLOE

Non dormo bene. Affatto. Chi lo farebbe, con quel tipo di avvertimento?

Dormi bene stanotte—ne avrai bisogno.

Non riesco a pensare a qualcosa che Nikolai avrebbe potuto dire che avrebbe avuto *meno* probabilità di turbarmi. Tanto valeva che dicesse che aveva intenzione di scoparmi fino allo sfinimento, non appena fosse tornato a casa.

In realtà, me l'ha detto, più o meno, prima di andarsene. Le sue sporche promesse hanno fornito nutrimento sufficiente per i miei sogni bagnati e le sessioni di masturbazione sotto la doccia—inclusa quella lunga, dopo la nostra chiamata di ieri sera.

Ho pensato che un paio di orgasmi avrebbero potuto rilassarmi, ma in realtà hanno peggiorato le cose. Per tutto il tempo in cui ho giocato con me stessa, ho continuato a pensare a cosa mi avrebbe fatto una volta tornato... a come sarebbero state le sue mani e le sue labbra su di me... a come sarebbe stato il suo uccello dentro di me. La mia immaginazione si è scatenata, dipingendo tutti i tipi di scenari, e si stanno ancora ripetendo nella mia mente ora, nella luce brillante del mattino, inumidendo le mie mutande e mantenendo il mio battito alle stelle.

Non aiuta il fatto che Alina non si veda di nuovo da nessuna parte. Non scende per colazione o pranzo, e quando chiedo a Lyudmila informazioni al riguardo, mi informa che la sorella di Nikolai ha un altro mal di testa.

"Le succede spesso?" le chiedo a pranzo, preoccupata, e Lyudmila annuisce, il viso teso, mentre distoglie lo sguardo.

Mi pongo delle domande, ma Lyudmila non è esattamente loquace con me, quindi decido di non interrogarla ulteriormente. Invece, passo il pomeriggio insegnando a Slava e conto alla rovescia i minuti fino all'ora di cena, che è l'ora in cui Nikolai dovrebbe essere qui.

Il mio allievo è altrettanto impaziente. Lyudmila deve avergli detto che suo padre tornerà oggi, perché continua a saltare in piedi e a correre verso la finestra, mentre stiamo ripassando l'alfabeto.

"Vuoi fare una sorpresa a tuo papà?" gli chiedo, quando torna dalla sua spedizione per la quinta volta. "Renderlo felice?"

Le sue sopracciglia si sollevano. "Felice?"

"Sì, felice." Disegno una faccia sorridente con un pastello giallo. "Vuoi che tuo padre sia felice?"

Annuisce, lasciandosi cadere sul pavimento accanto a me.

"Allora, ripeti dopo di me: 'Ciao, papà.'"

Resta in silenzio. Conosce entrambe le parole dai libri che abbiamo letto, e ha ripetuto le frasi dopo di me, quando gliel'ho chiesto, quindi so che non è un problema di comprensione.

Delicatamente, ci riprovo. "Ciao, papà."

Fissa le sue scarpe da ginnastica. "Ciao, papà." La sua voce è appena al di sopra di un sussurro, ma le parole sono chiare, così come la diffidenza nei suoi grandi occhi dorati, quando alza lo sguardo.

È titubante, e non posso biasimarlo. Nonostante i piccoli progressi che abbiamo fatto con la nostra sessione di lettura congiunta l'altro giorno, padre e figlio sono ancora praticamente sconosciuti.

Mi allungo per prendere le sue mani nelle mie. "Sono molto orgogliosa di te. Sei coraggioso e forte, come Superman."

Il suo piccolo viso si illumina. "Superman?"

"Superman" confermo, stringendogli delicatamente le mani, prima di rilasciarle. "Coraggioso e forte."

"Coraggioso e forte" sussurra, provando le parole. Indica il suo petto. "Coraggioso e forte?"

Gli sorrido. "Sì, sei coraggioso e forte, proprio come Superman. E renderai molto felice tuo padre."

Mi fa un gran sorriso. "Felice, sì." Indica il disegno della faccina sorridente e gonfia il petto magro. "Molto felice."

È così adorabile che non posso evitare di

abbracciarlo, e il mio cuore si scioglie, quando le sue braccia corte mi avvolgono il collo, stringendomi forte. Questo è il motivo per cui amo così tanto i bambini. Tutto ciò che vogliono è amore e affetto, e una volta che li hanno, li restituiscono in abbondanza.

Nikolai non lo capisce ancora, ma lo farà.

Richiederà solo un po' di tempo e un piccolo sforzo da parte mia.

Un'ora prima di cena, lascio Slava con Lyudmila e vado nella mia stanza a cambiarmi e prepararmi. Sono così eccitata e nervosa che riesco a malapena a trattenere le mani dal tremare, mentre applico il trucco e mi liscio i capelli in una parvenza delle onde perfette che Alina è stata in grado di creare per me. Se si sentisse bene, le chiederei di ripetere la sua magia, ma dal momento che non l'ho vista in alcun momento questo pomeriggio, devo presumere che sia ancora giù per il mal di testa.

Povera ragazza. Spero che presto si senta meglio.

Dopo aver sistemato capelli e trucco, mi dedico alla mia collezione ridicolmente ampia di abiti da sera per trovare quello migliore in assoluto. Senza Nikolai qui, ho afferrato quello che sembra più comodo e più facile da indossare, ma stasera, voglio fare uno sforzo extra.

Voglio vedere il suo respiro bloccarsi e gli occhi accendersi di quel calore oscuro e selvaggio che mi eccita e mi allarma.

Mi accontento di un delicato abito avorio che ha sottili fili d'oro intrecciati. Fatto di un materiale diafano, è senza spalline, con un corpetto a forma di cuore che mi solleva il seno e definisce la mia vita. La gonna aderente mi sfiora i fianchi nel modo più lusinghiero che si possa immaginare, e quando cammino, uno spacco all'altezza della coscia sul lato sinistro rivela accenni della mia gamba. Abbino l'abito con le Jimmy Choo dorate che ho indossato per la mia prima serata formale qui, e sono pronta.

Pronta a incontrare Nikolai e a portare avanti la nostra relazione.

La macchina si ferma, mentre scendo le scale. Lo scorgo in una delle grandi finestre, e il mio cuore batte più forte. Lyudmila e Slava sono già in soggiorno, con il bimbo vestito al meglio per la serata. Mentre mi avvicino, mi sorride timidamente, e gli do una stretta incoraggiante sulla spalla.

"Ricorda, coraggioso e forte, come Superman" sussurro, cercando di controllare il mio nervosismo, e lui ridacchia—solo per tacere al suono della porta d'ingresso che si apre, seguita da passi diretti nella nostra direzione.

Pavel appare per primo, ma la sua figura delle dimensioni di una casa si nota a malapena nella mia visione. Tutta la mia attenzione è rivolta all'uomo alto e oscuramente bello dietro di lui, il cui sguardo luminoso come una tigre si fissa su di me con un'intensità che mi brucia la carne e ferma i polmoni.

Nell'arco degli ultimi due giorni, ho dimenticato cosa vuol dire essere vicino a lui, sperimentare l'impatto devastante della sua presenza. Non lo vedo soltanto, lo sento con ogni centimetro della mia pelle, ogni singola cellula del mio essere. Impotenti, i miei occhi tracciano i suoi lineamenti, osservando gli angoli intransigenti della sua mascella e la forma sensuale delle labbra, lo spessore sorprendente delle sue ciglia nere e il modo in cui i capelli corvini vengono spazzolati indietro dalla sua fronte, rivelando quegli zigomi alti e larghi. È vestito in modo più casual rispetto a quando se n'è andato, con una camicia blu abbottonata infilata in pantaloni su misura, e ha un aspetto così delizioso che devo impegnarmi per restare in piedi. Il mio cuore batte all'impazzata, tutto il mio corpo che ronza come se una rete di cavi sotto tensione fosse collocata sotto la mia pelle, e sono solo marginalmente consapevole di Lyudmila, che si fa avanti per abbracciare suo marito, mentre chiacchiera emozionata in russo.

Nikolai dev'essere sotto lo stesso potente incantesimo, perché per un lungo momento rimane immobile, gli occhi scintillanti, mentre osserva il mio aspetto.

Poi, viene verso di me.

Senza fiato, lo fisso, mentre si ferma davanti a me. È molto più vicino che sullo schermo di un computer. Più grande, più alto... più pericolosamente, primitivamente maschio. Con il suo fascino seducente e gli indumenti raffinati, è possibile dimenticare quella qualità cruda e animale che possiede, la sensazione che qualcosa di selvaggio si nasconda sotto la sua bella facciata... qualcosa che mi attira a lui anche se mi fa rizzare i peli fini sulla parte posteriore del collo in allerta.

A distanza, era facile respingere la mia immaginazione sul fatto che fosse pericoloso.

Da vicino, è infinitamente più difficile.

"Ciao, papà."

Il suono di quella vocina acuta mi fa uscire dalla trance—e ha un effetto ancora più forte su Nikolai. Ogni muscolo del suo viso si irrigidisce, mentre il suo sguardo salta sul piccolo che sta coraggiosamente al mio fianco.

Per un momento, padre e figlio si fissano a vicenda. Poi, Nikolai cade lentamente su un ginocchio.

"Ciao" dice con voce roca, mentre un miscuglio di emozioni appare sul suo viso. "Ciao, Slavochka."

Il mio cuore si stringe per un'ondata di calore. Quella versione del nome del bambino è un vezzeggiativo; ho sentito abbastanza russo negli ultimi giorni da saperlo.

Slava sorride incerto a suo padre, prima di guardarmi.

"Hai detto bene" dico rauca, lisciando il palmo della mano sui suoi capelli setosi. "Proprio come Superman." Sorridendo, colgo lo sguardo di Nikolai. "Digli che ha detto bene."

Il suo viso si contorce, qualcosa di oscuro e agonizzante che lampeggia nei suoi occhi, prima che riprenda il controllo. "Hai detto bene" dice al piccolo senza tono, e alzandosi in piedi, fa un passo indietro, la sua espressione chiusa ancora una volta.

Confusa, comincio a parlare, ma mi interrompe.

"Ho bisogno di parlarti" mi dice con voce dura, e prendendomi la mano in una stretta inevitabile, mi conduce nel suo ufficio.

41

CHLOE

Il mio stomaco si agita e il mio polso è incredibilmente veloce, mentre si siede di fronte a me al tavolo rotondo, i suoi occhi carichi di un'oscurità che non riesco più a convincermi provenga esclusivamente dalla mia immaginazione. Non rimane traccia dell'uomo tenero e seducente con cui ho parlato per così tante ore in video, un uomo così aperto sui suoi sentimenti per me. Al suo posto, c'è uno sconosciuto bello e terrificante, il volto teso dalla rabbia.

La parte peggiore è che non ho idea di cos'ho fatto, cos'è successo per turbarlo così tanto. Si tratta di quello che ha detto Slava? O il mio maldestro suggerimento di lodare il ragazzino per—

"Mi hai mentito, zaychik" dice con un tono letalmente dolce, e il mio cuore cessa di battere.

Mi sbagliavo.

Questo non ha niente a che fare con Slava.

È infinitamente peggio.

Ingoio un respiro. "Nikolai, io—"

Alza una mano, poi apre un laptop che ho notato solo ora sul tavolo. "Guarda questo" ordina, girando lo schermo verso di me.

Guardo—e quello che vedo trasforma il mio sangue in gelida poltiglia.

Sono io, quel giorno a Boise.

Il giorno in cui mi hanno sparato apertamente.

Non c'è niente di più dannoso che Nikolai potesse scoprire, nessun incidente che parli più chiaramente del pericolo che rappresento per la sua famiglia—un pericolo a cui non mi sono permessa di pensare in alcun modo, concentrandomi invece sulla *mia* situazione, sulla *mia* sopravvivenza. È solo ora, con quel video sgranato davanti a me, che capisco quanto sono stata sconsiderata, egoista.

Ho due assassini violenti che mi danno la caccia, ed eccomi qui, a giocare a travestirmi con i vestiti che ha comprato per me, fingendo di essere al sicuro in una tenuta che ha costruito per suo figlio, un bambino brillante e dolce che già adoro.

Un bambino che è in pericolo ogni secondo in cui sono qui.

In qualche modo, l'avevo bloccato dalla mia mente, insieme al terrore schiacciante di quel giorno, ma non posso più farlo. Tremando, malata dentro, mi alzo in piedi. "Nikolai, mi dispiace così tanto. Me ne andrò. Vado subito via—"

"Siediti." La sua voce è ancora più dolce, un

contrasto spaventoso con la ferocia selvaggia nei suoi occhi. "Non andrai da nessuna parte."

"Ma—"

"Siediti."

Le mie ginocchia cedono sotto di me, obbedendo al suo comando.

Si china in avanti, inchiodandomi con lo sguardo. "Voglio la verità. Tutta la verità. Chiaro?"

Annuisco, anche se dentro di me sto crollando, tutte le mie speranze e i miei sogni che si infrangono.

Glielo dirò.

Gli dirò tutto.

Dopo tutte le bugie, merita la verità.

42

CHLOE

"Tutto è iniziato quando sono tornata a casa in macchina dopo la laurea" dico, cercando—e fallendo—di mantenere la voce ferma. "Dovevo arrivare in tempo per la cena, ma il traffico era insolitamente intenso ed ero in ritardo di quasi un'ora. Non appena ho trovato un parcheggio davanti al nostro palazzo, sono corsa a casa, lasciando la valigia in macchina. Ho pensato che l'avrei presa dopo aver mangiato.

Avevo le mie chiavi, così sono entrata e sono andata direttamente in cucina, dove pensavo che mamma stesse scaldando qualcosa da mangiare. Ma quando sono arrivata—" Mi fermo per ingoiare il nodo che minaccia di raggiungermi la gola.

"Era morta" ipotizza Nikolai cupo, e io annuisco, con lacrime calde che mi bruciano dietro gli occhi.

"Giaceva in una pozza di sangue sul pavimento della cucina, i polsi tagliati. Non riuscivo a sentire il battito, così sono corsa a prendere il mio telefono—ero rientrata così di fretta che avevo dimenticato la borsa con il telefono in macchina. Ma prima che potessi uscire dall'appartamento, ho sentito voci, voci maschili, provenire dalla camera da letto di mamma."

I suoi occhi si stringono pericolosamente. "Loro erano lì? Nell'appartamento con te?"

"Sì. Sono saltata nella piccola nicchia dell'armadio vicino alla porta e mi sono nascosta dietro i cappotti. Li ho visti, allora. Due grandi uomini in passamontagna. Sono usciti dall'appartamento, poi sono rientrati subito. Li ho sentiti rientrare in camera da letto, e siccome ero proprio vicino alla porta, sono corsa. Sono corsa giù per tutte e cinque le rampe di scale, e poi ho continuato a correre, finché non sono arrivata alla mia macchina." Faccio un respiro tremante, allontanando il ricordo di quel panico intorpidito, dell'iperventilazione e dei singhiozzi, mentre tentavo di infilare la chiave di accensione.

Nikolai mi concede un momento per ricompormi. "Che cos'è successo dopo?"

"Ho chiamato il 911 e sono andata alla stazione di polizia più vicina. Ho raccontato loro cos'era successo e hanno inviato un'unità nel mio appartamento. Ma a quel punto gli assassini se n'erano andati, e la polizia ha stabilito—" La mia voce si spezza. "Ha stabilito che si trattava di un suicidio."

Le sue sopracciglia scattano insieme. "Non capisco. Hai detto loro dei due uomini? Hai presentato un rapporto ufficiale di polizia?"

"L'ho fatto. Ho parlato loro delle maschere e delle pistole con i silenziatori e—"

"Pistole con silenziatori?"

Annuisco, avvolgendomi le braccia intorno. Sento così freddo che i denti iniziano a battere. "Le ho viste, attraverso i cappotti nel corridoio. Beh, in verità, ho notato solo una pistola, ma più tardi, quando li ho visti di nuovo, ce n'erano due, quindi presumo—"

"Dopo?" La sua mascella si flette. "Li hai visti di nuovo da vicino?"

"Non da vicino, no. Erano a circa un isolato di distanza. È stato dopo questo." Faccio un cenno con il mento verso il laptop. "Mi hanno inseguita, e li ho visti. Ognuno di loro aveva una pistola."

"Anche i passamontagna?"

"Sì." Mi sforzo di ricordare le due figure, ma a parte le loro dimensioni generali e le pistole nelle mani, sono sfocate nella mia mente. "Almeno, sono abbastanza sicura."

Lo sguardo di Nikolai si acuisce. "Ma non sei sicurissima?"

"Io... no." Il che è stupido da parte mia. Avrei dovuto prestare attenzione, avrei dovuto memorizzare ogni minimo dettaglio, in modo da poter—

"È stata l'unica altra volta in cui li hai visti? L'unica volta in cui sono venuti a cercarti?"

"No." Un brivido mi scuote il corpo. "Neanche per sogno."

Il suo volto è una maschera di furia a malapena trattenuta. "Dimmi tutto."

Lo faccio. Gli racconto del camioncino nero con i vetri oscurati che mi ha quasi investita, mentre uscivo dalla stazione di polizia, e di come sia successo di nuovo in un parcheggio di Walmart appena un'ora dopo aver segnalato il primo tentativo. Gli racconto dell'incendio al motel locale, dove avevo prenotato una stanza per evitare di dormire in casa, e di un furgone che mi ha quasi fatta finire fuori strada una volta che ero già in fuga. Gli racconto dello scampato pericolo in un Airbnb a Omaha, dove mi sono fermata per un tanto necessario riposo un paio di settimane fa, solo per finire scappando dalla finestra nel cuore della notte, quando ho sentito dei rumori graffianti sulla porta.

"La serratura. La stavano forzando." La mascella di Nikolai è serrata. "Se non ti fossi svegliata—"

"Sì. E ci sono stati altri casi in cui ho pensato che potessero essere vicini, come la volta in cui ho notato un pick-up nero con i vetri oscurati che si avvicinava a una stazione di servizio proprio mentre stavo uscendo. A quel punto ero così paranoica che avrebbe potuto essere la mia immaginazione. O forse no. Forse erano loro. Non lo so. Tutto quello che so è che continuavano a inseguirmi, e l'unica cosa che potevo fare era continuare a spostarmi. Cioè, finché non ho finito i soldi."

"Ed è allora che ti sei imbattuta nel mio annuncio."

"Sì." Deglutisco a fatica. "Mi dispiace, Nikolai. Davvero. Non stavo pensando lucidamente, quando ho fatto domanda per il posto. Mi erano rimasti solo pochi dollari, ed ero terrorizzata, perché mi avevano appena ritrovata, e stavano diventando più audaci, sparandomi in pieno giorno. Me ne andrò, giuro che lo farò. Non devi nemmeno pagarmi per la settimana. Troverò un altro lavoro e—"

"Di che cazzo stai parlando?" Alzandosi di scatto, punta i pugni sul tavolo e si appoggia. La sua voce è dura. "Te l'ho detto, non andrai da nessuna parte."

Mi alzo in piedi e indietreggio. "Nikolai, per favore. Mi dispiace *davvero*. Non volevo mettere in pericolo la tua famiglia. Me ne andrò oggi. Proprio adesso. Prima che si rendano conto che sono qui e..." Il cuore mi sale in gola, mentre lui avanza verso di me, occhi come fuoco e zolfo. "Ti prego. Giuro che—"

Le sue mani si chiudono intorno alle mie braccia in una presa di ferro. "Non te ne andrai" ringhia e, tirandomi verso di lui, schiaccia le sue labbra sulle mie.

43

NIKOLAI

Divoro la sua bocca con tutta la rabbia e la paura dentro di me, tutta la smania che ho trattenuto. Tutto ha senso ora: il suo aspetto affamato e il suo appetito da boscaiolo, le ferite sul braccio e gli incubi che la assalgono ogni notte. Per settimane le hanno dato la caccia, cercando di sterminarla, di farla scomparire, e quel giorno a Boise ci sono quasi riusciti.

Un paio di centimetri a destra, e il proiettile le avrebbe squarciato il cranio.

Durante l'intero volo di ritorno a casa, ho tremato dalla rabbia, e questo prima che sapessi il resto. Prima che sapessi quante volte è stata vicina alla morte. Se non si fosse svegliata per sentire le serrature che venivano forzate, o se non fosse riuscita a evitare quel camioncino... Cazzo, se avesse respirato più forte nell'armadio dei cappotti, non sarebbe qui oggi.

Non starei qui a stringerla, ad assaggiarla.

Non saprei cosa significhi aver trovato l'altra metà della mia anima.

La sua testa ricade sotto la pressione brutale delle mie labbra, le sue mani si aggrappano disperatamente alle mie braccia, e so che dovrei rallentare, essere gentile, ma non posso. Tutto il mio controllo si è dissolto, ridotto in cenere nel fuoco della mia furia, decimato dalla paura per lei.

C'era così poco di quello che mi ha detto nel rapporto di Konstantin, così tanti spazi vuoti sospetti nei fascicoli della polizia che lui aveva tirato fuori per me. Nessuna menzione dei due uomini mascherati nell'appartamento di sua madre, niente sui tentativi di provocare incidenti d'auto. Nemmeno le sue e-mail ai giornalisti, quelle che gli hacker di Konstantin hanno trovato nella sua cartella dei messaggi inviati, sembrano aver raggiunto la loro destinazione, come se qualcuno avesse bloccato i suoi messaggi o fossero stati contrassegnati come spam. E poi, ci sono tutti i nastri cancellati e danneggiati, probabilmente quelli che sarebbero serviti come prova degli altri attentati alla sua vita.

Qualcuno ha avuto problemi enormi nell'uccidere sua madre e coprire le proprie tracce, qualcuno con enormi risorse, e il fatto di non sapere chi sia mi divora come l'acido.

Respirando affannosamente, allontano la mia bocca dalla sua e incontro il suo sguardo stordito. "Non te ne andrai."

Non volevo lasciarla andare prima, ma ora che so

che è in pericolo di vita, farò tutto il possibile per tenerla qui. La incatenerò letteralmente a me, se devo.

Sbatte le palpebre, le sue labbra gonfie di baci che si socchiudono. "Ma—"

"Ma niente. Non voglio sentirlo di nuovo. Ora sei mia, capito?" La mia voce è aspra, gutturale. La sto spaventando, lo vedo, ma non riesco a trattenermi, non riesco a domare la bestia che è in me.

Apre la bocca per rispondere, ma non glielo permetto. Duramente, faccio scivolare la mano tra i suoi capelli e la stringo a pugno, tenendola ferma, mentre piombo su di lei per un altro bacio appassionato e predatore. C'è qualcosa di oscuro e contorto nel modo in cui ho bisogno di lei, in questa compulsione che sento per rivendicarla. La mia voglia di lei si sprigiona dalla parte più profonda e selvaggia di me, quella che ho fatto del mio meglio per nascondere a lei e al mondo in generale... quella che mia sorella ha visto in quella terribile notte invernale, a suo discapito.

Chloe ha ragione a diffidare di me.

Non sono un uomo normale e gentile.

I miei modi civili sono solo un altro completo che indosso.

All'inizio si irrigidisce sotto il mio assalto, ma dopo un momento, il suo corpo si ammorbidisce contro il mio, le sue braccia si avvolgono intorno al mio collo, mentre cede al bisogno ardente che ci consuma. Mi abbraccia, mentre la scopo con la lingua e le divoro le labbra morbide e lussureggianti, e lei si aggrappa a me, mentre la porto sul tavolo, le mie mani che vagano avidamente sui suoi fianchi, sul torace, sui piccoli e paffuti seni.

Il suo vestito è d'intralcio, quindi lo strappo sul corpetto, troppo impaziente per affrontare tutti i ganci e le cerniere. Sotto non indossa il reggiseno, e il suo seno si riversa nelle mie mani, tondo e perfetto, appuntito da splendidi capezzoli marroni. Mi viene l'acquolina in bocca alla vista, e chino la testa, succhiandone uno. Ha il sapore di sale e frutti di bosco, di tutto ciò che non ho mai saputo di desiderare, e mentre si inarca in me con un grido ansimante, le sue piccole mani che mi stringono i capelli, so che non ne avrò mai abbastanza di lei.

È assolutamente impossibile.

Il mio uccello è così duro che fa male, le mie palle strette contro il mio corpo, mentre sposto la mia attenzione sull'altro capezzolo, succhiandolo in profondità, prima di mordere con forza calcolata. Grida di nuovo, le sue unghie che affondano nel mio cranio, e lenisco la fitta con delicati colpi di lingua, prima di dare un altro morso.

Adesso sta ansimando, si sta contorcendo sotto di me, e capisco che avevo ragione su di lei, riguardo alla nostra compatibilità. La bestia in me richiama la sua immagine speculare in lei, accentuando l'oscura chimica tra di noi. Dolore e piacere, violenza e lussuria —hanno convissuto dall'alba dei tempi, nutrendosi l'uno dell'altro, formando una sinfonia sensuale come nessun'altra.

Una sinfonia che intendo suonare con lei.

Lasciando il capezzolo, mi muovo lungo il suo corpo, strappandole il vestito a metà lungo il percorso. Era un abito molto carino, ma gliene comprerò un altro. Le comprerò tutto, mi prenderò cura di ogni sua esigenza. Non soffrirà mai più la fame, non conoscerà mai più il bisogno. Perché ora è mia, il suo corpo e la sua mente, i suoi segreti, le sue paure e i suoi desideri.

Voglio tutto da lei.

Afferrandole le mani, le inchiodo ai suoi fianchi, mentre trascino baci ardenti sulla sua cassa toracica ansante, sul ventre piatto, sulla vulnerabile V sotto l'ombelico. Indossa un perizoma bianco, e strappo anche quello, poi le inchiodo di nuovo le mani, mentre continuo la mia esplorazione orale del suo corpo. È bellissima, tutta snella e tonica, la sua carnagione color bronzo come seta calda sotto le mie labbra. I peli della sua figa sono delicati e fini, come se stessero crescendo dopo una ceretta, e la gelosia mi brucia come un brodo infernale, mentre la immagino depilarsi per un ex ragazzo... per un uomo che non sono io.

Mai più.

Nessun altro la toccherà.

Sventrerò chiunque ci provi.

I suoi respiri accelerano, mentre le mie labbra si avvicinano al suo sesso, i muscoli delle sue cosce che si irrigidiscono anche se le gambe si aprono e i fianchi si sollevano dal tavolo. Lo desidera, molto, e anche se muoio dalla voglia di assaporarla appieno, prolungo il suo tormento, strofinando il naso appena al di fuori delle sue morbide pieghe, respirando il suo profumo e lasciando che l'attesa si accumuli.

"Nikolai, per favore..." La sua voce trema, le sue mani si flettono nella mia presa, mentre bacio e lecco la cucitura della fessura, dandole solo una frazione in più. "Oh Dio, per favore—" Sussulta, mentre la mia lingua finalmente scava tra le sue pieghe, e lecco l'evidenza cremosa del suo desiderio, assaporandone la dolce e ricca essenza. È tutto ciò che ho immaginato, tutto ciò che ho sempre desiderato, e il mio cazzo pulsa violentemente per il bisogno di essere dentro di lei, di scivolare in profondità nel suo calore umido. Invece, trovo il suo clitoride e l'attacco avidamente, alternativamente succhiando e leccando, e, mentre viene con un grido soffocato, spingo due dita nella sua carne fremente, intensificando l'orgasmo e preparandola per quello che verrà.

Perché non sarò gentile, quando la prenderò.

Non posso esserlo.

Non questa volta.

44

CHLOE

Le scosse di assestamento stanno ancora increspando il mio corpo, quando apro gli occhi e trovo Nikolai chino su di me, una mano appoggiata sul tavolo accanto a me e l'altra che stringe possessivamente a coppa il mio sesso, due dita lunghe e spesse sepolte dentro di me. I suoi occhi sono ferocemente socchiusi, la mascella tesa. "Adesso ti scoperò." La sua voce è dura e gutturale, pericolosamente selvaggia. "Capisci?"

Sì. È tanto un avvertimento quanto una dichiarazione.

Sta succedendo, e non si torna indietro.

La parte sana di me vuole fuggire, ritrarsi dall'oscura intensità del suo sguardo, anche se qualcosa di contorto in me si bea della sua perdita di controllo, della fame cruda sul suo viso. I suoi capelli neri e lisci sono scompigliati dalle mie dita, le sue labbra luccicano per la mia umidità e gli mancano i primi bottoni della camicia, come se li avesse strappati via.

Questo non è l'uomo elegante e sofisticato che impone orari rigidi per i pasti.

È l'essere selvatico che ho sentito in agguato dentro di lui.

"Io..." mi inumidisco le labbra, il mio corpo che si stringe sulle sue dita. "Capisco."

La sua mascella si flette violentemente, e poi è su di me, le sue labbra e la lingua che mi consumano, mentre le sue dita si spingono più in profondità, trovando un punto che fa danzare scintille ai bordi della mia vista. Ha il sapore della foresta, primordiale e selvaggia, il suo profumo di cedro e bergamotto che si mescola al sottofondo muschiato della mia eccitazione. Ansimando nella sua bocca, mi inarco contro di lui, aggrappandomi ai suoi fianchi, mentre inizia a scoparmi con quelle dita, spingendole dentro di me con un ritmo duro e implacabile che fa salire la tensione alle stelle nel mio intimo. Riesco a sentire l'orgasmo che mi colpisce con la velocità di una locomotiva in fuga, e poi si schianta su di me, facendomi esplodere con un piacere incandescente e vertiginoso.

Ansimante, mi sdraio sfinita sulla dura superficie del tavolo, ma Nikolai non ha finito con me. Prima che possa riprendermi, tira fuori le dita e si allontana da me. Forzando le mie palpebre pesanti, lo guardo, mentre tira giù la cerniera e avvolge un preservativo sulla sua erezione.

Un'erezione molto grande.

Avevo ragione sulla sua taglia. È più grande di qualsiasi ragazzo abbia conosciuto.

Un brivido di allarme puramente femminile mi attraversa, ma lui è già sopra di me, afferrandomi i polsi per inchiodarli sopra la mia testa, mentre reclama le mie labbra in un altro bacio ardente. La punta larga e spessa del suo membro pungola la mia entrata e, quando la trova, si spinge dentro.

Sono bagnata e morbida per i due orgasmi, ma la dilatazione brucia ugualmente, il mio corpo che lotta per adattarsi alla sua taglia, mentre scivola più in profondità. Un verso di angoscia mi sfugge dalla gola, e lui si ferma, alzando la testa.

Respirando pesantemente, ci fissiamo e, spontaneamente, le sue parole mi vengono in mente. Parole folli, sulla predestinazione e sui fili del destino... sull'inevitabilità di noi. Non so ancora se ci credo, ma non posso negare la potente connessione che pulsa tra noi, non posso confutare che questo sembri più un legame che semplice sesso.

Deve sentirlo anche lui, perché il fuoco selvaggio nei suoi occhi si intensifica e la sua presa sui miei polsi si stringe. "Sì, zaychik..." La sua voce è rauca, profonda e oscura. "Sei mia ora."

E con un forte colpo, spinge fino in fondo.

Lo shock dell'invasione sta ancora riverberando nel mio corpo, mentre inizia a muoversi, i suoi occhi fissi nei miei. I suoi colpi sono martellanti, così duri e profondi che fanno male, ma il dolore è presto attenuato da un tipo più oscuro di piacere, che è solo parzialmente correlato alla fresca tensione che si raccoglie nel mio intimo. Ogni spinta spietata sbatte il suo bacino contro il mio, premendo sul mio clitoride, ma è lo sguardo nei suoi occhi che spinge la mia eccitazione più in alto, provocando l'esplosione di un altro orgasmo dentro di me.

È uno sguardo di possessività, completo e totale, mescolato a qualcosa di pericolosamente tenero e intenso.

Viene qualche istante dopo di me, ancora sostenendo il mio sguardo, e il mio cuore batte all'impazzata, mentre osservo il suo splendido volto contorcersi per il piacere-dolore della sua liberazione, mentre si frantuma dentro di me, svuotandosi profondamente nel mio corpo.

È la cosa più intima che abbia mai vissuto, e la più bella.

I nostri corpi sono ancora uniti, i miei polsi tenuti prigionieri nella sua presa, quando abbassa la testa e preme il bacio più morbido e dolce sulle mie labbra, poi appoggia la sua guancia contro la mia, il suo alito caldo che scorre sulla mia spalla nuda. Voglio le mie mani libere per poterlo stringere, ma va bene anche così, confortante in qualche strano modo. Il tavolo è freddo e duro sotto la mia schiena, la mia carne interiore che pulsa per il suo rozzo possesso, ma mi sento completamente in pace, il mio respiro accelerato che rallenta, mentre ogni residuo di tensione si scarica dal mio corpo.

Potrei giacere così per ore, giorni, settimane, ma dopo alcuni lunghi istanti si agita, sollevando la testa per guardarmi e rivolgermi un tenero sorriso. Rilasciando i miei polsi, si allontana con cautela da me e si alza. "Stai bene, zaychik?" mormora, facendo scorrere un palmo caldo e calloso sul mio braccio, e io annuisco, arrossendo, mentre mi siedo.

"Più che bene" ammetto, tirando insieme i bordi del mio vestito strappato, mentre getta il preservativo in un cestino della spazzatura vicino alla scrivania.

"Bene" dice dolcemente, chiudendosi la cerniera dei pantaloni. "Perché non abbiamo affatto finito."

E sollevandomi contro il suo petto, mi porta fuori dall'ufficio.

45

CHLOE

Quasi mi aspetto di incontrare Alina o Lyudmila, ma arriviamo nella camera di Nikolai senza incontrare nessuno. È un enorme sollievo, date le condizioni del mio vestito—e, mi rendo conto, vedendomi allo specchio, del mio viso e dei capelli.

Con le labbra gonfie per i suoi baci e i capelli arruffati, non sembro essere stata solo fottuta poco fa.

Sembro essere stata divorata.

Ed è più o meno come mi sento, mentre mi fa sdraiare sul suo letto matrimoniale e inizia a spogliarsi, il calore vulcanico che si accende di nuovo nei suoi occhi dorati. Non so se ho voglia di rifarlo così presto, soprattutto con le domande che mi pongo vedendo i monitor che incombono su di noi, ma quando è completamente nudo, il suo magnifico corpo scoperto davanti al mio sguardo, non riesco a trovare la volontà di protestare, mentre si arrampica su di me e prende le mie labbra in un profondo bacio teneramente erotico.

Questa volta facciamo l'amore, non una scopata. Adora ogni centimetro del mio corpo, portandomi a un altro orgasmo con le sue labbra e la lingua, prima di incunearsi con cura nella mia carne dolorante. In qualche modo, riesco a venire di nuovo, e poi, esausta, mi sdraio tra le sue braccia come una bambola di pezza, prima di addormentarmi.

Mi sveglio con la sensazione di essere immersa nell'acqua calda. Sbattendo le palpebre, mi rendo conto che siamo entrambi mezzi distesi nel bagnoschiuma, con Nikolai che mi tiene da sotto, in modo che non scivoli dentro e anneghi.

"Rilassati, zaychik" mi mormora all'orecchio, facendo scorrere una spugna insaponata sul mio seno e sullo stomaco. "Chiudi gli occhi, lascia che mi prenda cura di te."

Non ha bisogno di chiederlo due volte. Dopo la notte insonne che ho passato e con il mio corpo ridotto in gelatina da tutti quegli orgasmi, sto già andando alla deriva nel mondo dei sogni. Vagamente, mi rendo conto che mi sta lavando dappertutto, poi mi solleva dalla vasca e mi avvolge un grande asciugamano soffice. A quel punto, mi sveglio abbastanza da chiedere privacy per usare il bagno, e poi mi ritrovo davanti al suo letto, dove mi sta aspettando con un vassoio di cibo.

Assonnata, gli concedo di darmi da mangiare uva,

formaggio e creme spalmabili varie su cracker—dato che abbiamo saltato la cena a favore del sesso e tutto il resto—e poi svengo nel suo abbraccio, sentendomi al sicuro e protetta.

Sentendomi come se avessi trovato la mia nuova casa.

46

CHLOE

Facciamo l'amore altre due volte durante la notte, con Nikolai che mi procura due orgasmi ogni volta, e al mattino sono così dolorante che non riesco a muovermi; eppure, sono così soddisfatta che ne vale la pena. Ovviamente, è possibile che non riesca a muovermi, perché il suo braccio pesante è adagiato sul mio torace, legandomi a lui mentre dorme—quasi come un bambino con un orsacchiotto.

Sorridendo al pensiero inappropriato, mi divincolo con cautela dal suo abbraccio ed entro in punta di piedi nel bagno adiacente, dove trovo uno spazzolino nuovo di zecca preparato con cura per me. Cercando di essere silenziosa, mi lavo i denti e mi occupo dei miei bisogni, poi indosso una vestaglia enorme e morbida che trovo appesa alla porta. È ovviamente sua, ma spero che non gli dispiacerà, se la indosso solamente per tornare nella mia stanza.

Dopotutto, ha distrutto il mio vestito.

Il pensiero è sia inquietante che esilarante, il mio battito cardiaco che accelera, quando penso a come ha reagito, quando ho proposto di andarmene. Non so quale sarebbe stata la sua reazione, se avesse saputo come mi sentivo, ma è andata così.

Niente è risolto tra di noi, ma c'è una cosa che ora so per certo, e mi riempie di immensa gratitudine e speranza.

Nonostante il pericolo che mi porto appresso, Nikolai non vuole che me ne vada.

Non sono sorpresa di trovarlo ancora addormentato, quando torno in camera. Tra il jet lag e il lungo volo—più tutto quel sesso—doveva essere esausto. Sollevando i lati della vestaglia per evitare che si trascini sul pavimento, mi avvicino silenziosamente alla porta, ma mentre passo vicino al letto, non resisto all'impulso di fermarmi e fissare il mio nuovo amante.

Perché questo è ciò che è il mio meraviglioso e misterioso datore di lavoro russo ora.

Il mio amante.

Coperto fino alla vita, giace metà su un fianco, metà sulla schiena, il volto parzialmente girato verso di me e un braccio muscoloso piegato sopra la testa. Alcuni uomini sembrano più giovani a riposo, più miti, ma non Nikolai. Il sonno migliora solo quella qualità pericolosa e animalesca che ho percepito in lui—anche se ne accentua la straordinaria bellezza maschile. Con quegli intensi occhi chiusi, posso vedere quanto sono lunghe e spesse le sue ciglia nero corvino, come sono scolpiti nettamente gli zigomi. Le labbra sono leggermente aperte, ma anche in questo stato rilassato, scorgo qualcosa di cinico nella loro curva, una sensualità malvagia nel modo in cui la loro morbidezza contrasta con l'accenno di barba che oscura le linee dure e modellate della sua mascella.

Potrei restare in piedi e fissarlo per un'ora intera, ma sarebbe inquietante, e in ogni caso, ho bisogno di tornare nella mia stanza e vestirmi, prima che il resto della famiglia si svegli. Non so che ore siano, ma a giudicare dalla luce soffusa che filtra dalle persiane, non è passato molto tempo dal sorgere del sole—il che ha senso, visto quanto mi sono addormentata presto la scorsa notte.

Con un'ultima occhiata a Nikolai addormentato, esco in punta di piedi dalla stanza. Come speravo, non c'è nessuno in giro, e la casa è completamente silenziosa, mentre mi dirigo verso la mia camera. Non sono particolarmente imbarazzata per quello che è successo—prima o poi tutti sapranno che stiamo insieme—ma Nikolai e io dobbiamo prima parlarne, insieme a tutto il resto.

Mi sento ancora male per aver messo in pericolo lui e la sua famiglia, ed è solo la consapevolezza che hanno tutte quelle guardie e misure di sicurezza che mi impedisce di saltare in macchina e fuggire comunque. Beh, questo e il fatto che ancora non ho le chiavi della macchina.

Insisterò seriamente per avere un fabbro qui al più presto.

Entrando nella mia stanza, mi chiudo la porta alle

spalle, e sto per togliermi la vestaglia, quando vedo una figura sul mio letto.

Il cuore mi balza in gola, anche se riconosco chi è.

"Tu e Kolya vi siete fatti una bella scopata?" chiede Alina, alzandosi in piedi—e mentre viene verso di me barcollante, a piedi nudi e con indosso solo una vestaglia trasparente, scorgo il luccichio eccessivamente luminoso dei suoi occhi, e mi rendo conto che ha fumato qualcosa.

Qualcosa di molto più forte dell'erba.

47

CHLOE

"Che cosa ci fai qui?" chiedo, il mio battito cardiaco che aumenta, mentre lei si ferma davanti a me, ondeggiando. Se avevo dei dubbi sul suo stato, si dissolvono, mentre osservo le sue enormi pupille nere e annuso l'odore dolciastro del suo alito. Per la prima volta da quando conosco la sorella di Nikolai, non è truccata, e il suo bel viso è pallido e gonfio, gli occhi verdi cerchiati di rosso e sottolineati dalle occhiaie.

"Ti stavo aspettando." Le sue belle labbra sono esangui, mentre si piegano in un sorriso irregolare. "Mio fratello voleva che tu fossi pagata per la prima settimana entro ieri a mezzogiorno, ma non sono stata abbastanza bene per alzarmi dal letto fino a tarda sera, e poi sono venuta qui per lasciare i soldi." Agita una mano con noncuranza verso la spessa busta sul comodino.

"Sei stata qui *tutta la notte?*"

Ride, un suono troppo acuto. "Non essere sciocca.

Ho lasciato la busta e me ne sono andata. Ma non riuscivo a dormire, quindi stamattina sono passata a controllarti di nuovo—e tu non eri ancora qui. Quindi..." Il suo sguardo cade sulla mia vestaglia. "Ti sei divertita a scopare mio fratello? Dicono che abbia capacità pazzesche."

Il calore mi invade il viso. "Penso che faresti meglio ad andare."

"Lo farò. Dimmi solo una cosa, Chloe... Ti sei già innamorata di lui? Quel suo bel viso ti ha ingannata, facendoti credere che fosse il tuo cavaliere dall'armatura scintillante, nonostante tutto?"

Faccio un respiro profondo. "Alina, ascolta... non so cosa ci sia tra te e tuo fratello, ma penso che sia meglio se parliamo quando ti sentirai meglio. Nikolai e io abbiamo iniziato a frequentarci, ma questo non significa—"

Oscilla verso di me. "Povero tesoro. Ti ha ingannata, vero?"

"Uh-uh." Le afferro le spalle, sostenendola; poi, la giro e la faccio marciare verso la porta. "Ne parleremo più tardi."

Si libera dalla mia presa. "Non capisci. Sto cercando di aiutarti." I suoi occhi vitrei sono spalancati, imploranti. "Devi ascoltarmi. È proprio come *lui*."

Non dovrei ascoltare niente di ciò che afferma in questo stato, ma non posso trattenermi. "Lui?"

"Nostro padre. Kolya è la sua copia carbone, in *tutti* i sensi." Afferra i risvolti della mia vestaglia. "Capisci? È un mostro, un assassino. Lui—" Si interrompe, il suo viso che diventa ancora più pallido, quando si rende conto di quello che ha detto.

Lasciando andare la mia vestaglia, indietreggia, mentre la guardo, il mio stomaco che si agita con ogni sospetto che abbia mai nutrito sui Molotov che riaffiora all'improvviso. Alina è chiaramente fuori di testa, ma chiamare suo fratello un assassino?

Non è un'accusa che si getta in giro senza motivo, nemmeno quando si è ubriachi o fatti.

Sta già raggiungendo la maniglia della porta, quando mi scuoto di dosso la paralisi indotta dallo shock e le corro dietro. "Di cosa stai parlando?" Afferrandola per il braccio, la faccio voltare. "Di che cazzo stai parlando?"

Sta scuotendo la testa, le lacrime che le fuoriescono dagli angoli degli occhi. "Niente. Non è niente. Dimenticalo. Solo che... non volevo che finissi come lei."

"Lei?"

"Vattene e basta, Chloe. Vai, prima che sia troppo tardi."

Stringo i denti. "Non posso. Pavel ha perso le chiavi della mia macchina. Ma anche se le avessi, non potrei semplicemente—"

"Le ho trovate. Nel cassetto del comodino di Kolya."

Faccio un passo indietro, barcollando. "Che cosa? Quando?"

"Ieri mattina, quando sono entrata nella stanza di Kolya per prenderti i soldi." I suoi occhi verde giada sembrano tormentati. "È stato allora che ho capito."

Un brivido avvolge la mia spina dorsale. "Capito cosa?"

Ignorando la mia domanda, fa un passo intorno e incerta si dirige verso il letto, dove inizia a scavare tra le pieghe della coperta. "Ecco." Solleva un paio di chiavi attaccate a un portachiavi peloso rosa. "Questo è un altro motivo per cui sono venuta qui—per dartele."

La fitta allo stomaco si intensifica. Sta mentendo. Dev'essere così. Avrebbe potuto trovare le chiavi ovunque, in qualunque posto Pavel le avesse perse. Perché se non sta mentendo, se ieri mattina erano nel comodino di Nikolai, allora non sono mai state perse. Oppure Nikolai le ha trovate prima di partire per il suo viaggio—prima della nostra videochat in cui affermava che Pavel non riusciva a rintracciarle.

Come se mi leggesse nel pensiero, Alina dice in modo irregolare: "Pavel non perde le cose, comunque. Lo conosco da tutta la vita, e non ha mai perso nemmeno un calzino—almeno non accidentalmente. È come mio fratello in questo senso. Qualunque cosa faccia è pianificata."

Il mio cuore batte nel torace come un martello. "Dammi le chiavi." Facendo un passo verso di lei, gliele strappo dalla mano e le infilo nella tasca della vestaglia. La mia mente sta correndo, i pensieri che rotolano l'uno sull'altro come pezzi di vetro colorato in un caleidoscopio. Non so cosa pensare, cosa credere.

Perché Nikolai avrebbe mentito sulle mie chiavi?

Perché avrebbe dovuto farlo Alina?

"Che cosa intendevi quando hai chiamato tuo

fratello un assassino?" domando, fissando i suoi occhi annebbiati dalla droga. "Chi è *lei*?"

Il suo viso si rabbuia. "Faresti meglio a non saperlo. Credimi."

"Lo voglio sapere. Dimmelo."

Scuote la testa, altre lacrime che le escono dagli occhi.

"Alina, per favore... devo sapere. Devo sapere perché —perché hai ragione. Io—" Faccio un respiro, il mio petto che si stringe, mentre la verità affonda le sue zanne dentro di me. "Mi sto innamorando di lui, e velocemente."

Le sue spalle tremano in singhiozzi silenziosi, mentre cade a terra, la schiena contro il letto e i lunghi capelli che cadono in avanti per nasconderle il viso, mentre si abbraccia le ginocchia.

Disperata, mi inginocchio davanti a lei. "Per favore, Alina. Devo sapere. In che senso è come tuo padre? In che senso è un mostro? Che cos'è successo? Chi avrebbe ucciso?"

Per diversi lunghi momenti, non c'è risposta. Alla fine, alza la testa e, attraverso il velo nero dei suoi capelli, vedo l'agonia urlante nei suoi occhi. "Nostro padre." Le parole escono in un sussurro spezzato e irregolare. "L'ha uccisa. E poi Kolya ha ucciso lui. L'ha fatto a pezzi, proprio lì—" La sua voce si incrina. "Proprio di fronte a me."

E mentre la guardo, muta dall'orrore, nasconde il viso nelle ginocchia e piange.

48

CHLOE

Il mio stomaco è un blocco di ghiaccio e acido ribollente, le mie dita intorpidite e goffe, mentre infilo i miei vecchi vestiti nella valigia. Alina è sul mio letto, svenuta, con la droga e la notte insonne che hanno finalmente avuto la meglio.

Non so dove stia andando o cosa stia facendo; so solo che devo andarmene. Subito. Prima che Nikolai si svegli. Verità o bugia, realtà o follia, non ho alcuna possibilità di sistemare tutto mentre sono qui, sotto il suo tetto e alla sua mercé, con quella chimica opprimente che ribolle tra noi, che mi trascina più a fondo sotto il suo incantesimo letale.

Non sono sicura di quello che ho sentito dire da Alina. Un'ammissione che sono mafiosi, dopotutto? E forse lo sono. A questo punto, niente mi sorprenderebbe. Fin dall'inizio, il mio istinto mi ha avvertita su Nikolai, e avrei dovuto dargli ascolto.

Avrei dovuto ascoltare quella voce nella mia testa.

Non te ne andrai.

Ieri, la sua dichiarazione fervidamente pronunciata sembrava romantica, anche se un po' autocratica, la sua possessività eccitante piuttosto che un motivo di allarme. Ma ora, con le rivelazioni di Alina che mi risuonano nelle orecchie e le mie chiavi non più perse che sbattono sulla mia gamba attraverso la tasca dei jeans, non posso fare a meno di vedere le sue parole sotto una luce diversa, infinitamente più sinistra.

Non mi avrebbe mai restituito le chiavi?

Sono stata di fatto una prigioniera per tutto il tempo?

Freneticamente, butto dentro gli ultimi vestiti e chiudo la valigia, poi infilo le mie vecchie scarpe da ginnastica e prendo la busta con i soldi dal comodino, infilandola in tasca. Il mio cuore batte così forte da far male, o forse sono semplicemente afflitta.

Solo che... non volevo che finissi come lei.

Non so ancora a chi si riferisse Alina; dopo la lieve apertura, è diventata incoerente, singhiozzando fino a svenire per la stanchezza—e non c'era da stupirsi. Sembra che abbia assistito all'omicidio del padre da parte di Nikolai, e forse anche di questa misteriosa "lei." Una sua ex fidanzata? O peggio, la loro madre? O dicendo "l'ha uccisa" si riferiva al loro padre, anche lui presumibilmente un mostro?

Sforzo la memoria per ricordare ogni menzione di come sono morti i genitori di Nikolai e Alina, ma non c'era nulla negli articoli russi in cui mi sono imbattuta. Nikolai ha reagito con forza, quando ho chiesto dei suoi genitori quella volta, ma l'ho attribuito al dolore. Ma se ci fosse di più? E se ci fossero sensi di colpa e rabbia, il disprezzo di sé di un uomo che ha commesso l'imperdonabile, il più atroce dei crimini?

Non so se crederei questo di Nikolai. Non voglio crederci. Nonostante l'oscurità che ho percepito in lui, nonostante la sua selvaggia fame di me, ieri sera mi sono sentita al sicuro nel suo abbraccio. La sua ruvidezza è stata temperata dalla tenerezza, la sua forza accuratamente messa al guinzaglio. E il modo in cui si è preso cura di me dopo, lavandomi, nutrendomi, tenendomi così teneramente...

Un mostro è capace di premure?

Può uno psicopatico fingere un'emozione così bene?

Forse niente di quello che ha detto Alina è vero. Forse è uno stratagemma per costringermi ad andarmene, per rompere una relazione che lei ha disapprovato fin dall'inizio. Forse se parlo con Nikolai, lui spiegherà tutto, e mi dimostrerà che Alina è semplicemente malata, fuori di testa con tutte quelle droghe.

È un pensiero così allettante che mentre esco dalla mia stanza, mi fermo e guardo con desiderio lungo il corridoio, dove la porta della camera di Nikolai è ancora ben chiusa. Voglio fidarmi di lui e, in circostanze diverse, lo farei. Se fossimo una coppia normale che si incontra in un appartamento di una città, marcerei lungo quel corridoio e chiederei una spiegazione, ascoltando la sua versione della storia, prima di decidere cosa fare. Ma non posso correre questo rischio, non quando sono così completamente in suo potere in questa tenuta remota e altamente sicura.

Nessuno sa che sono qui.

Nessuno lo saprà e a nessuno importerà, se sparisco per sempre.

L'unica cosa ragionevole da fare è andare via subito, partire e valutare la situazione da lontano. Una volta che sarò in un motel da qualche parte, potrò contattare Nikolai, fargli sapere cos'è successo e perché me ne sono andata. Possiamo parlarne via e-mail o al telefono, e posso fare ulteriori ricerche online, vedere se riesco a scoprire qualcosa sulla morte dei suoi genitori.

Non dev'essere per sempre, solo per il momento.

Solo finché non saprò la verità.

Tuttavia, il mio cuore è dolorosamente affranto, mentre porto la mia valigia giù per le scale e verso l'ingresso del garage sul retro. Non solo mi mancherà Slava, ma la semplice possibilità di non rivedere mai più Nikolai mi riempie di un terrore freddo e vuoto. Così come la consapevolezza che sto andando là fuori, dove gli assassini di mia madre mi stanno ancora dando la caccia. Ma li ho elusi prima, e devo credere che sarò in grado di farlo di nuovo—specialmente con tutti quei soldi a portata di mano. Quando sono fuggita da Boston, avevo solo un paio di banconote da venti dollari nel portafogli, più quelle da cinquecento che ho ritirato da un bancomat, prima di abbandonare la mia carta di debito insieme a tutto ciò che poteva essere rintracciato.

Andrà tutto bene.

Ce la farò.

Devo crederci.

Ingoiando il nodo che ho in gola, mi avvicino alla macchina e getto la valigia nel bagagliaio. Quindi, premo il pulsante per aprire la porta del garage e la guardo alzarsi. Nessun meccanismo lento e rumoroso qui, grazie a Dio. Il più silenziosamente possibile, accendo la macchina ed esco dal garage, quindi giro intorno alla casa fino al vialetto.

Ho bisogno di tutto il mio autocontrollo per guidare giù dalla montagna con calma, come se non avessi fretta. Se le guardie stanno sorvegliando la strada, non posso farle insospettire. Il sudore gelido mi scorre lungo la schiena, e le mie nocche sbiancano sul volante, mentre mi avvicino all'alto cancello di metallo.

E se Nikolai avesse dato loro istruzioni di non lasciarmi uscire?

E se fossi veramente prigioniera qui?

Ma il cancello scivola di lato, quando mi avvicino, e nessuno mi ferma, mentre lo attraverso. Tremando dal sollievo, mantengo la mia velocità lenta e costante per altri trenta secondi circa, fino a quando non sono fuori dalla vista, e poi schiaccio l'acceleratore, allontanandomi velocemente da quel rifugio sicuro che potrebbe essere la tana del diavolo.

Dall'uomo che desidero con ogni fibra del mio cuore.

49

NIKOLAI

Mi svEGLIO CON IL CORPO APPAGATO E LA MENTE COLMA della più grande pace che abbia mai conosciuto. La scorsa notte è stata tutto quello che pensavo sarebbe stata, e anche di più. Posso ancora sentirla, annusarla, gustarla sulle mie labbra. Sorridendo, mi giro, accarezzando le lenzuola in cerca del suo corpo piccolo e caldo, e quando la mia mano non incontra altro che una coperta ammucchiata, apro gli occhi e scruto la stanza.

Chloe non è qui, il che è deludente ma non sorprendente, vista la luce del sole. Probabilmente ha già fatto colazione e sta insegnando a Slava; forse stanno anche facendo un'escursione. Normalmente l'avrei sentita alzarsi—ho il sonno leggero—ma venivo da più di trenta ore senza dormire e il jet lag si è fatto sentire.

Il mio umore si incupisce un po', i livelli di adrenalina aumentano, mentre penso al video che ha dominato i miei pensieri durante il volo, impedendomi di chiudere gli occhi, e a tutto il resto che Chloe mi ha rivelato. L'idea che qualcuno là fuori voglia ferirla, ucciderla, mi riempie di rabbia incandescente, temperata solo dalla consapevolezza che non possono raggiungerla nel mio complesso.

Le precauzioni che tengono la mia famiglia al sicuro dai nostri nemici manterranno Chloe al sicuro dai suoi, mentre lavoro per capire chi sono.

Ansioso di iniziare, mi alzo e invio un'e-mail a Konstantin, descrivendo tutto ciò che ho saputo la scorsa notte. Poi, salto nella doccia per un rapido risciacquo, mi vesto e vado alla ricerca della ragazza.

Inizio con la stanza di mio figlio. Non c'è nessuno, quindi scendo le scale. La sala da pranzo è vuota, ma sento voci provenire dalla cucina, e quando entro, sono sorpreso di trovare Lyudmila, che sta servendo la colazione a Slava tutta sola.

Mi sorride timidamente, e il mio petto si riempie di un calore insolito, mentre ricordo come lui mi ha salutato ieri sera. Anche se ero concentrato sulle risposte di Chloe, non ho potuto fare a meno di reagire a quella piccola, dolce voce che mi chiamava *papà*.

Non sapevo quanto avessi desiderato ardentemente ascoltarla, finché non è successo.

Fino a quando *lei* l'ha fatto accadere.

"Buongiorno, Slavochka" mormoro, scendendo in ginocchio davanti alla sua sedia. Passando al russo, chiedo: "Hai passato una buona notte?"

Annuisce, gli occhi grandi e diffidenti, e la mia cassa

toracica si irrigidisce con un familiare dolore lancinante. Vorrei allontanarmi, terminare la conversazione per liberarmi del disagio; invece, mi chino, permettendomi di provare emozioni, mentre sorrido dolcemente a mio figlio.

È così tanto—troppo—simile a me, ma forse con Chloe nella sua vita, non seguirà le mie orme.

Forse non crescerà odiando me come io ho odiato il mio vecchio.

"Dov'è Chloe?" gli chiedo, e il mio sorriso si allarga, quando i suoi occhi si illuminano alla menzione di quel nome.

"Non lo so" risponde timidamente e alza lo sguardo su Lyudmila, che sta mettendo i frutti di bosco nella sua scodella di crema di grano.

"Non l'ho vista stamattina" dice. "Forse sta ancora dormendo?"

Il mio sorriso svanisce, una sensazione spiacevole che si agita nelle viscere. Non ho controllato nella stanza di Chloe, ma ho pensato che avesse lasciato il mio letto per iniziare la giornata, non per dormire nel suo. Alzandomi in piedi, dico a Slava: "Vado a cercare la tua insegnante. Non vedi l'ora di iniziare le tue lezioni di inglese, vero?"

Annuisce vigorosamente, e gli sorrido. D'impulso, gli scompiglio i capelli nel modo in cui l'ho visto fare a Chloe, e, ignorando lo sguardo sorpreso sul viso di Lyudmila, torno di sopra.

La porta della camera di Chloe è chiusa, quindi busso e aspetto qualche secondo. Quando non arriva alcuna risposta, la apro ed entro.

Le persiane sono ancora chiuse, bloccando la maggior parte della luce del giorno, ma vedo un piccolo rigonfiamento sul letto sotto le coperte.

Dopotutto, *sta* dormendo.

Un tenero sorriso mi solleva le labbra, mentre mi avvicino al letto e mi siedo sul bordo. È sdraiata e voltata dall'altra parte, la coperta che la copre fino al collo, lasciando solo i capelli sparsi sul cuscino. Per qualche ragione, sembra molto più buio con questa luce, mancando le fessure dorate della finestra.

Chinandomi su di lei, alzo la mano per toglierle delicatamente i capelli dal viso—solo per tirare indietro le dita, mentre il mio cuore si lancia in un galoppo furioso.

"Che cazzo ci fai qui?" ringhio a mia sorella, mentre si gira sulla schiena e sbatte le palpebre per aprire gli occhi. "Dov'è Chloe?"

Sbatte le palpebre ancora qualche volta, poi si siede lentamente. "Che cosa?" dice con voce roca, scostandosi i capelli dal viso con mano instabile. Sento l'odore di un cocktail di droga, la mia furia che cresce, mentre lei chiede stordita: "Che cosa ci fai nella mia stanza?"

Ho il coltello a serramanico ai miei piedi. "La *tua* fottuta stanza?"

Mi fissa. "Io non..." I suoi occhi scrutano la camera, e la confusione sul suo viso si trasforma lentamente, mentre comincia a comprendere, inorridita. "Oh, merda. Chloe."

Il mio stomaco si stringe con una terribile premonizione, e devo far appello ad ogni brandello di moderazione che possiedo per non afferrarla e scuoterla. "Dove cazzo è lei? Che cos'hai fatto?"

La colonna vertebrale di mia sorella si raddrizza, i suoi occhi si restringono sul mio viso. "Io? Che cosa ci fai *tu* nella sua camera?"

"Alina" la avverto a denti stretti, e qualunque cosa scorga sul mio viso la convince che non può scherzare con me in questo momento.

"Ascolta, potrei aver..." Si inumidisce le labbra. "Potrei averle detto alcune cose."

"Quali cose?"

"Di te e... e di nostro padre."

Fanculo. "Che cosa le hai detto esattamente?"

"Probabilmente più di quanto avrei dovuto" ammette, anche se il suo mento si solleva con aria di sfida. "Ma merita di sapere in cosa si sta cacciando, non credi?"

Le mie mani si flettono lungo i fianchi, la rabbia che pulsa in ogni cellula del mio corpo. Se fosse stata chiunque altro tranne mia sorella, starebbe già sanguinando. "Quindi, le hai detto... cosa? Che l'ho ucciso? Che l'ho sventrato come un fottuto pesce?"

Sbianca, ma non distoglie lo sguardo. "Non ricordo, esattamente."

Naturalmente. Era fottutamente sballata—lo è ancora, probabilmente.

Chinandomi sul letto, le tiro via la coperta. È colpa mia per averla viziata, lasciandola crogiolarsi nella debolezza. "Alzati e vestiti" sbotto, mentre lei indietreggia, gli occhi spalancati. "Setacceremo questo posto da cima a fondo, e, quando la troveremo, le dirai che hai inventato tutto. Ogni singola parola, chiaro?"

"Kolya..." Sento una nota strana nella sua voce. "Hai guardato in garage?"

Il mio sangue si ghiaccia. "Che cosa?"

"Ho trovato le chiavi nel tuo comodino" dice con aria di sfida. "E gliele ho restituite. È una persona, non una cosa, e se vuole andarsene, non hai il diritto—"

"Fottuta idiota" sussurro, così sopraffatto dalla rabbia e dal terrore che riesco a malapena a parlare. "Ha degli assassini alle calcagna. Se se ne andasse di qui e arrivassero a lei..."

E mentre mia sorella sbianca, faccio perno sui talloni e corro nel garage.

La Toyota è sparita, la porta del garage alzata.

Imprecando violentemente, corro di nuovo in casa —solo per falciare quasi Lyudmila, che è uscita dalla cucina per vedere cosa stia succedendo.

"Di' a Pavel che ho bisogno di lui. Adesso" ringhio contro la sua faccia spaventata e corro di sopra nel mio ufficio.

Afferrando il mio computer, apro il filmato dalle telecamere del cancello e riavvolgo la registrazione, finché non vedo l'auto di Chloe che si avvicina al cancello. L'orologio indica le 7:05—ben più di due ore fa.

Ormai potrebbe essere ovunque.

Potrebbe essere morta.

Il pensiero è così insopportabile, così paralizzante, che smetto di respirare per un momento. Quindi, entra in gioco la logica.

A meno che i nemici di Chloe non fossero accampati proprio fuori dal mio complesso, non è possibile che l'abbiano trovata così in fretta. E con i nostri droni a infrarossi che pattugliano la zona, le mie guardie l'avrebbero saputo, se fossero stati lì.

Lo scenario più probabile è che stia bene, anche se spaventata dalle rivelazioni di Alina. Ho ancora tempo per trovarla e riportarla qui, dove sarà al sicuro.

Un po' più calmo, videochiamo Konstantin.

"Ho bisogno che scansioni il filmato di ogni telecamera in un raggio di trecento chilometri dal mio complesso per qualsiasi avvistamento dell'auto di Chloe nelle ultime due ore" dico non appena la faccia di mio fratello riempie il mio schermo. "Inizia con le stazioni di servizio—Pavel ha detto che l'auto era a corto di carburante."

Konstantin non fa domande. "Lo dirò subito ai miei ragazzi."

"Chiamami, quando ce l'hai. Io sarò in macchina."

Annuisce e si disconnette.

Poi, chiamo le mie guardie. "Prendi Kirilov e venite a casa" ordino, quando Arkash risponde.

"Attrezzatura completa. Stiamo partendo per un viaggio."

Non mi aspetto di avere problemi per recuperare Chloe, ma solo un idiota non si prepara al peggio.

"Saremo lì tra dieci minuti" risponde Arkash.

Mentre riattacco, bussano alla mia porta ed entra Pavel.

"La ragazza?" chiede conciso, e io annuisco, già a grandi passi verso il muro in fondo.

Appoggio il palmo della mano su un pannello nascosto, e una sezione del muro scivola via, rivelando una piccola nicchia piena di armi ed equipaggiamento da battaglia—l'armeria principale della casa.

"Preparati" gli dico, togliendomi la camicia. "La riporteremo indietro."

Indosso un giubbotto antiproiettile e abbottono la camicia per evitare di apparire sospetto. Pavel fa lo stesso, e ognuno di noi indossa diverse armi.

Se dovessimo avere problemi, saremo pronti.

Kirilov e Arkash stanno già arrivando a casa con un SUV blindato, quando usciamo. Pavel e io saltiamo sul sedile posteriore e attraversiamo il vialetto, volando sulla ghiaia. Non ho in mente una destinazione concreta, ma c'è solo una strada che scende dalla montagna, e dovunque sia Chloe quando Konstantin mi chiamerà, saremo più vicini a lei che se restassimo qui ad aspettare. Inoltre, possiamo iniziare anche con le stazioni di servizio vicine, vedere se qualcuno potrebbe aver individuato Chloe in una di quelle.

"Che cos'è successo?" chiede piano Pavel, mentre superiamo il cancello. "Perché se n'è andata?"

Il mio labbro superiore si piega. "Alina."

"Ah." Poi tace, fissando fuori dal finestrino, e io faccio lo stesso, cercando di ignorare il forte tonfo nel petto—e il crescente dolore del tradimento che si diffonde attraverso di esso.

La mia zaychik è fuggita.

Mi ha lasciato.

Proprio così, senza nemmeno un addio.

Non è ragionevole sentirsi in questo modo, lo so. *Sono* il tipo di uomo che dovrebbe temere e disprezzare. Qualunque cosa le abbia detto mia sorella, mentre era sotto l'effetto di droghe, deve avermi dipinto nella peggiore luce possibile, ma questo non significa che la storia di Alina sia falsa.

Ho ucciso nostro padre davanti a lei.

Tuttavia, l'abbandono di Chloe fa male. Si è concessa a me. È venuta volentieri tra le mie braccia. La scorsa notte è stato molto più che sesso, la nostra connessione così profonda che la sento nelle ossa. Ma per lei evidentemente non è stato lo stesso. Perché in quel caso, avrebbe saputo che non le avrei mai fatto del male; si sarebbe fidata di me per la sua protezione. Il fatto che preferisca essere là fuori, affrontando un pericolo letale, la dice lunga sulla sua opinione di me.

Ha paura.

Pensa che io sia un mostro.

La mia mascella si indurisce, un'oscura determinazione che si insedia, mentre l'auto prende velocità. Avrei dovuto custodire quelle chiavi in cassaforte, non nel mio comodino—e avrei dovuto assolutamente avvertire le guardie di non aprire il cancello per la sua macchina. Non mi è venuto in mente che sarebbe fuggita la scorsa notte, ma poteva accadere—e non commetterò più quell'errore.

Quando la riavrò, non se ne andrà più.

Non glielo permetterò.

Farò tutto il necessario per tenerla al sicuro.

La prima stazione di servizio nella quale ci fermiamo è presidiata da un ventenne pallido e brufoloso con un accenno di pancia da birra.

"No, non l'ho vista" dice, dopo aver guardato la foto di Chloe. "Ragazza carina, però. È in parte asiatica? Latina?"

"Che mi dici di una Toyota Corolla blu di fine anni Novanta?" chiedo a bassa voce, e qualunque cosa il ragazzo veda sulla mia faccia gli fa perdere quel poco colorito che possiede. "Hai visto passare una macchina simile?"

"No, mi dispiace, amico." Deglutisce. "L'avrei notata. Oggi ho avuto solo altri due clienti."

Guardo Pavel, che fa un cenno con il mento verso l'uscita.

Come me, non pensa che il ragazzo stia mentendo.

La stazione di servizio più vicina è quella nei pressi della città. Una cassiera dai capelli bianchi alza gli occhi da un giornale, mentre io e Pavel entriamo, il suo sguardo che si acuisce, osservando il nostro aspetto.

Mi avvicino al bancone e tiro fuori la foto di Chloe. "Ha visto questa ragazza? O una Corolla blu di fine anni Novanta?"

L'anziana donna indossa un paio di occhiali ed esamina attentamente la foto, prima di sollevare lo sguardo su di me. "Voi due siete poliziotti o qualcosa del genere?" chiede con voce gracchiante.

Trattengo la mia impazienza con sforzo. "Qualcosa del genere. L'ha vista stamattina o no?"

"Non questa mattina, no." Mi guarda attraverso gli occhiali. "Rimane impresso un bel viso... proprio come uno su quelle riviste. Ed è anche ben vestita. Sei il suo ragazzo, caro?"

La mia mano si stringe sul bordo del bancone. "Quando l'ha vista?"

"Oh, circa una settimana fa. Si è fermata per fare benzina, ha chiesto informazioni su un annuncio di lavoro sul giornale. Non l'ho più vista da allora, e l'ho detto a loro."

Il ghiaccio mi riempie il petto. "Loro?"

"Due ragazzi, più o meno della tua altezza. Sono venuti ieri, a fine giornata. Mi hanno mostrato la sua foto e tutto il resto. Ho detto loro che l'avevo vista solo una volta, e che non avevo idea di dove fosse andata—"

"Che aspetto avevano esattamente?" Pavel interviene, mentre io resto congelato, la mia mente che inizia a lavorare velocemente.

Loro sono qui.

Sanno che è stata qui.

Peggio ancora, sanno che stava leggendo il mio annuncio di lavoro.

"I due ragazzi? Beh, alti, come ho detto. Uno ha i capelli scuri, un po' più chiari dei tuoi"—fa un cenno verso di me—"l'altro è più simile a te. Sai, sale e pepe, tranne un accenno di calvizie."

La mascella di Pavel si stringe. "Età? Razza? Corporatura?"

"Caucasici. Trenta—quaranta per il più grande, forse. Un po' grossi e muscolosi." Mi guarda dall'alto in basso. "Non belli come lui, questo è certo."

"Qualche altra cosa?" chiede Pavel. "Tatuaggi, cicatrici? Che cosa indossavano?"

"Jeans, credo. O kaki? Non ricordo bene. Camicie nere o grigie, forse blu navy. Qualcosa di scuro. Niente cicatrici, non credo. Oh, ma"—si illumina—"il più grande aveva un tatuaggio all'interno del polso. Ne ho visto il bordo sotto la manica."

"Hanno chiesto informazioni sull'annuncio di lavoro?" chiedo, mantenendo la voce calma, nonostante la rabbia e la paura che martellano dentro di me.

Devo sapere quanto è grave la situazione, quanto sono vicini a trovarla.

La donna annuisce. "Certo che sì. Volevano sapere tutto, chi, cosa e dove. Ho risposto che non lo sapevo per certo, ma che probabilmente era quella vecchia proprietà Jamieson sulle montagne, quella che è stata acquistata da quel ricco russo. Sai"—guarda Pavel—"da dove viene quel vostro accento? Voi ragazzi non venite da—"

"Grazie" dico conciso e tiro fuori il telefono per chiamare Konstantin, mentre torniamo di corsa alla macchina.

Non appena mio fratello risponde, snocciolo la descrizione che abbiamo ricevuto e chiedo un aggiornamento sulla ricerca.

È infinitamente più urgente trovare Chloe ora, prima che lo facciano gli assassini.

"Ancora niente" replica Konstantin. "In realtà— Aspetta un minuto. Lascia che ti richiami. Penso che abbiamo appena ricevuto un aggiornamento."

Stavo per saltare sul SUV, ma ora ci cammino davanti, i miei livelli di adrenalina che aumentano ogni secondo che passa.

Forse è già troppo tardi.

Sanno della mia tenuta e dell'interesse di Chloe per essa.

Forse non erano accampati vicino al cancello, quando lei è uscita, ma non potevano essere lontani.

Girandomi, busso sul finestrino accanto a Pavel. "Fa' venire un'équipe medica al complesso" gli dico conciso. "Potremmo averne bisogno."

Il mio telefono vibra nella tasca e lo afferro rapidamente. "Sì?"

"Nessun avvistamento, ma abbiamo un nastro parzialmente cancellato" riferisce Konstantin. "Stessa firma digitale degli altri. Due ore sono state spazzate via—e sembra che sia stato fatto circa mezz'ora fa. Se dovessi tirare a indovinare, direi che hanno colto il suo profumo e non vogliono che qualcuno lo sappia."

Sono già a metà della macchina. "Da dove viene il nastro?"

"Una stazione di servizio a sessanta chilometri a ovest da te. Ti mando le coordinate."

Riattacco e ordino a Kirilov di premere sull'acceleratore.

50

CHLOE

La strada si offusca davanti ai miei occhi per l'ennesima volta, e mi asciugo a scatti l'umidità sulle guance. Non so perché non riesco a fermare le lacrime, perché mi fa male il petto come se avessi appena perso mamma di nuovo. La banana che ho preso a una stazione di servizio è sul sedile del passeggero, mangiata a metà, e sebbene sia l'unico cibo di cui mi sia nutrita oggi, il pensiero di dare un altro morso mi fa venire voglia di vomitare.

Sto guidando di nuovo alla cieca, senza andare da nessuna parte. Devo essere stata sotto shock per le prime due ore, perché riesco a malapena a ricordare come sono arrivata qui. So di aver rifornito la macchina da qualche parte, perché l'indicatore del carburante mostra che il serbatoio è pieno, ma ho solo un vago ricordo di essere entrata in uno squallido negozio e di aver pagato. La banana è venuta da lì, ne sono certa—l'ho afferrata con il pilota automatico—ma non ricordo di averla mangiata, anche se devo averlo fatto.

Sono abbastanza sicura che non vendano frutta smangiucchiata, nemmeno nelle stazioni di servizio più squallide.

La strada davanti a me sale e curva bruscamente, e mi sforzo di concentrarmi. L'ultima cosa di cui ho bisogno è cadere in un dirupo. Sento che è più o meno quello che sto facendo a ogni chilometro di distanza che frappongo tra me e Nikolai.

Ho fatto la cosa giusta, la cosa intelligente.

Continuo a ripetermelo, ma non aiuta, non diminuisce la sensazione di aver commesso un terribile errore. Sono passate solo poche ore da quando me ne sono andata, eppure mi manca così tanto che è come se fossimo separati da mesi. Quando era via per un viaggio d'affari, sapevo che lo avrei rivisto, sapevo che avremmo parlato ogni sera, ma ora non c'è alcuna certezza del genere.

Potrebbe rifiutarsi di parlare con me, quando lo chiamerò.

Potrebbe essere così arrabbiato che me ne sia andata da non volere che torni.

Ora che sono qui fuori, lontano dal complesso, le rivelazioni di Alina sembrano ancora di più le divagazioni di una mente malata e drogata, e anche se non posso ignorarle del tutto, rabbrividisco al pensiero di affrontare Nikolai e chiedere se abbia davvero ucciso suo padre.

Quale uomo innocente non sarebbe offeso da quella domanda?

Quale ragazzo non sarebbe furioso, se la sua ragazza credesse a bugie così mostruose?

Sarei dovuta restare. Cazzo, sarei dovuta restare. Anche se sembrava rischioso, avrei dovuto ascoltare Nikolai in modo imparziale. Le chiavi non dimostrano alcunché. Alina potrebbe averle sempre avute; avrebbe potuto persino rubarle a Pavel. Se Nikolai avesse voluto privarmi della libertà, avrebbe potuto intraprendere altre azioni—come quella di dire alle guardie di non lasciarmi uscire.

Ed è questo il punto, mi rendo conto all'improvviso. Ecco perché quello che sembrava così razionale quando stavo facendo i bagagli ora sembra un errore così terribile. È perché nel momento in cui ho attraversato il cancello, ho avuto la prova che *potevo* andarmene, che Nikolai non aveva intenzione di tenermi lì con alcune intenzioni sinistre. All'inizio ero stata troppo presa dal panico per rendermene conto, ma più guidavo, più profonda era la consapevolezza, le conseguenze delle mie azioni impulsive che mi pesavano di più ad ogni chilometro che passava.

Sarei dovuta tornare indietro ore fa.

In effetti, avrei dovuto farlo nel momento in cui ho superato il cancello.

Getto un'occhiata frenetica intorno a me. Alberi e dirupi ovunque. Sono di nuovo nel profondo delle montagne, la strada davanti a me così stretta che sono appena due corsie. Non posso fare inversione a U qui; sarebbe un suicidio provare.

Stringendo più forte il volante, continuo a guidare —e finalmente lo vedo.

Un po' di spazio in più a sinistra di dove la strada curva.

Guardo nello specchietto, poi dritto avanti e indietro.

Niente. Niente auto. Sono tutta sola.

Frenando bruscamente, faccio un'inversione a U illegale e torno indietro.

Sono trascorsi venti minuti da quando ho iniziato il mio viaggio di ritorno e cerco disperatamente di ricordare se devo svoltare a destra o a sinistra al prossimo incrocio, quando un pick-up nero svolta sulla strada, venendo nella mia direzione.

Un brivido mi attraversa la schiena, i peli sottili sulla nuca che si rizzano.

Potrebbe essere la paranoia che mi sta giocando un brutto scherzo, ma quei vetri oscurati mi sembrano familiari.

Non c'è tempo per azzardare ipotesi; tra altri trenta secondi passeremo l'una accanto all'altro. Con un brusco strattone al volante, faccio svoltare la macchina su una piccola strada sterrata che sale sulla montagna alla mia destra, e premo sul gas, ignorando il lamento del vecchio motore della Corolla.

Se non sono loro, non mi seguiranno.

Mi sentirò un'idiota, ma meglio che morta.

Il mio cuore martella violentemente nella cassa toracica, ogni secondo scandito da una mezza dozzina di battiti, mentre il mio sguardo volteggia tra lo specchietto retrovisore e la strada ripida e piena di buche davanti a me. *Per favore, fa' che non siano loro. Per favore, fa' che non—*

Il pick-up appare nello specchietto, la sua sagoma scura che guadagna rapidamente terreno su di me.

Spingo sul pedale dell'acceleratore fino in fondo, il mio respiro che esce in rantoli irregolari, mentre la mia macchina rimbalza su una serie di buche. L'adrenalina mi scorre nelle vene, accelerando il mio battito, finché tutto quello che riesco a sentire è il suo ruggito nelle orecchie.

Boom!

Il mio specchietto laterale destro esplode, e il terrore raddoppia, quando vedo un uomo che si affaccia dal finestrino sul lato passeggero del veicolo, con la pistola in mano. Istintivamente, ruoto il volante a sinistra e il proiettile successivo frantuma il finestrino posteriore e fa un buco nel parabrezza, ad appena trenta centimetri dalla mia testa.

Il terzo proiettile sibila vicino alla mia spalla, e assaporo la morte. Sento le sue dita gelide e squamose. È tutto lasciato incompiuto, non detto, tutte le cose che non avverranno. È Nikolai che mi sussurra all'orecchio quanto mi desidera, mi ama, e Slava che ridacchia, mentre mi abbraccia forte. È l'amara consapevolezza che questi uomini se la caveranno, come hanno fatto con l'omicidio di mamma, e rimpiango che nessuno saprà mai come sono morta.

Un quarto proiettile perfora il sedile a un centimetro dal mio fianco destro, e io scatto di nuovo sul volante, disperata per evitare l'inevitabile, per vivere almeno un secondo in più. Il pick-up è proprio dietro di me ora, incombendo sulla mia Corolla come una montagna nera, e mentre cerco di evitare la traiettoria del proiettile successivo, il suo paraurti colpisce il mio, con forza, facendomi balzare la testa in avanti.

Boom!

Il fuoco mi colpisce la parte superiore del braccio, la sensazione così acuta e improvvisa che all'inizio non fa male. Invece, sento qualcosa di caldo e umido scivolare lungo il mio braccio, mentre il furgone sbatte di nuovo contro la mia macchina, facendola vibrare per l'enorme scossa. Adesso, sento il dolore, un'ondata nauseante, e con la disperazione di un animale morente, mi tolgo la cintura di sicurezza e apro la portiera.

Boom!

Quello che resta del parabrezza va in frantumi, mentre colpisco il terreno con tanta aria che mi esce dai polmoni. Stordita, rotolo due volte, prima di atterrare sulla schiena e guardare con orrore, mentre il furgone si infila un'ultima volta nella mia Corolla, mandandola fuori strada e schiacciandola contro un grosso albero. Con uno stridio assordante di metallo che frantuma il metallo, la vecchia macchina si accartoccia e poi, proprio come nei film, prende fuoco. Il furgone indietreggia immediatamente, e un po' di forza residua mi spinge in piedi.

Corri, Chloe.

Con un respiro affannoso, barcollo verso gli alberi su gambe che sembrano fiammiferi spezzati, le mie ginocchia che minacciano di cedere ad ogni passo che faccio. Il mio piede centra una radice, e il dolore mi colpisce la caviglia sinistra—la stessa che ho slogato nascondendomi nell'armadio di mamma—ma stringo i denti e mi sforzo di allungare i passi, ignorando il sangue caldo che mi gocciola lungo il braccio e le vertigini che arrivano a ondate. Non posso arrendermi, non se voglio vivere, quindi proseguo, continuando a zoppicare in avanti in una mezza corsa.

Una voce maschile urla qualcosa dietro di me, e mi costringo a prendere velocità, singhiozzi irregolari che mi escono dalle labbra, mentre un altro proiettile mi sibila vicino all'orecchio, scheggiando un ramo davanti a me.

"Fottuta cagna!"

Il sesto senso mi fa abbassare, e un proiettile sbatte contro un albero, mancandomi, mentre barcollo di lato.

Corri, Chloe.

La voce di mamma è più chiara che mai, e con un'ondata di forza che non sapevo di possedere, mi lancio in una corsa disperata. La mia caviglia urla ogni volta che il piede colpisce il suolo, la mia vista che si annebbia per la nausea e le ondate di dolore, ma corro con tutte le forze residue.

Solo che non è abbastanza.

Non è affatto abbastanza.

Una forza simile a un camion mi colpisce, facendomi cadere a terra, e un peso enorme mi schiaccia nel terriccio disseminato di foglie. Non riesco nemmeno ad ansimare, mentre la cassa toracica si appiattisce e poi, miracolosamente, il peso sparisce e vengo ribaltata sulla schiena.

Quando la mia vista si schiarisce, vedo un enorme uomo dai capelli scuri a cavalcioni su di me, la pistola puntata sul mio viso e la bocca contorta in un ringhio trionfante.

"Ti ho presa, piccola cagna" dice, ansimando. "E dato che ci hai fatto faticare troppo, ci devi un po' di divertimento."

51

CHLOE

L'ARIA AFFLUISCE RAPIDAMENTE NEI MIEI POLMONI affamati di ossigeno, e agito il pugno alla cieca, mirando a quella faccia compiaciuta. Lo intercetta con facilità, dita brutali che mi afferrano il polso e lo bloccano a terra, mentre mi punta la canna della pistola sotto il mento.

"Muoviti di nuovo e ti faccio saltare la testa" ringhia, e gli credo.

Vedo la mia morte nei suoi occhi piatti e scuri.

"Che cazzo, Arnold?" esclama una seconda voce, e un altro uomo appare sopra di noi. Anche lui armato di pistola, sembra avere una dozzina di anni in più del mio avversario, con i capelli sale e pepe che iniziano a diradarsi e la pelle arrossata per lo sforzo della corsa. Respirando pesantemente, ordina: "Ficcale una pallottola nel corpo e facciamola finita."

"Non ancora" mormora Arnold, gli occhi incollati alla mia bocca. "È carina. L'hai mai notato?"

La voce dell'altro si fa burbera. "Non è così che facciamo le cose."

"A chi importa? Comunque, è carne morta. A chi importa, se ci godiamo il bocconcino, prima di seppellirlo?"

Il mio stomaco si contorce per una nuova ondata di nausea, e solo la fredda canna premuta sotto il mento mi impedisce di cavare gli occhi al coglione, mentre mi lascia andare il polso e preme un pollice grosso e sporco sulle mie labbra serrate.

"Finisci questo cazzo di lavoro."

Il tono dell'uomo più grande è più acuto, più impaziente e, per un momento, provo per metà paura e per metà speranza che Arnold obbedirà. Ma si limita ad avvicinarsi e trascina una lingua umida sulla mia guancia, come un cane—e mentre un involontario grido di disgusto mi sfugge dalla gola, mi infila il pollice nella bocca, spingendolo in profondità dentro di me.

"Così, puttana" sussurra, con gli occhi luccicanti di lussuria ed eccitazione selvaggia. "È proprio—"

Un colpo acuto infrange il silenzio, e lui ritira la mano. Un millisecondo dopo, è in piedi sopra di me, sollevando la pistola, mentre gira su se stesso come un fulmine—ma non abbastanza velocemente.

Il secondo proiettile lo sbatte contro l'albero dietro di me, e, mentre indietreggio sulle mani e sul sedere, vedo l'uomo più grande già a terra, la bocca aperta e il cranio frantumato, il cervello che fuoriesce come ricotta ammuffita.

52

NIKOLAI

Mi muovo prima che il suono del mio ultimo sparo svanisca, balzando da dietro la copertura degli alberi per ridurre la distanza tra me e Chloe. Il suo sguardo scruta al di sopra del corpo morto al suo fianco, il viso rigato di sporcizia e sangue, gli occhi castani confusi, mentre si allontana, la bocca che si apre in un urlo silenzioso, mentre mi avvicino.

"Shh, va tutto bene. Sono io." Cadendo in ginocchio, la tiro contro di me, sentendo il tremito convulso del suo corpo—e del mio. Tremo per il sollievo, la rabbia e le conseguenze del terrore agghiacciante, la terribile paura di arrivare troppo tardi.

Eravamo quasi alla stazione di servizio, quando Konstantin mi ha chiamato di nuovo con la notizia che la sua squadra aveva compiuto l'impresa quasi impossibile di hackerare un satellite della NSA e che era stata in grado di individuare l'esatta posizione dell'auto di Chloe—e del pick-up nero che era a meno di mezz'ora dietro di lei.

Affermare che abbiamo infranto ogni limite di velocità esistente sarebbe un eufemismo. Arkash si sta ancora riprendendo dalla mezza dozzina di volte in cui abbiamo rischiato di volare oltre un dirupo. E comunque, quasi non ce l'abbiamo fatta. Il terrore che mi ha assalito, quando ho visto la sua macchina in un mucchio accartocciato e in fiamme... Se non fosse stato per il pick-up vuoto nei paraggi e il rumore di spari nelle vicinanze, avrei perso la testa.

In realtà, l'ho persa, quando l'ho vista a terra con l'assassino dai capelli scuri a cavalcioni su di lei, la lussuria contorta dipinta sul suo viso.

Il figlio di puttana stava per violentarla, prima di ucciderla.

Era l'unico motivo per cui non fosse già morta.

Le mie braccia si stringono intorno a lei di riflesso, che emette un debole suono di sofferenza.

Mi tiro subito indietro. "Sei ferita, zaychik? Ferita da qualche parte?"

Non risponde, limitandosi a fissarmi con enormi occhi vuoti, le pupille gonfie così larghe che le iridi sembrano nere. È sotto shock, e non c'è da stupirsi. Anche un soldato addestrato sarebbe traumatizzato.

Delicatamente, la distendo e comincio a esaminarla per scoprire eventuali ferite, iniziando dalle costole e dallo stomaco. Sono sollevato di trovare solo graffi e lividi sul suo busto, ma mentre la mia mano sfiora il suo braccio destro, lei sussulta con un grido di dolore, il viso che diventa grigio. Tiro indietro la mano, il battito cardiaco che raddoppia alla vista della macchia rossa sulle mie dita, mentre chiude gli occhi, il suo respiro dolorosamente superficiale.

Fanculo. *È* ferita.

Tenendo salde le mani, le strappo la manica.

"L'hanno colpita?" mi chiede Pavel in russo, apparendo al mio fianco, e io annuisco cupamente, strappandomi via un pezzo della camicia per fare una benda improvvisata.

"Sembra che la pallottola sia fuoriuscita, ma sta perdendo una buona quantità di sangue."

"Anche lui" dice Pavel, e distolgo lo sguardo dalla ragazza per lanciare un'occhiata al suo aggressore. È seduto accasciato contro un tronco d'albero a pochi metri di distanza, con Kirilov che fa pressione sulla sua ferita al petto e Arkash che fa la guardia.

"Non credo che resisterà abbastanza a lungo da riportarlo al complesso" aggiunge Pavel, mentre finisco rapidamente di legare la benda e riprendo la mia ispezione su Chloe. Il suo colorito è leggermente migliore, ma gli occhi sono ancora chiusi e il respiro è troppo superficiale per i miei gusti. "Se vuoi interrogarlo, devi farlo ora."

Fanculo. Ho cercato deliberatamente solo di ferire il figlio di puttana, in modo da poterlo interrogare. Se muore, lo farà anche la nostra possibilità di ottenere risposte.

Finisco velocemente di controllare Chloe e balzo in piedi. Per quanto voglia portare subito la mia zaychik da un medico, le sue ferite non sono pericolose per la vita—ma potrebbe esserlo non sapere chi siano i suoi nemici.

Questi uomini sono professionisti, il che significa che qualcuno li ha assoldati, qualcuno di potente, e ho bisogno di sapere chi è.

"Veglia su di lei" dico a Pavel, e mi avvicino al nostro prigioniero.

Respira affannosamente, la sua faccia completamente pallida e l'intera parte anteriore del corpo intrisa di sangue.

Pavel ha ragione. Non gli resta molto tempo. Volevo spargli alla spalla, ma si è girato troppo velocemente, allertato dalla mia presenza, quando ho dovuto infilare un proiettile nel cranio del suo compare. Con Pavel e il resto della squadra incapaci di tenere il passo con il mio sprint alimentato dal terrore, non ho avuto altra scelta che mettere fuori gioco rapidamente entrambi gli assassini, prima che potessero fare qualsiasi cosa a Chloe.

Col senno di poi, avrei dovuto ferire entrambi.

Mentre mi accovaccio di fronte all'uomo morente, le sue palpebre si sollevano, rivelando minacciosi occhi scuri.

"Chi cazzo siete?" gracchia, solo per richiuderli, esausto per lo sforzo.

"Non preoccuparti di questo." Nonostante la rabbia vulcanica che ribolle nelle mie vene, la mia voce è letalmente calma, controllata. "Chi ti ha assoldato? Perché le state dando la caccia?"

Il suo labbro superiore si attorciglia in un ringhio. "Vaffanculo."

"Stai morendo, lo sai. Posso lasciarti spegnere in pace oppure"—prendo il mio coltello a serramanico e lo apro—"posso ridurti in strisce e farti sentire il dolore fino all'ultima fetta."

I suoi occhi si aprono pesantemente. "Vaffanculo."

Lancio un'occhiata alle mie spalle. Chloe giace perfettamente immobile, gli occhi chiusi. Spero che sia svenuta, o almeno così profondamente sciuccata che non ricorderà la parte successiva.

In ogni caso, non ho scelta.

Ho bisogno di ottenere risposte, velocemente.

Colgo lo sguardo di Arkash. "Fallo."

La guardia tira fuori una siringa e trafigge l'assassino morente al collo, iniettandogli il farmaco brevettato dalla nostra divisione farmaceutica—quello per cui l'esercito russo paga milioni.

All'inizio l'uomo reagisce a malapena, schiacciando solo il punto dell'iniezione con una mano debole. Un attimo dopo, tuttavia, i suoi occhi si spalancano e si siede in posizione eretta, il suo respiro che accelera, mentre il colorito gli inonda le guance pallide.

"Epinefrina mescolata con altre sostanze divertenti" lo informo crudelmente. "Ti manterrà completamente sveglio fino al momento in cui tirerai le cuoia. Che durerà pochi normali o terrificanti minuti a partire da ora. La scelta è tua."

Sta ansimando ora, il sudore che gli cola sul viso. "Chi cazzo *sei*?"

"L'uomo che renderà i tuoi ultimi momenti un inferno, se non inizi a parlare." Faccio un cenno col capo ad Arkash e Kirilov, che afferrano le braccia dell'uomo, sollevandole facilmente sopra la sua testa, nonostante i suoi sforzi.

"Ultima possibilità" insisto, ma il figlio di puttana mi guarda fisso.

Sorrido cupamente. Speravo che si sarebbe rivelato difficile. Per quanto preferisca giocare lealmente, questa è l'unica volta in cui non vedo l'ora di applicare le abilità che Pavel mi ha insegnato.

Con la velocità di un potente serpente a sonagli, conficco il mio coltello nel rene dell'uomo e giro la lama.

L'urlo che gli squarcia la gola è a malapena umano. Il farmaco non solo lo mantiene cosciente, ma aumenta tutte le sensazioni, amplificando il dolore mille volte.

Prima che possa riprendersi, tiro fuori la lama e gliela infilo due volte nello stomaco, squarciando pelle, grasso e muscoli per formare una grande X.

Strabuzza gli occhi, un altro urlo disumano che gli esce dalla gola, mentre sollevo i lembi triangolari della carne, rivelando le sue viscere.

"Ti sei mai chiesto come ci si senta ad avere un intestino tagliato senza anestesia?" domando in modo colloquiale. "No? Perché stai per scoprirlo. In realtà, aspetta—penso che potrebbe ucciderti troppo in fretta. Inizieremo più in basso." Con un altro movimento rapido, taglio il cavallo dei suoi jeans, esponendo l'uccello flaccido e i testicoli.

"Aspetta!" I suoi occhi sono selvaggi, mentre la mia lama scende di nuovo. "Io—te lo dirò."

Mi fermo a un centimetro dal suo pene raggrinzito. "Continua."

"Non so perché, va bene? Non ce l'ha mai detto." Tossisce, sputando sangue. "Ha solo detto che dovevamo ucciderle."

"Ucciderle?"

"La donna e... la ragazza."

Fanculo. "Avreste dovuto uccidere entrambe quel giorno?"

"Sì." La sua faccia è più pallida ad ogni momento che passa. "Solo che la ragazza era in ritardo. E poi, in qualche modo ci ha visti e..." Tossisce di nuovo, debolmente, e capisco che la droga sta perdendo la battaglia contro il suo corpo morente.

"Chi è stato?" chiedo urgentemente, mentre le sue palpebre si abbassano. "Chi ti ha assoldato?" Gli premo la punta affilata del coltello contro le palle. "Dammi un fottuto nome!"

I suoi occhi si aprono annebbiati, e gracchia tre sillabe—un nome che quasi mi fa cadere il coltello. Il mio sguardo sbalordito incontra quello di Arkash e di Kirilov; stampato sui loro volti scorgo lo stesso senso di incredulità.

"Hai appena detto—" comincio, riportando la mia attenzione sull'assassino, solo per tacere dalla frustrazione.

I suoi occhi sono vuoti, il petto immobile, mentre la sua testa ciondola da un lato.

È finita. Il figlio di puttana è andato.

Balzo in piedi, mentre la mia mente riflette furiosamente su ciò che so.

L'uomo che ha menzionato avrebbe sicuramente le risorse per farlo, ma qual è la motivazione? La connessione? Come si sarebbero incrociate la sua strada e quella di Chloe?

A meno che... non si siano mai incrociate.

Chloe non era l'unica persona nella sua lista; c'era anche sua madre.

E poi, come una valanga, mi colpisce.

California. Giovane madre, ancora minorenne al momento della nascita di Chloe. Un padre che non ha mai conosciuto. Una borsa di studio venuta fuori dal nulla.

Un uomo diverso, con una famiglia normale e amorevole, non salterebbe mai a una conclusione così contorta, così oscura. Ma io sono un Molotov, e so che il sangue condiviso non produce lealtà o sicurezza.

So che l'amore può essere più violento dell'odio.

Con il cuore che batte forte, mi volto a guardare Chloe.

Se è come penso, la sua stessa esistenza è uno scandalo in grado di porre fine a una carriera—e un altro cosiddetto padre merita il mio coltello.

53

CHLOE

Sono all'inferno. O intrappolata in un incubo. Il mio braccio è in fiamme, le mie viscere stanno ribollendo, e ogni volta che la foschia oscura nella mia mente si dirada e apro le palpebre, vedo Nikolai fare qualcosa di sempre più terribile, mentre la sua voce profonda e liscia pronuncia minacce che mi fanno risalire la bile nella gola. E le urla che seguono... Il mio stomaco si contorce, e devo sforzarmi per non rotolare e vomitare.

Questo non è reale.

Non può esserlo.

La foschia minaccia di sommergermi di nuovo, e mi concentro sul fare piccoli respiri superficiali e tenere gli occhi chiusi. Dev'essere un sogno, un sogno orribile, o un'allucinazione provocata da un terrore estremo. Come avrebbe potuto Nikolai essere qui? Come avrebbe fatto a trovarmi?

Inoltre, come hanno fatto gli assassini di mia madre?

La mia coscienza deve spegnersi di nuovo, perché quando apro gli occhi la volta successiva, sono sul sedile posteriore di un SUV in movimento, comodamente seduta sulle ginocchia di un uomo. Il grembo di Nikolai—riconoscerei quel profumo di cedro e bergamotto ovunque. Le sue braccia potenti sono intorno a me, mi tengono stretta, e il mio battito cardiaco sussulta di gioioso sollievo, quando mi rendo conto che non è un sogno.

Nikolai è qui.

È venuto a cercarmi.

Devo aver emesso qualche suono, perché si tira indietro, gli occhi ferocemente dorati sul viso teso. "Ci siamo quasi" promette, la voce più ruvida di quanto abbia mai sentito. "Il dottore sta già aspettando."

Mentre parla, mi rendo conto di un dolore lancinante al braccio destro e della sensazione generale di vertigini e di estrema debolezza, insieme a quella di essere stata picchiata dappertutto con una mazza. Quest'ultima dev'essere la conseguenza dell'essere saltata fuori dall'auto e anche dell'essere stata sbattuta a terra dal giovane assassino. Il mio battito cardiaco accelera, quando ricordo il suo viso sopra di me, la bramosia sfrenata in quegli occhi piatti e scuri.

Come sono passata da lì a qui?

Com'è che Nikolai—

All'improvviso, la mia mente si schiarisce e i ricordi riaffiorano, uno più nauseante dell'altro. L'uomo più grande con il cranio spappolato... Nikolai che balza verso di me, la pistola tenuta come un'estensione della sua mano... Il suo interrogatorio dell'uomo che aveva intenzione di violentarmi; le minacce fatte da Nikolai e il modo brutale e abile con cui brandiva quel coltello a serramanico... E le urla, quelle urla crude, agghiaccianti...

Comincio a tremare, mentre il mio sguardo spazia sulla macchina, osservando la presenza impassibile di Pavel accanto a noi e i due uomini dall'aria pericolosa davanti. Non li ho mai visti prima, ma devono essere le guardie della tenuta. I miei occhi tornano di scatto sul viso di Nikolai, quel viso perfettamente scolpito che può sembrare alternativamente selvaggio e tenero, e noto una striscia bruno-rossastra su uno degli zigomi alti.

Sangue. Sangue secco.

Il mio tremore si intensifica. Interpretando male la causa, Nikolai mi accarezza la mascella, la sua feroce espressione che si addolcisce. "Va tutto bene, zaychik, sei al sicuro. Non possono farti del male."

Ma *lui* può. Sono dolorosamente, acutamente consapevole di essere alla mercé di quest'uomo bellissimo e terrificante. Essere tenuta sulle sue ginocchia non fa che evidenziare le differenze di dimensioni e forza tra noi; il suo corpo grande e potente mi circonda completamente, la fascia muscolosa del suo braccio sulla mia schiena inevitabile come una catena di ferro. Non che sarei in grado di scappare in ogni caso—non con i suoi uomini qui, non mentre il SUV è lanciato a tutta velocità.

Sarebbe meglio non saperlo, ma non riesco a trattenere la domanda. "Sei stato tu, non è vero?" La mia voce emerge come un sussurro teso. "Gli hai sparato alla testa."

È come se un velo cadesse sul volto di Nikolai, facendo sparire ogni accenno di espressione. "Non ho avuto scelta. Se l'avessi solo ferito, avrebbe potuto ucciderti, mentre mi occupavo del suo socio. Con loro due lì, ho dovuto eliminarne uno, in fretta."

"E l'altro uomo..." Ingoio un'ondata di nausea al ricordo delle urla. "Lui è...?"

"Morto per le ferite, sì." Non c'è rimorso nella sua voce, nessun segno di colpa nel suo sguardo fisso, e frammenti di ghiaccio si formano nelle mie vene, mentre mi rendo conto che l'ha già fatto.

Ha ucciso e torturato altri.

Compreso, molto probabilmente, suo padre.

"Ferma la macchina!" Le parole volano fuori dalla mia bocca, prima che possa considerarne la saggezza. Ignorando la vertiginosa vampata di dolore al braccio, metto le mani tra noi e spingo contro il suo torace—che, per qualche motivo, sembra placcato d'acciaio. Disperata, supplico. "Per favore, Nikolai, fammi uscire. Ho bisogno... mi serve solo un minuto."

Non si muove, e nemmeno i suoi uomini, mentre replica a bassa voce: "Siamo quasi a casa, zaychik. Solo qualche altro minuto."

Casa? Il mio sguardo in preda al panico balza sul

finestrino, e la paura mi stringe il petto, quando riconosco la strada che conduce alla tenuta, le cui curve ripide ho percorso proprio questa mattina, mentre fuggivo dall'uomo che mi sta stringendo... l'uomo che non credevo davvero fosse un assassino.

"Non preoccuparti. Ho fatto venire qui il dottore e il suo team" spiega Nikolai, rispondendo a una domanda che ha appena iniziato a formarsi nella mia mente. "Hanno portato tutto ciò di cui hanno bisogno per curarti."

Assorbo la sua espressione implacabile, la mia paura che cresce ogni secondo che passa. "Preferirei un ospedale. Ti prego, Nikolai... portami in ospedale."

"Non posso." I suoi lineamenti cesellati sembrano di granito. "Non è sicuro."

"Sicuro? Ma—"

"Quei due erano solo dei sicari. Ce ne sono molti altri da dove provengono."

Mi si secca la gola. In preda al panico, mi ero quasi dimenticata del mistero delle motivazioni degli assassini. "È quello che ti ha detto? L'uomo che hai... interrogato?" La mia teoria è giusta, dopotutto? Mia madre ha assistito a qualcosa che non avrebbe dovuto vedere?

"Sì, e Chloe..." Incornicia la mia guancia con il suo palmo grande e caldo, il gesto tenero che smentisce i lineamenti duri. "Erano lì per uccidervi entrambe."

"Che cosa?" Mi ritraggo di scatto. "No, non è possibile—"

"È quello che ha detto l'assassino. Se non fossi

arrivata tardi a casa..." Abbassa la mano, un muscolo che si flette violentemente nella sua mascella.

"Ma questo non—" Mi fermo un attimo, quando frammenti della conversazione che ho sentito quel giorno affiorano nella mia mente.

Dovrebbe essere qui... Forse c'è traffico...

Ho sentito gli assassini dirlo, ma per qualche motivo non ho messo insieme due più due, non rendendomi conto che stavano parlando di *me*, che stavano aspettando *me*.

"Non capisco." Tremo di nuovo per un brivido che non ha niente a che fare con l'aria condizionata all'interno dell'auto. "Perché qualcuno dovrebbe volermi morta? Non ho fatto niente, non conosco nessuno, sono solo—solo io."

L'espressione di Nikolai cambia, una strana compassione che appare nel suo sguardo. "No, zaychik, non credo che tu lo sia."

"Che cosa?" Spingo di nuovo contro il suo torace duro—e quasi svengo per la nuova esplosione di dolore al braccio. Il suo volto oscilla davanti ai miei occhi, e sto ancora lottando per non svenire, quando intuisco una cosa sorprendente.

Quella durezza è un giubbotto antiproiettile.

Nel momento successivo, tuttavia, dimentico tutto, perché chiede: "Il nome *Tom Bransford* ti dice qualcosa?"

All'inizio le sillabe non hanno senso. "Vuoi dire... il candidato alla presidenza?" Non appena la domanda esce dalle mie labbra, mi rendo conto di quanto sia assurda. Non è possibile che stia parlando del senatore della California che è al centro delle notizie in questi giorni, quello che stanno comparando a JFK. Devo aver capito male o—

"È lui." I suoi occhi brillano come l'oro. "A meno che non ci sia un altro Tom Bransford con le risorse per assumere assassini professionisti, cancellare i nastri di sicurezza e alterare i registri della polizia."

"Registri della polizia? Che cosa—"

"Ho esaminato tutti i fascicoli relativi al tuo caso" spiega gentilmente "e non c'è niente sugli uomini mascherati nell'appartamento di tua madre—né sul camioncino nero che ti ha quasi investita. In realtà, secondo il verbale ufficiale, è stato un vicino a scoprire tua madre; tu non ti sei mai presentata per identificare il corpo."

"Non è vero! Sono andata alla stazione e—"

"Lo so." Il suo sguardo si incupisce. "E c'è di più. Le tue e-mail ai giornalisti non sono mai arrivate a destinazione. Qualcuno con una serie di competenze molto specifiche si è assicurato che venissero bloccate o contrassegnate come spam—e si è anche sbarazzato di qualsiasi prova della tua storia, come le registrazioni delle telecamere del traffico e i nastri di sicurezza che avrebbero mostrato che venivi aggredita."

Mi sento come se una voragine si stesse aprendo sotto di me. "Come fai a sapere tutto questo?" La mia voce trema, i pensieri frullano come ramoscelli in un tornado. Non so cosa pensare, cosa credere, e il dolore lancinante al braccio non aiuta. "Come hai—"

"Perché ho anch'io delle risorse. Comprese alcune che Bransford non ha."

Ovviamente. Ecco come mi ha trovata così in fretta oggi—e perché sono completamente fregata, se intende farmi del male. Il mio cuore batte dolorosamente, un sudore freddo che inzuppa la mia camicetta, mentre un'altra ondata di vertigini mi aggredisce, facendo danzare punti neri agli angoli della vista. Perdita di sangue, mi rendo conto vagamente; questo dev'essere ciò che sta causando tutto questo. Disperatamente, mando giù aria, ma aiuta solo un po', e la mia voce sembra provenire da molto lontano, mentre chiedo tremante: "Perché sei venuto a cercarmi oggi? Perché —" Faccio un altro respiro. "Perché mi stai riportando indietro?"

I suoi occhi tornano alla loro brillante e selvaggia tonalità da tigre. "Perché non dovrei?"

Perché sono scappata, penso stordita. *Perché molto probabilmente sei uno psicopatico incapace di provare sentimenti reali. Perché niente di tutto questo, specialmente tu ed io, ha senso.*

Finisco per dare l'unica motivazione che posso, quella che mi pesa di più. "Perché se hai ragione su Bransford, tu e la tua famiglia siete in un pericolo ancora maggiore." La mia voce vacilla, mentre un'altra ondata di vertigini si abbatte su di me. Tuttavia, persevero. "Devi lasciarmi andare. Adesso. Prima che sia troppo tardi."

Una curva oscura sfiora le sue labbra sensuali, un barlume di ironico divertimento che si accende nel suo sguardo, mentre mi prende delicatamente a coppa una guancia. "Non so se l'hai capito, zaychik" dice dolcemente "ma io e la mia famiglia non siamo esattamente estranei al pericolo. In realtà, lo conosciamo bene."

Poi, mi bacia, dapprima dolcemente, poi con crescente urgenza, e nonostante tutto, un calore familiare mi brucia dentro. Approfondisce il bacio, la sua lingua che si accoppia con la mia in una danza primordiale che non tiene conto della nostra mancanza di privacy, e la mia testa gira, le vertigini che aumentano, finché non mi resta che lui come unica ancora solida nel mio mondo. Sopraffatta, mi aggrappo a lui, stringendo i pugni nella sua camicia, e con i pensieri che si dissolvono sotto l'oscura attrazione del desiderio, non importa se l'ho visto distruggere due vite oggi, che potrebbe essere la definizione stessa di un mostro.

Niente importa tranne noi due, e quando mi lascia riprendere fiato, abbiamo già superato il cancello, e siamo tornati nel suo regno.

"Non preoccuparti, zaychik" mormora, accarezzandomi il labbro inferiore con il pollice, mentre un brivido mi scuote il corpo martoriato. "Andremo fino in fondo, lo prometto. Ti terrò al sicuro." E nei suoi occhi, scorgo il non detto:

Anche se ti opporrai.

ANTEPRIME

La storia di Nikolai & Chloe continua ne *La Gabbia dell'Angelo*. E se vi è piaciuto *La Tana del Diavolo*, non dimenticate di lasciare una recensione.

Per essere informati sui miei libri futuri, comprese altre storie sulla famiglia Molotov, iscrivetevi alla mia newsletter su www.annazaires.com/book-series/italiano/.

Desiderate altri dark romance carichi di suspense? Date un'occhiata alla mia serie bestseller *Il Mio Tormentatore*, l'emozionante storia di un assassino russo deciso a vendicarsi e della donna da cui è ossessionato.

Vi piacciono le commedie romantiche che fanno ridere a crepapelle? Io e mio marito scriviamo insieme commedie romantiche piccanti e cervellotiche sotto lo pseudonimo di Misha Bell. Acquistate una copia del nostro romanzo di debutto *Hard Code – Codice Duro* per conoscere Fanny, l'eccentrica programmatrice impegnata a testare la qualità dei giocattoli sessuali, e il suo misterioso capo russo, che interviene per dare una mano.

Siete fan dell'Urban Fantasy? Date un'occhiata a *La Veggente*, scritto da mio marito Dima Zales, l'epica storia di un'illusionista da palcoscenico che scopre di avere poteri molto reali e del sexy mentore alfa che la aiuta ad affinare le sue abilità.

Ora, per favore, voltate pagina per leggere estratti da *Il Mio Tormentatore* e *Hard Code – Codice Duro*.

ESTRATTO DA IL MIO TORMENTATORE DI ANNA ZAIRES

Un crudele sconosciuto inquietantemente bello è venuto da me nel cuore della notte, dagli angoli più pericolosi della Russia. Mi ha tormentata e distrutta, facendo a pezzi il mio mondo in nome della sua sete di vendetta.

Ora è tornato, ma non è più in cerca dei miei segreti.

L'uomo che invade i miei incubi vuole me.

"Mi ucciderai?"

Sta cercando—senza riuscirci—di mantenere la voce ferma. Eppure, ammiro il suo tentativo di compostezza. Mi sono avvicinato a lei in un luogo pubblico per farla sentire più al sicuro, ma è troppo intelligente per abboccare. Se le hanno raccontato qualcosa sul mio background, avrà capito che potrei torcerle il collo prima che possa gridare aiuto.

"No" rispondo, avvicinandomi, mentre inizia una canzone più forte. "Non ti ucciderò."

"Allora, che cosa vuoi da me?"

Trema nella mia presa, e qualcosa nella sua reazione mi intriga e mi disturba. Non voglio che abbia paura di me, ma al tempo stesso mi piace averla alla mia mercé. La sua paura stuzzica il predatore dentro di me, trasformando il mio desiderio per lei in qualcosa di più oscuro.

È la mia preda delicata e dolce, e voglio divorarla.

Piegando la testa, affondo il naso nei suoi capelli profumati e le sussurro nell'orecchio: "Ci vediamo domani allo Starbucks vicino a casa tua a mezzogiorno, e parleremo lì. Ti dirò tutto quello che vuoi sapere."

Mi tiro indietro e mi fissa, con gli occhi grandi sul viso a forma di cuore. So cosa sta pensando, così mi avvicino di nuovo, abbassando la testa in modo da poter avvicinare la mia bocca al suo orecchio.

"Se contatterai l'FBI, cercheranno di nasconderti da me. Proprio come hanno cercato di nascondere tuo marito e gli altri sulla mia lista. Ti sradicheranno, ti porteranno via dai tuoi genitori e dalla tua carriera, e ti sarai impegnata per niente. Ti troverò dovunque andrai, Sara… a prescindere da tutto quello che faranno per tenerti lontana da me." Strofino le labbra sul lobo del suo orecchio, e sento il suo respiro accelerare. "In alternativa, potrebbero usarti come esca. In questo caso

—se mi tenderanno una trappola—lo scoprirò, e il nostro prossimo incontro non sarà per un caffè."

Rabbrividisce, e mi lascio sfuggire un respiro profondo, inalando il suo delicato profumo un'ultima volta prima di lasciarla andare.

Facendo un passo indietro, mi mischio alla folla e mando un messaggio ad Anton per avvisarlo di posizionare la squadra.

Devo assicurarmi che torni a casa sana e salva, senza essere importunata da qualcun altro che non sia io.

Volete saperne di più? Visitate
www.annazaires.com/book-series/italiano/ per ordinare subito la vostra copia!

ESTRATTO DA HARD CODE — CODICE DURO DI MISHA BELL

Il mio nuovo incarico al lavoro: testare i giocattoli. Sì, intendo proprio i sex toys.

Beh, tecnicamente, si tratta di testare l'applicazione che controlla i giocattoli a distanza.

Un problema? La showgirl che dovrebbe testare l'hardware (cioè i toys veri e propri) entra in convento.

Un altro problema? Questo progetto è importante per il mio capo russo, il cupo e squisitamente sexy Vlad, alias: l'Impalatore.

C'è un'unica soluzione: testare io stessa sia il software sia l'hardware… con il suo aiuto.

"Io?" Sgranando gli occhi, fa un passo indietro.

Ormai mi sono sbilanciata, perciò vado avanti. "Ha senso. Presumo che ti fidi di te stesso e non mi getterai nel molo. La privacy del progetto non verrà compromessa. Inoltre, beh" arrossisco terribilmente, "hai le parti giuste per farlo."

Mi cadono involontariamente gli occhi sulle parti in questione, poi alzo rapidamente lo sguardo.

Le porte dell'ascensore si aprono.

"Continuiamo la conversazione in macchina" mi dice, con espressione diventata illeggibile.

Merda, merda, merda! Detesta l'idea? Detesta me, anche solo per averla suggerita? Quanto sarà imbarazzante, se mi dirà di no?

Sto per essere licenziata per averci provato con il capo del mio capo?

Saliamo di nuovo nella limousine, questa volta sedendoci uno di fronte all'altra.

Lui solleva il divisorio. "Tanto per chiarire: io testerei l'hardware maschile, fungendo sia da *giver* sia da *receiver*, giusto? In effetti, ho già testato uno dei toys su di me, dopo aver scritto l'app, perciò, in teoria, potrei fare lo stesso con gli altri."

Evviva! Ci sta pensando sul serio. Vorrei mettermi a saltellare su e giù, anche se il rossore (che si era leggermente ritirato durante la camminata dall'ascensore) ritorna in tutto il suo splendore. "Non sarebbe un valido test end-to-end, e lo sai bene. Hai scritto tu il codice; questo ti rende prevenuto."

Le sue narici si dilatano. "E allora, come?"

A questo punto, mi stanno arrossendo persino i piedi. "Tu fai solo da *receiver*. Io agisco da *giver* e registro i dati dei test. È così che si fanno queste cose nel modo appropriato."

Solleva le sopracciglia. "Qui stiamo estendendo la definizione del termine 'appropriato' ben oltre la zona di comfort."

"Senti." Cerco di imitare il suo accento meglio che posso. "Se vuoi tirarti indietro, lo capisco."

Un sorriso lento e sensuale gli incurva le labbra. "Non mi tiro mai indietro di fronte a una sfida."

Le mie mutandine possono davvero sciogliersi, o è solo un modo di dire?

Volete continuare a leggerlo? Visitate www.mishabell.com/it/ per ordinare subito la vostra copia!

BIOGRAFIA DELL'AUTRICE

Anna Zaires è un'autrice bestseller di sci-fi romance, romance contemporaneo erotico e dark del *New York Times, USA Today*. È appassionata di libri dall'età di cinque anni, quando sua nonna le insegnò a leggere. Da allora, vive sempre parzialmente in un mondo di fantasia, in cui gli unici limiti sono quelli della sua immaginazione. Al momento risiede in Florida. Anna è felicemente sposata con Dima Zales (un autore fantasy e di science fiction) e collabora strettamente con lui in tutti i suoi lavori.

Per saperne di più, visitate il sito
www.annazaires.com/book-series/italiano/.

www.ingramcontent.com/pod-product-compliance
Lightning Source LLC
LaVergne TN
LVHW011757060526
838200LV00053B/3617